挾み撃ち

デラックス解説版

後藤明生

解説
多岐祐介
奥泉光&いとうせいこう
平岡篤頼
蓮實重彥

つかだま書房

後藤明生

「内向の世代」の作家として知られる後藤明生は、1932年4月4日、朝鮮咸鏡南道永興郡（現在の北朝鮮）に生まれる。中学1年の13歳で敗戦を迎え、「38度線」を歩いて超えて、福岡県朝倉郡甘木町(現在の朝倉市)に引揚げるが、その間に父と祖母を失う。当時の体験は小説『夢かたり』などに詳しい。旧制福岡県立朝倉中学校に転入後(48年に学制改革で朝倉高等学校に)、硬式野球に熱中するも、海外文学から戦後日本文学までを濫読し「文学」に目覚める。高校卒業後、東京外国語大学ロシア語科を受験するも不合格。浪人時代は『外套』『鼻』などを耽読し「ゴーゴリ病」に罹った。53年、早稲田大学第二文学部ロシア文学科に入学。55年、小説「赤と黒の記憶」が第4回・全国学生小説コンクール入選作として「文藝」11月号に掲載。57年、福岡の兄の家に居候しながら図書館で『ドストエフスキー全集』などを読み漁る。58年、学生時代の先輩の紹介で博報堂に入社。自信作だった「ドストエフスキーではありません。トリスウィスキーです」というコピーは没に。59年、平凡出版（現在のマガジンハウス）に転職。62年3月、小説「関係」が第1回・文藝賞・中短篇部門佳作として「文藝」復刊号に掲載。67年、小説「人間の病気」が芥川賞候補となり、その後も「S温泉からの報告」「私的生活」「笑い地獄」が同賞の候補となるが、いずれも受賞を逃す。68年3月、平凡出版を退社し執筆活動に専念。73年に書き下ろした長編小説『挾み撃ち』が柄谷行人や蓮實重彥らに高く評価され注目を集める。89年より近畿大学文芸学部の教授（のちに学部長）として後進の指導にあたる。99年8月2日、肺癌のため逝去。享年67。小説の実作者でありながら理論家でもあり、「なぜ小説を書くのか？　それは小説を読んだからだ」という理念に基づいた、「読むこと」と「書くこと」は千円札の裏表のように表裏一体であるという「千円札文学論」などを提唱。また、ヘビースモーカーかつ酒豪としても知られ、新宿の文壇バー「風花」の最長滞在記録保持者（一説によると48時間以上）ともいわれ、現在も「後藤明生」の名が記されたウイスキーのボトルがキープされている。

ブックデザイン――ミルキィ・イソベ（ステュディオ・パラボリカ）
本文付物レイアウト――安倍晴美（ステュディオ・パラボリカ）
本文ＤＴＰ――加藤保久（フリントヒル）

目次

挾み撃ち

後藤明生

1

　ある日のことである。わたしはとつぜん一羽の鳥を思い出した。しかし、鳥とはいっても早起き鳥のことだ。ジ・アーリィ・バード・キャッチズ・ア・ウォーム。早起き鳥は虫をつかまえる。早起きは三文の得。わたしは、お茶の水の橋の上に立っていた。夕方だった。たぶん六時ちょっと前だろう。

　国電お茶の水駅前は混み合っていた。あのゆるい勾配のある狭いアスファルト地帯は、まことに落ち着かない。改札口から出てきた場合も、その逆の場合も、じっとそこに立ち止ることができない場所だ。実際、誰も立ち止らない。スタンドの新聞、週刊誌を受け取るのも歩きながら、ヘルメットをつけた学生諸君からビラを受け取るのもまた、歩きながらである。

　幾つか並んでいる公衆電話のあたり、それからバスとタクシー乗場。もちろん橋の上も混んでいる。それにしてもお茶の水とは、また何と優雅な駅名であろうか！　お茶の水！　ここは学生たちの交叉点だ。確か何年か前、この附近一帯を大学生たちが占拠しようとした。解放区というものを作ろうと、ヘルメットをかぶり、タオルで顔を覆い、手に手に棒を持寄って警視庁機動隊と衝突した。しかし彼らは間もなくその計画を諦めざるを得なかった。車道へ出て遊んではいけない。道路上での陣取りは違反である。ましてや手造りの火炎瓶ふう発火物を投げることなど許されるはずもない、というわけだった。つまり、まことに優雅な駅名を持つこのお茶の水界隈は、解放区とはならなかった。しかしそこが、依然として大学生たちの交叉点であることに変りはない。

橋は国電の線路を跨いでいる。この橋は何という名の橋だろう？　お茶の水橋？　たぶんそうだろう。しかしわたしは、立っている橋のほぼ中央の位置からわざわざそれを確かめに歩き出したいというほどの人間ではなかった。ただ、ある日のこと、その橋の上に立っていたにもかかわらず、橋の名前を知らなかったことに気づいただけである。

とつぜん、白鬚橋《しらひげばし》の名が口をついて出てきた。吾妻橋、駒形橋、それから……源森橋？　もちろんいずれも『濹東綺譚』である。イサーキエフスキー橋。これはゴーゴリの『鼻』である。ある朝とつぜん、朝食のパンの中から出現した八等官コワリョーフの鼻を、床屋のヤーコヴレヴィチがぼろ布に包んでおそるおそる捨てに行く橋である。確かに橋にも名前は必要だろう。できるだけ警官に出会わないように横丁から裏道を選んで寺島町へ通う荷風が、名前も知らない〈ある橋〉を渡ったのでは、面白くない。床屋のヤーコヴレヴィチもまた、警官の目をおそれている。なにしろ彼がぼろ布に包んでこっそりポケットにかくしているのは、おそれおおくも八等官の鼻だったからだ。そしてそのような彼が、ようやくの思いでぼろ布に包んだ鼻を捨てることのできた橋は、やはりネヴァ河にかかったイサーキエフスキー橋でなくてはならないだろう。ペテルブルグの〈ある橋〉では面白くないはずである。

橋ばかりではない。寺島町界隈に出没する男たちの習慣に従うためわざと帽子をかぶらず、庭掃除用のズボンに女物のチビた古下駄をはいた荷風が歩き抜ける横丁や路地にも、すべて名前がついている。どのように狭い無名の路地にも、名前があるのである。少なくとも彼は知っていたはずだ。もし本当に無名の路地であったとしても、彼だけはその名を知っているように、読む者には思われるのである。そのことは、ぼろ布に包んだ鼻をポケットに隠した床屋の場合も同様だった。なんと羨ましい小説だろうか！　実はわたしも、ああいうふうに橋や横丁や路地の名前を書いてみたいものだ。自分の小説の至るところに、あのような名前を散りばめてみたいと願わずにはいられないのである。

しかし現実には、わたしは自分がその上に立っている橋の名前さえわからない有様だった。一つにはこれは、わたしが田舎者のせいだ。田舎者？　左様、ひとまずここではそうして置くことにしよう。実際わたしはこの橋に限らず、白鬚橋も吾妻橋も駒形橋も源森橋も、知らない。渡ったことがないのではなく、たぶん渡っていながら、知らないのである。もちろんこれはわたしのせいだ。わたしの個人的な理由によってそうなのである。しかし同時に東京そのものがわたしを混乱に陥れていることも確かだろう。早い話、川の無い橋が無数に架けられている。道路のこちら側から向う側へ渡るために架けられたあの無数の歩道橋に、ひとつひとつ名前をつけたらいったいどうなるのだろう？　もちろんそれらの名前を全部、片っ端からおぼえ込む人間も出てくるはずである。意地ででも暗記してやるぞ、という人間も出てくるには違いない。しかしそのような橋の名前を荷風は小説に書き込むであろうか？　歩道橋を渡って寺島町界隈へ通う荷風の姿などは考えることができない。つまりわたしがいうまでもなく、荷風の橋は、もう書けないのである。少なくともわたしには、それを模倣する資格がない。川ばかりでなく、名前もつけられない無数の橋が、東京じゅうに氾濫したのである。

しかしいまさら愚痴をこぼしてみてもはじまる話ではない。こんな名前も無いような橋など、誰が渡れるものか、というわけにもゆかない。自動車の波を手足でかき分けることができぬ以上、誰もが名前も無い橋を渡らずには生きてゆくことができないわけだ。もちろんこれはべつだんわたしの新発見ではない。常識である。それに、何もかも一緒くたにして論じるのは、やはり誤りというものだろう。川も名前もない橋が東京じゅうに氾濫したとはいえ、現にわたしが立っている橋には、何か名前がつけられているはずだからである。その橋の上でわたしは、たまたま橋の名前を忘れているに過ぎない。しかしわたしはその橋の上で、とつぜん早起き鳥を思い出した。そこで、この橋をいま早起き鳥橋と呼ぶことに決めても大して罪にはならないだろう。

橋の上から大学バスが出る。実は一度だけわたしもそのバスに乗ったのだった。ちょうど二十年前のことだ。わたしはそのバスに乗って早起き鳥の試験を受けに出かけたのである。それ以来わたしは、二度とふたたびそのバスに乗っていない。乗る必要がなくなったからだ。

次の和文を英訳せよ。《早起きは三文の得》

その解答欄にわたしは書き込むことができなかった。ジ・アーリィ・バード・キャッチズ・ア・ウォーム。早起き鳥は虫をつかまえる。まったく情ないくらい単純な話だ。しかし諸君、人生とはまさしくそのように単純で、ごまかしの利かないものなのである！　もっともわたしが、「諸君」などと呼びかけてみたところで、誰かが「ハイ！」などと返事をするわけではない。もちろんこの橋の上にただ立っているだけの男の人生など、現在の諸君の人生とは何のかかわり合いも持たぬはずだ。いったいわたしは何者であるのか、一向に諸君にはわかっていないからである。ただ、もしも、いったいこのわたしが何者であるのか、ほんの一瞬間だけ通りすがりの諸君に興味を抱かせるものがあったとすれば、それはわたしの外套のせいだ。

とはいっても、べつだん人眼を引くような奇抜な外套ではない。一口でいえば、まことに平凡な外套である。しかし、その平凡過ぎるところが、あるいは誰かの目を引くことになるのかも知れない。いまどきわが国の首都東京においては、このように平凡な外套を着用する習慣はなくなってしまったからである。いったいいつごろからそうなったのだろう？　どうもわたしにははっきりしない。誰か服飾専門の研究家とか、デパートの売場主任とかにたずねてみればはっきりするかも知れないが、一般人の常識としては、ビルというビルが暖房完備となったこと。そのビルからビルへの往来はこれも暖房完備の自動車ですること。またその上に加えて、日本が戦争に敗けて以来、年々東京の冬は暖かくなってきて、例えば二・二六事件のような雪は最早や降らなくなってしまった。大略そういった見方がゆきとどいているようである。

多くの人々が外套に代って着用しはじめたものを、何と呼んでいるのか、わたしは詳しくない。もうずいぶん以前、トレンチ・コートとかいう、腰のあたりにベルトのついた上張りが流行した。また、スリー・シーズン・コートという名前も一時耳にしたような気がする。しかしいずれもだいぶ前の話であるから、もちろん現在のはやりではないはずである。そして、いま多くの人々が着用している外套に代るものの名前をわたしは知らない。わかっているのはただ、それが外套ではないことだけである。

ところで、いささか唐突ではあるが、寒さというものと痔疾とはいかなる関係を有するのだろう？　幸いにしてわたしはこの持病に煩わされていないが、わたしの周囲には、この病気に悩んでいる男性が少なくない。ある推理作家は、レインコート製造販売会社から口説き落とされて、テレビの画面に宣伝出演したほどの容姿の持ち主であるが、彼も痔疾だ。これは小説家には大敵である。彼なども一時は、猟銃自殺をとげたアメリカの作家を真似て、立ったまま原稿を書こうと考えてみたらしいが、結局そうもゆかなかった。なにしろ先方は横書きであるのに対してこちらは縦書きだし、それに、アメリカの作家の場合はタイプライターである。止むを得ず彼は、子供用の浮き袋をもう一まわり小さくしたような、ドーナツ形の座ぶとんを使用し、外出のときも放さず持ち歩いていたようであるが、ある日ついに、彼自身の表現によれば「福神漬の瓶」くらいのものを、手術して取り出したという話だった。その他、ある大きな出版社の労働組合の委員長、ぱらりと額に落ちかかる髪を優雅な手つきでかきあげる仕草のよく似合うフランス文学者など、いうまでもないことだが、この病気と容貌とは何の関係もなさそうである。たぶんこれは、女性の場合も同様であろう。

それでは寒さとの関係があるのだろうか？　というのは、ご存知のごとく、ゴーゴリの『外套』の主人公アカーキー・アカーキエヴィチ・バシマチキンは痔持ちだからである。そしてそれは、北国の首都ペテルブルグの気候のせいだということになっているからである。もっともアカーキーの痔疾と『外套』の物語とは、いかなる関係をも持っていない。アカーキーはペテルブルグのある官庁に勤める万年九等官である。書類の筆写が彼の仕事だ。いや、それは仕事以上のものだった。彼にはお気に入りの文字が幾つかあった。それはロシア文字のアルファベットの中の幾つかであるが、書類の中にその文字を発見した彼は、無上の喜びをおぼえるのである。時間が足りなくなると、自分のアパートへ書類を持ち帰って、気に入るまで清書を繰り返す。それが彼の人生のすべてだった。なにしろアカーキーは、すでに五十歳を過ぎているにもかかわらず、独身者で、安アパートの住人だったからだ。

　ただ、悩みのたねは、ぼろぼろになった外套だった。最早やそれは、ペテルブルグの寒風から彼の身を守る役目を果すことができない。役所の連中は、その外套《シニエーリ》を上張り《カポート》と呼んで笑いものにしていた。この格下げは、いわば人間から猿に転落したようなものだろう。しかしアカーキーを絶望させたのは、そのような仲間たちから受けた格下げではなくて、仕立屋のペトローヴィチのことばだった。この外套にはもう針がかかりませんぜ。ペトローヴィチはそう宣告したのである。

　しかしその仕立屋の宣告は、アカーキーの人生に、まったく思いがけない新しい夢を与える結果にもなったようだ。アカーキーは、アパートで茶を飲むことをやめた。新しい外套を作るための節約である。洗濯物も注文には出さない。電灯もつけない。必要な場合は家主の婆さんの部屋の片隅を使わせてもらう。道路を歩くときは、できるだけ足を持ちあげるようにする。靴底をすりへらさないためであった。しかしそのような耐乏生活が、アカーキーにとっては、苦痛ではないばかりか、新しい生き甲斐とさえなったのである。彼はあたかも婚約者が、花嫁を迎える日を指折り数えて待つように、新しい外套を夢見つつ暮したわけだ。

したがってその新しい外套が、でき上ったその日に何者かによって強奪されたとき、最早や彼が生きる希望を失ったことは、当然といえるであろう。決して大袈裟であるとはいえない。なにしろ外套が人生そのものだった。新しい外套を着用して勤めに出かけたとき、一旦猿に格下げされた彼の外套とともに、彼自身もまた、ようやく復権したのである。しかし、あっという間に、外套は何者かによって剝ぎ取られた。彼は役所の連中のすすめに従って、ある「有力な人物」のところへ請願に出かける。しかし、一喝されて、その場に倒れる。そして数日後アパートの自室で息を引き取ったが、間もなくペテルブルグじゅうに、夜な夜なアカーキーの幽霊が出没するという噂が、拡まった。なんでもその幽霊は、通行人の着ている外套を片っ端から剝ぎ取るという噂である。もちろん「有力な人物」も狙われた。しかし、「有力な人物」が襲われたあと、ぴたりと幽霊は出なくなった。何故だろうか？　たぶん「有力な人物」の外套が幽霊の体にぴったり合ったのだろう、とゴーゴリは書いている。

しかしわたしがこの早起き鳥橋の上に立っているのは、通行人の誰かに『外套』の物語を語りかけるためではない。わたしは山川という男を、この橋の上で待っているのである。わたしは六時にこの橋の上で彼と会う約束をした。もっとも、それにしたところで、通行人たちとは何のかかわり合いも持たぬことだろう。わたしは平凡な外套を着た一人の四十歳の男に過ぎない。ある日のこと平凡な外套を着た四十歳の男が、橋の上を通りかかる。いうまでもなく、橋というものはこちら側から向う側へ、あるいは向う側からこちら側へ渡るものだ。しかしその男が、とつぜん橋の中央附近で立ち止らないとは断言できない。何故？　もちろん本人にもわからないが、とつぜん橋の真中あたりで彼は両脚の運動を中止してしまったわけだ。そういう人間が絶対にいないとは断言できまい。あたかも、生まれてからこのかた、ただ歩き廻ることしか考えなかった人間が、とつぜん、人間には立ち止るということもできるのだ、と気づきでもしたかのように、ある日のこと通りかかった橋の上で、立ち止る。あるいはわたしも、そのような一人の男に見えるかも知れないのである。そう見えたとしても一向に差し支えはないわけだ。

たぶん人々は、やや平凡過ぎるわたしの外套にも注目はしないだろう。アカーキー・アカーキエヴィチは、その夢みるような新しい外套の襟に、猫の皮をつけた。残念ながら貂《てん》の皮は買えなかったが、猫の皮は遠目には貂に見えるからだった。わたしの外套の襟には、もちろん貂の皮はついていない。海豹《あざらし》の皮も洗熊の皮も猫の皮もついていない。色もグレイとブルーの中間色系統の、きわめておとなしいものだ。しかし材質は上等の純毛で、オーダーメイドではないが、英国製である。

わたしは、決して着るものにうるさい人間ではない。外套以外は背広もシャツも靴も、もちろん国産品である。背広は仕立てものだが、それは、決して美的要求からではない。わたしの上体は、どうやら右側へ歪んでいるらしい。ある仕立屋にいわせると、捩《ねじ》れている。弓でも引いてるんですか、というわけだったが、上体が捩れるほど弓を引いたおぼえはない。つまり、原因ははっきりしないが、そんなわけで、既製服を着ると、傾いたハンガーに洋服を吊したように見えるらしい。見えるだけでなく、何とも居心地が悪いのである。いわゆる右肩が下っているというのではない。右肩が下へではなく、うしろへ捩れているのである。でなければ左肩の方が前へ捩れているのか。いずれにしても、捩れているわけだ。しかし、上着はまだいい。問題はズボンだ。あの、斜めにポケットを貼りつけたようなズボンをはいて歩くのはきわめて困難である。脚が短いせいだろうか？　わたしの身長は五尺四寸である。足の文数《もんすう》は十文半だ。これこそまさに、既製服のために出来上ったような体格といえるのではなかろうか。にもかかわらず、あの股上の浅い既製のズボンをはくと、歩行困難を来すのである。ズボンをはいた、という心地がしない。何かを腰のあたりから吊している心地で、どうにも落ち着かない。

着るものに決してうるさい人間ではないにもかかわらず、わたしが背広だけは仕立てることにしているのは、そのためであるが、作ったのは結婚してから十二年の間に、六着か七着というところだろう。しかもその六着だか七着だかを、いずれもいまだに着続けているのである。外套の方は何着だろうか？　たぶん十二年間に三着だった。それは多い方か、少ない方か、わたしにはわからない。おそらく多くはない方だろう。しかしわたしは、トレンチ・コートとかスリー・シーズン・コートとかには見向きもせず、ただただ平凡な外套のみにこだわってきた。四年や五年は保つ丈夫な材質のものを選んだ理由も、他ならぬそのためだった。外套、外套、外套である。あたかもアカーキーの幽霊のように、わたしは外套にこだわってきた。

幸いなことは、わたしの妻がこのわたしのこだわりに対して、反対しなかったことだ。たぶん彼女は、わたしが北朝鮮という寒い地方で育った人間であるため、そのように外套を懐しがるのだろうと解釈したに違いない。口に出してそういったわけではないが、わたしはそう勝手に彼女の気持ちを解釈している。そしてそれは、当らずといえども遠からず、であろうとこれもまた勝手に考えているわけだ。

ここは朝鮮北端の
二百里余りの鴨緑江
渡れば広漠、南満州
……………………

酷寒零下三十余度
四月半ばに雪消えて
夏は水沸く、百度余ぞ

とつぜん『朝鮮北境警備の歌』が口をついて出てきたが、とにかく妻がわたしの外套に反対しなかったことは、幸いだった。もちろん反対されても、わたしは外套を着ることにこだわり続けたはずである。ただしそうなった場合には、わたしは妻にまで意地を張りながら外套を着ることになっただろうからだ。いま着ている外套を買い求めたのはいつだろう？　もう三、四年前になるだろうが、わたしは妻と一緒にデパートへ出かけて行った。もちろん二人の子供も一緒だった。長男はいま十歳、長女は五歳である。このあたりアカーキーとはまるで違っているわけだ。アカーキーは、仕立屋のペトローヴィチが住んでいる建物の裏階段を昇って行く。洗濯物の水でびしょびしょに濡れ、目を突き刺すようなウオトカの臭気がすっかりしみ込んでしまっている階段である。ところが一方わたしの方は、あたかも吾こそはデパートの王者なのだ、とでもいわぬばかりに、ぴかぴかに磨きあげられた真鍮《しんちゅう》の手摺りのついた、階段である。あるいは階段ではなく、エスカレーターであったかも知れないが、いずれにせよアカーキーは一人、こちらは親子四人連れだった。それに何より、わたしはお茶を飲む金まで倹約して、外套を買い求めたのではない。電灯料を節約して、親子四人が暗闇の中で何ヵ月間か夕食を続けたわけでもなかった。あるいはわたしの妻は、わたしの外套のために何ヵ月かの間、夕食のおかず代くらいは細工をしたかも知れない。しかし、わたしの靴底にまでは、目を光らせてはいなかったようだ。

もっとも、わたしが外套にこだわることに妻が反対しなかったのは幸いであったが、そのためにわたしは、結局わたしが外套にこだわる本当の理由を、とうとういままで彼女に話すことを忘れてしまっていたのである。嘘ではない。すっかり忘れていたのである。つまり話す必要がなかったからだ。もちろん、夫婦だからといって、何から何まで包み隠さず打明け話をしなければならないとは限るまい。少なくともわたしは過去十二年間、その考え方で結婚生活を続けてきたが、特に支障はなかったようだ。山川のように離婚もせずに今日まで来ている。左様、山川は離婚者である。もちろんここでは、離婚の良し悪しが問題なのではない。単なる事実をいっているだけだ。問題は離婚の良し悪しではなく、ある考え方の一つの実例としてのわたしの場合であるが、その考え方の実現のために、わたしは特別の努力を払ったわけではない。というより、むしろその考え方以外の方法は、わたしには到底不可能だった。なにしろ、打明けようにも、告白しようにも、忘れてしまっていることが多過ぎたからだ。

それに、いかなる手段方法を用いても、一切合財を思い出さなければならないのだ、という思想もわたしにはなかった。忘れているものまで思い出して打明け話をしたり、告白したりすることをわたしに強いる、宗教もなかった。そして離婚もしなかったのである。要するに無い無い尽しであるが、あるいはそのようなわたしの生き方自体に、何か重大な問題があるのかも知れない。しかしわたしがこの橋に来たのは、それが重大な問題であるか否かを考えるためではなかった。何が何でもその点に関して、この橋の上で決着をつけるためではない。もちろん早起き鳥を思い出すためにわざわざやって来たわけでもない。わたしがこの橋の上に立っているのは、山川と待ち合わせるためだった。ところがとつぜん、わたしが思い出したものは早起き鳥だったわけだ。それればかりではない。わたしはついに、この橋が「お金の水橋」であったことまで思い出したのである。

わたしが生れてはじめてこの橋の上にやってきたとき、この橋の名前は「お金の水橋」だった。二十年前のことである。確かライオンという筆名を持ったさる高名な流行作家の、新聞連載小説のモデルとして、この橋は登場していた。九州筑前の田舎町の新制高校生であったわたしは、たまたまその連載小説を読んでいた。そしてライオン氏が小説の中で命名した「お金の水橋」を、滑稽にもその橋の実名とばかり思い込んでいたのである。何という滑稽な田舎高校生だったことか！　しかし、橋の下はライオン氏が書いた通りの眺めだった。東だろうか？　西だろうか？　まったく文字通り西も東もわからない田舎者であったが、国鉄お茶の水駅から地下鉄お茶の水駅の方へ向って右側の手摺りから眺めおろすと、濁った水流を挾んで右側が国電のプラットホームだ。もちろん当時はまだ赤い地下鉄は走っていなかった。その代り、濁った水流を挾んで左側の土手には、ライオン氏の小説に書かれていた通りの、バタ屋部落が見えたのである。何不自由のない暮しをしているサラリーマンが、ある日とつぜん家出をする。その彼が自由を求めて転り込んだのが、「お金の水橋」下のバタ屋部落だった。なるほどこれが「お金の水橋」下のバタ屋部落か！　わたしは外套のポケットに両手を突込んだまま、眺めおろした。外套？　左様、カーキ色の旧陸軍歩兵用の外套だった。わたしはその外套を着て、九州筑前の田舎町から上京した。早起き鳥の試験を受けるために東京へ出て来たのである。

わたしの頭髪は五分刈に毛が生えたようなものだった。七三にせよ四分六分にせよ、分けるにはまだまだ何ヵ月かの時間が必要だった。その頭に田舎高校の学生帽が載っていた。帽子には白線が三本縫いつけられている。上の一本だけが下の二本よりも細目であるのが、特徴だった。眼鏡は真丸い書生眼鏡である。蔓は耳のうしろに巻きついていた。わたしはやがて「お金の水橋」の上からバスに乗って、早起き鳥の試験場へ向った。早起きは三文の得。ジ・アーリィ・バード・キャッチズ・ア・ウォーム。早起き鳥は虫をつかまえる。しかしわたしは、早起き鳥をつかまえることができなかった。

わたしは外套のポケットから煙草を取り出し、口にくわえた。それから使い終ったマッチを橋の下へ落とした。ライオン氏によって書かれた「お金の水橋」下のバタ屋部落はもう見えない。しかし、ちょうど地上に姿をあらわした赤い地下鉄が見えた。たぶん向う側が川上なのだろう。そこにもう一つ橋があって、そのコンクリートの橋桁《はしげた》のあたりに、一定の時間的間隔をもって地下鉄電車が浮き上って来る。しかし電車の全体は見えない。見えるのは三輛、それとも四輛か？　頭はすでに地中に突込み、尻尾の方はまだ地上にあらわれていない。カーキ色の旧陸軍歩兵の外套を着たわたしが、早起き鳥試験を受けに来たときには、まだ見えなかった赤い地下鉄である。

2

あの外套はいったいどこに消え失せたのだろう？　いったい、いつわたしの目の前から姿を消したのだろうか？　このとつぜんの疑問が、その日わたしを早起きさせたのだった。

このとつぜんの早起きについて、何かもっともらしい理由を考える必要があるだろうか？　例えば、わたしの職業を露文和訳者だとする。わたしは目下、新しいゴーゴリ全集のために、『外套』を翻訳中だ。そのわたしがある日とつぜん、あのカーキ色の旧陸軍歩兵用の外套を思い出す。あの外套はいったいどこへ消え失せたのだろう？　いったい、いつわたしの目の前から姿を消したのだろうか？　そしてわたしは、とつぜん早起きをして、家をとび出して行く。これなら辻褄が合っている。

あるいはまた、こういうことも考えられるだろう。わたしはある団地に住んでいる、まことに平凡なサラリーマンである。毎朝、電車で勤め先へ通っている。その今年四十歳になる一人の平凡なサラリーマンが、ある日とつぜん、満員電車の中で、二十年前の外套を思い出す。あの旧陸軍歩兵の外套はいったいどこへ消え失せたのだろう？　いったい、いつわたしの目の前から姿を消したのだろうか？　わたしはとつぜん、満員電車の人波を全力でかき分けかき分け、次の駅のプラットホームへ転がり出る。そして会社とは反対方向の電車にとび乗ると、失われた外套の行方を捜し求めて行く。これもまた、まことにもっともらしい話である。いかにも小説の主人公らしい。

しかしながら幸か不幸か、わたしは目下『外套』を翻訳中の露文和訳者ではない。また、確かに四十歳の男であり、団地の片隅にも住んではいるが、毎朝通勤電車で通うサラリーマンでもなかった。したがって、もっともらしい、辻褄の合った小説の主人公には、どちらかといえば不向きな人間かも知れない。しかし、わたしに限らず、世の中には必ずしも素姓のよくわからない人間が、誰の周辺にも必ず存在しているものだ。現にあなたの周辺にだって、そのような人間はいるはずである。職業も年齢も家庭の事情も、毎月の収入もわからない。そういう男が、毎日、あなたの隣にもいるはずである。プラットホームで煙草を吸っているかも知れないし、あわただしそうに音をたてて、駅そばをすすり込んでいるかも知れない。あるいは映画館の中であなたの隣に腰をおろして、西洋もののポルノグラフィーに腹を立てているかも知れないのである。実際、毎日のように歩道橋の上ですれ違う人間のうち、あなたはその何人の素姓を知っているだろうか? そしてあなたは、何人の人間から果して知られていることだろう? 東京はあなたの会社ではない。あなたの大学でもない。もちろん行きつけの酒場でもない。そして同時に、そのことは決して不都合なことではないのである。

わたしは、毎朝早起きをしているサラリーマンではなかった。毎晩毎晩、あたかも団地の不寝番《ねずばん》でもあるかのように、五階建ての団地の3DKの片隅で、夜通し仕事机にへばりついている人間である。もちろん誰かに不寝番を頼まれたわけではない。自分で勝手にそうしているわけだ。わたしはゴーゴリの『外套』を翻訳中の露文和訳者でもない。しかし、あのカーキ色の旧陸軍歩兵の外套を着て、九州筑前の田舎町から東京へ出て来て以来ずっと二十年の間、外套、外套、外套と考え続けてきた人間だった。たとえ真似であっても構わない。何としてでも、わたしの『外套』を書きたいものだと、考え続けて来た人間だった。つまりわたしは、わたしである。言葉本来の意味における、わたしである。

にもかかわらず、わたしはあの外套の行方をどうしても思い出すことができない。というより、その行方不明となった外套の行方を、考えてみること自体を忘れていたのだった。いったいわたしは、いままで何を考えてきたのだろう? もちろん生きている以上、さまざまなことを考えてはきた。あの外套の行方を考えることを忘れていたのは、たぶんそのためだろう。これは大いなる矛盾である。しかし、なにしろ外套、外套、外套と考えるだけでは、生きてゆくことができなかったからだ。当然のことだが、矛盾がわたしを生きながらえさせたのである。

ともかくわたしは、ある日とつぜん早起きをした。このとつぜんの早起きについて、最早や何か説明を加える必要はないだろう。わたしに限らず、誰にでもこのようなある日は、あるはずだからである。ある日とつぜん何事かが起るのであり、それは必ずしもわたしたちの誰もが予定を立てていた通りの生活であるとは限らない。あるいは待ち望み、あるいは夢見たり、またあるときは不安におののきながら予感していたような出来事ばかりとは、限らないだろう。ある日とつぜん何事かが起る。ということは、何が起るのかわからないわけだ。実際、生きている以上、何が起っても止むを得ないだろうし、どんなことだって起らないとは断言できない。そしてそれが何故起ったのかは、更にもっとわからないのである。

はっきりしていることは唯一つ、わたしの外套は何ものかによって強奪されたのではないことだった。新調したばかりの外套を強奪されたアカーキー・アカーキエヴィチの場合は、まず現場近くにぼうーっと灯のともっている交番へ出かける。そこには戟《ほこ》にもたれかかるようにして一人の巡査が立っていたが、彼は明日、分署長のところへ行った方がいい、という。すごすごと下宿へ戻ると、下宿の主婦は、分署長ではラチが明かないから、直接、区の警察署長のところへ行った方がよい、という。アカーキーは翌朝早起きをして、警察署長のところへ出かけて行った。しかし、「寝ている」という返事。十時にもう一度出かけた。まだ「寝ている」。仕方なく十一時にまた出かけた。すると今度は、「警察署長殿はご不在です」。それでもアカーキーは四度目の訪問でようやく警察署長に面会できた。四度目は昼食時に出かけたのである。しかし結果は面会しなかったのと同じようなものだった。警察署長が興味を示したのは、奪われた外套よりも、アカーキーの夜の素行の方だったからだ。どこかあやしげな家へ立寄り、そこへあがっていたのじゃないか？　結局アカーキーはその日一日を棒に振ってしまった。勤めを休んだのは生まれてはじめてのことだった。翌日彼は、役所の連中にすすめられて、さる「有力な人物」のところへ直訴に出かける。そして、一喝されその場に倒れたわけであるが、わたしの場合は、まずどこへ出かけるべきだろう？

もちろんそれは警察ではない。「有力な人物」？　これも無関係である。わたしはふとんから起きあがると、寝巻の上にどてらをひっかけた。そして、隣の四畳半へ行って、仕事机の上から煙草の袋を取りあげ、一本を抜き取って口にくわえた。しかし、思い直して元に戻した。仕事机の上の、山盛りになっている灰皿が見えたからだ。前日の不寝番は午前三時までだった。わたしの喉は、その間吸い続けた煙草のために、たぶん煤だらけの煙突のようになっているはずである。その喉を通って、空っぽの胃袋の中へ真先に侵入して行くものがまたもや煙草の煙であることだけは、何としてでも防止しなければならない。たとえコップ一杯の水でもよい。わたしは、仕事部屋の四畳半から、ダイニングキッチンへ入って行った。

ダイニングキッチンでは、小学校五年生の長男と幼稚園の長女と妻の三人が食事をしていた。ちょうどそういう時間だったのである。

「あら」

「お早よう！」

「お父さん、お早よう！」

と、妻、長男、長女が、口ぐちにいった。

「お早ようございます」

とわたしは答えた。朝のテレビ番組の画面の下の方に時間が出ている。七時三十六分だった。テレビは食器戸棚の上に載っている。わたしはその真正面の椅子に腰をおろした。わたしの定位置である。食事中に子供たちがテレビに熱中しないためだ。

「いま学校は何時に始っているのかな？」

とわたしは長男にたずねた。

「八時半だよ」

「幼稚園は？」

「九時！」

子供たちと一緒に朝食のテーブルにつくことは、まったく久しぶりだった。しかし、一緒に食事はできなかった。わたしの食べるものは、無かったからだ。妻と子供たちは、朝はパン食である。わたしはパンはほとんど食べない。それに、ぜんぜん時間外だった。不寝番の朝食は、ふつう早くて十一時、遅いときは午後二時である。わたしは、長女の皿からトーストをむしって、一口食べた。

「あら、また寝るんじゃないんですか？」

「いや、子供たちが出かけてからでいいよ」

「昨夜、電話で誰かと約束してたみたいね」

「山川か。あれは六時だけど」

「お父さん、こんなに朝早くどっか行くとこあるの？」

と長女がたずねた。

「ああ」

「どこ？」

「いいところ、だ」

「デパート？」

「バカだなあ。お父さんがデパートなんか行くわけないじゃないか」

と長男がいった。

「で、何時ですか、お出かけは?」

「そうだな、九時にするか」

そういってからわたしは、新聞を持ってトイレットに入った。そうやって朝刊を読むのも久しぶりだ。一月ぶり? いやもっとかも知れない。最近は不寝番続きで、ほとんど朝刊を読まなくなった。起きて食事をしながらわたしは妻にその日の朝刊の模様をたずねる。何か変った事件があったか、どうか。誰か「有力な人物」が死ななかったか、どうか。そういうまことに不精な習慣が身についてしまった。戦争、殺人、幼児誘拐、暴動、飛行機事故、学生騒動、性犯罪その他。何かめぼしい事件があったかどうか、妻にたずねてみて、あった場合にだけ自分でその部分を読むわけだ。

この不精な習慣は、眼のせいもあった。どうして新聞の記事というものは、ああいう配列になっているのだろう? 飯を食いながら新聞を読む人間の気が知れない。誰かが発明したのだろうが、ひどく眼が疲れる。乱視がひどくなっているのか? あるいは不寝番のせいか? それとも四十歳のせいだろうか? 一度検眼しなければなるまい。ただし、今日は駄目だ。

わたしは白い馬蹄型の洋式便器に腰をおろして、ぱらぱらと朝刊をめくった。大した事件はなさそうだ。もちろん一面には、何人かの「有力な人物」たちの顔が出ていた。それから、グァム島のジャングルの中に二十八年間も一人で潜伏していた、もと日本兵。彼の人気はまだ衰えないらしい。名古屋で早くも洋服の仕立屋をはじめた。もちろん外套も作るのだろう。おどろいたことに、今度は結婚するらしい。まったくおそるべき人物である。次なる大戦に備えて、ジャングル生活の体験を手記にしたいと帰還したとき語っていたが、原稿の方は出来たのだろうか? もし出来上れば、それこそロビンソン・クルーソー以上の、世界的超ベストセラーになるのだろうが、手記よりも結婚の方が先になるようだ。少しばかり惜しいのではないか。結婚はたぶん、手記にはマイナスだろう。それとも、出版社の狙いは反対だろうか? 奇蹟人間の性的体験も手記にさせようということかも知れない。

さて、九時に家を出て、まずどこへ出かけるべきか？　ちらりと新聞の片隅の「たずね人」欄が目に入った。新聞社？　わたしはその欄に掲載された外套の記事を想像してみた。しかし写真は、わたしの顔だろうか？　それでは意味があるまい。旧陸軍歩兵の外套を着たわたし。これならば幾らか意味はわかる。わたしは「たずね人」欄の文案を考えてみた。

《この写真にあるカーキ色の旧陸軍歩兵用外套の行方を捜しています。昭和二十七、八年ごろ買い取るかまたはその他の方法で入手された方はご一報下さい。すでに現物が無くなっていてもお礼は致します。電話番号――赤木》

まあ、こんなところだろう。アカーキー・アカーキエヴィチの場合は、新聞社には出かけなかった。新聞社へ出かけて行ったのは、鼻をなくした八等官のコワリョーフである。彼は行方不明になった鼻を捜している旨の案内広告を出したいと頼み込むが、「鼻」とはまた変った名前の人物ですな、とからかわれてすごすご帰ってくる。当時のペテルブルグの新聞社にも常識はあったわけだ。わたしの外套の場合はどうだろうか？　しかしそのとき、あの外套を着た写真は一枚もなかったことに、わたしは気づいた。あの外套に限らず、あの一年間、わたしはいかなる写真も撮らなかったのではなかろうか。早起き鳥試験に失敗してからの一年間だ。つまり浪人時代である。

昭和二十七年三月から昭和二十八年五月までの一年余りを、わたしは少しばかり変った名前の町で過ごした。埼玉県の蕨《わらび》町だ。いまは市になっているのかも知れないが、当時は北足立郡蕨町だった。濁ったどぶの多い町だ。したがって蚊の多い町だった。旧中仙道沿いの、いかにもさびれた町である。わたしが中学、高校の六年間を過ごした筑前の田舎町よりもずっと田舎だ。にもかかわらず、早起き鳥試験に失敗したあと、わたしは筑前には帰らなかった。夏休みのころちょっと帰ったが、せいぜい二週間くらいだろう。何故だろうか？　もちろん理由はいろいろとあったはずだが、いまはそれを思い出している場合ではなさそうだ。とつぜん二人の女性の顔が、わたしの前に浮び上ってきたからである。

一人は蕨町の下宿の小母さんだった。そしてもう一人は、その下宿から百メートルくらい離れた、質屋の小母さんである。二人とももう六十歳を過ぎただろうか？　しかし、わたしにとってその顔はまさに、迷える巡礼の前にとつぜん出現した弘法大師のようなものだった。わたしは、あわただしく音をたてて新聞をたたんだ。そして、あたかも京浜東北線の電車がすでに蕨駅へ到着でもしたかのように、馬蹄型の便器から腰をあげ、トイレットのドアをとび出した。

このようにしてわたしの行先は決った。失われた外套の行方を求める巡礼の、第一の目的地は決定したのである。

「何か事件ありましたか？」

「あった、あった」

「グァム島？」

「え？」

とわたしは思わず妻にきき返した。「グァム島」が「外套」にきこえたからだ。

「横井さん、結婚するらしいわね」

「あ、あの兵隊さんでしょ？」

とテレビを見ていた長女が口を出した。長男の方はすでに出かけたようだ。

わたしも急がなければならない。わたしは大急ぎで着替えをした。どてらのままでは髭が剃れない。わたしは大急ぎで顔を洗い、大急ぎで髭を剃り落とした。それから大急ぎで朝食を済ませた。

「誰かと待合せ？」

「いや、一人だ」

「ずいぶんあわててるから」

「六時までに巡礼を済ませにゃいかんから」

「巡礼？」

「いや、何個所か見て廻る必要があるんだ」

「そりゃまた、珍しいわね」

「なにしろ二十年ぶりだからな」

「ま、お天気もいいようだから、たまに運動はいいわよ」

これ以上、妻と何か話をしただろうか？　あるいは夕食のことくらいは話したかも知れない。夕食は要らない。山川のことは妻も知っている。ただし、夜遅くにかけて来る電話だけだ。実際、かかっては迷惑なときにも何度かかかってきた。もちろん酔っている。夕方待ち合わせる相手としては余りいい相手とはいえない。たぶん妻はそう思っているだろう。いつもならば、出がけにひとくさり山川談義をするところだ。離婚者である彼の近況である。わたしは徹底的に面白おかしく山川を肴《さかな》にすることができた。わたしと妻との会話の中では、彼は終始一貫、ピエロの存在だった。そうすることが、いわばわたしの弁解だった。その程度の代償は止むを得ないだろう。彼と会えば、まず間違いなく朝帰りだったからだ。しかしいまは、そんな余裕はまったくなかった。「巡礼」についてももう話さなかった。のんびりしていると、またまた迷路へ踏み込んでしまうかも知れない。弘法大師の導きの顔を見失ってはならない。巡礼の持ち物はきわめて簡単だった。外套のポケットに入る小型メモ帖とボールペン一本である。

家を出て、団地内循環バスの停留所へ向う途中、背中の方から声がかかった。

「お父ちゃーん！」

三、四人連れで幼稚園へ向っていた長女を、わたしは気づかずに追い越してしまったらしい。

団地駅からわたしは、まず東武線の電車で北千住へ出た。埼玉県内の交通はまことに不便だ。たぶん旧街道のせいだろう。わたしが住んでいるのは、世帯数七千を数えるマンモス団地であるが、そこはもと草加宿のはずれの田圃《たんぼ》だった。行く春や鳥啼き魚の目は泪。前途三千里の思いをはせつつ、奥の細道への旅路についた芭蕉が、北千住から歩いて最初にたどり着いた旧日光街道の宿場町である。その古い宿場町はずれの田圃のど真中に出現したマンモス団地のために、東武線には新しく団地駅ができた。現在はその線路に地下鉄日比谷線が乗り入れて、直通で上野、銀座、六本木を経て目黒へ出ることができる。ところが、同じ埼玉県内の浦和、川口、蕨へ出るには、一旦東京へ出なければならない。もちろんバスは通っている。しかし、一時間に一便あるかないかだ。旧日光街道の草加宿と、旧中仙道沿いの蕨宿との交通は、かくのごとく不便である。すべての道は江戸へ通ず。参勤交代にはその方が何かと好都合だったのかも知れない。確かにいまでも、一旦上野へ出て京浜東北線に乗る方が早いようだ。

団地駅からの電車は、坐れなかった。まだ通勤者の時間が終り切っていなかったのだろう。わたしは九時の予定よりも幾らか早目に家を出たことになる。わたしは最初に入って来た黄色い車体に赤線入りの東武電車に乗った。地下鉄電車の方は、銀色の車体である。赤線入り電車も最近はだいぶ新しくなったが、ときたま車輛の端に便所つきという旧式のやつに乗り合わせることもあった。銀色の方がやはり乗り心地はよい。しかし、草加宿から蕨宿への巡礼には、赤線入りの旧式電車の方がふさわしいのかも知れない。乗り換え、乗り継ぎながら行くべきなのだ。

北千住では、始発の銀色電車がホームの反対側に待っていた。こちらはガラガラで、わたしが乗り込むと軽く手前へ車体がかしいだのがわかったくらいだ。それにしても、生まれてはじめて九州筑前の田舎町から出てきたわたしが、最初に住みついたところが中仙道沿いの蕨宿。そして二十年後のいま住んでいるところが日光街道沿いの草加宿、というのはいかなる因縁によるものだろうか？　もちろんわたしは、蕨から草加へ一直線に移動したわけではない。わたしが中仙道から日光街道へ至る経路は、山手線以上に迂回している。草加宿はずれの田圃のど真中に、まるで蜃気楼のように出現したマンモス団地に住みはじめてやがて十年だった。いま十歳になる長男が生まれて暫くしてから、たまたま抽せんに当ったのである。一言でいえば、わたしは漂着した。東京都内はもちろん、都下、神奈川、千葉、各地方の団地へ、わたしはほとんど手当り次第に申込みを続けていたからである。草加を特に希望したわけではなかった。希望する理由もなかった。

例えばガリバー旅行記のようなものだ。ガリバーは確かに好奇心の強い男だった。語学、文学、歴史その他世界じゅうの未知なる人間生活に関して何でも知りたがる知識欲を持ってはいたが、決して探検家ではない。彼は余り裕福ではない医者である。彼が船に乗り込むのは、生活のためだ。生活のために、故郷に妻子を残して、『羚羊《かもしか》』号の船医となった。そして『羚羊』号は、もちろん小人国をめざしたのではない。一六九九年九月五日、ウィリアム・プリチャード船長指揮の下にブリストルを出航、東印度へ向ったのだった。にもかかわらず、ガリバーは小人国に漂着したのである。はじめから探検家として小人国をめざしたわけではなかった。そこが、いかにも人生らしいところだ。彼は、世にも不思議な小人たちを、発見しようと勇んで母国を出たのではない。むしろ、海岸に漂着して気を失っているところを、小人たちに発見される。彼は小人たちとの出遇いを、自分で選んだわけではなかった。たまたま漂着したところで、まったく予想もしなかった他人たちとめぐり合ったのである。団地だって、同じことだ。

わたしはガラガラの銀色電車の中で、外套のポケットから小型メモ帖を取り出した。そして第一ページ目に、「昭和二十七年三月──→二十八年五月、埼玉県蕨町」と書きつけた。そこから草加宿へたどり着くまでに、わたしはどのような迂回路をたどったのだろう？　わたしは思わず溜息をついた。芭蕉ではないが、まさに前途三千里の思いである。わたしはメモ帖の次のページをめくって、そこにこんどは東京都内の電車路線図を書いてみた。まず山手環状線。その右側に接線を引いて京浜東北線。山手線の真中を抜ける中央線。それから、池袋—赤羽間の赤羽線。秋葉原から千葉方面へ向う総武線。

路線はまだ必要である。私鉄では、五反田—蒲田間の池上線。そして西武新宿線と西武池袋線。それからいま乗っている地下鉄日比谷線および東武線。

わたしは次に、その路線略図に駅名を記入しはじめた。その結果、銀色電車が上野へ到着するまでに出来上ったのが、次のようなものだ。

◉京浜東北線・蕨（S27・3〜S28・5）——◉赤羽線・板橋（S28・6〜約一ヵ月。滝野川郵便局裏。二階）——◉西武新宿線・鷺の宮（S28・7〜約一ヵ月。麦畑の中を歩く）——◉中央線・四谷（S28・8〜約三ヵ月。四谷税務署近く）——◉山手線・高田馬場（S28・11〜約一年。早稲田松竹裏と諏訪神社近くの魚屋の隣の一軒家の二ヵ所）——◉中央線・荻窪（S29・10又11から約半年。荻窪一丁目バス停先左折・二階二畳半？）——◉池上線・雪が谷大塚（S30・4又は5から約一年。雪ヶ谷映画館近く）——◉中央線・西荻窪（S31・3又は4から約半年。西荻と荻窪の中間あたり）——◉山手線・高田馬場（S31・10ごろからS32・3まで。戸塚二丁目ロータリー渡り左折、次に右折、路地）——◉京浜東北線・王子（S33・3〜約二ヵ月。飛鳥山公園の下を通ってかなり歩く）——◉総武線・新小岩（S33・5〜約半年。東口商店街右折、新道左折、次右折。荒川土手？近く）——◉池上線・荏原中延（S33暮あたりからS35・9まで。延山小学校裏）——◉西武池袋線・椎名町（S35・9〜約一年）——◉中央線・東中野（S36・10〜S37・12）——◉東武線（地下鉄日比谷線）・現在の団地（S37・12〜）——？

やれやれ！ まったくとんだ矢立のはじめである。いったい何ヵ所あるのだろう？ わたしは①から番号をふってみた。いま住んでいる団地が、⑮である。これが、蕨宿から草加宿へたどりつくまでの十年間にわたしがたどった迂回路だった。九州筑前の田舎町から出てきたわたしが、さまよい歩いた迷路だった。遍路歴程だった。生きてきた時間と空間だった。カタツムリのように動いた軌跡だった。

ボールペンで書き込まれた小型メモ帖の一ページからは、無数の人間の顔がのぞいている。駅名と駅名の間には、それら男や女たちの顔が、あたかも枕木のようにぎっしりと挾まっている。しかしわたしは、彼らの顔にここでは眼を向けたくない。いまはその迷路の暗闇から、わたしの方を見ている彼ら男や女たちの口を封じて置かなければならぬ。また、彼らに語りかけようとするわたし自身の口も、封じて置かなければならない。もし万一、わたしがいま彼らのうちの誰か一人に向って口を開いたら最後、駅名と駅名の間にあたかも枕木のようにぎっしりと挾まってひしめき合っている彼らは、一斉に立ちあがってわたしの記憶の中で氾濫し、たちまちにしてわたしの計画をめちゃめちゃにしてしまうだろうからだ。

一切注釈を省いて、場所と日付以外には誰の名前も、もちろん妻や子供たちも、メモ帖に書き込まなかったのは、そのためだった。もちろんわたしは、いずれそのうちには、メモ帖に書き込まれた場所から場所をひとつひとつ、虱潰しに巡礼したくなるはずである。そして駅名と駅名との間に、枕木のようにぎっしりと挾まっている男や女たちと、ふたたびかかわり合いを持つことになるのだろう。この地図をたよりに、記憶の迷路めぐりをはじめるはずだ。それは同時に、地獄めぐりでもあるだろう。左様、第一番札所から第十五番札所まで、迂回路をめぐり歩く記憶地獄の遍路である。それは果して、いつのことになるのだろうか？　もちろん皆目わからない。なにしろ、まだわたしは上野の手前だからだ。第一番札所にも至っていないのである。

とにかくいまは、あの外套である。カーキ色の旧陸軍歩兵用外套は、いったい、いつどこで消え失せてしまったのか？　このとつぜんの疑問のために、わたしは早起きしたのだった。そして電車に乗ったのである。

とにかく蕨だ。蕨へ向って急がねばならぬ。わたしは小型メモ帖のページを閉じて、外套のポケットにしまい込んだ。電車が停った。やっと上野だ。

3

わたしは上野から京浜東北線に乗った。電車はすいていた。九州筑前の田舎町から出てきたわたしが、東京ではじめて乗ったのも京浜東北線だった。二十年前の三月のある日、電車はかなり混んでいた。夕方の退勤時間だったのかも知れない。そのころ博多から東京まで、急行寝台車でほぼ二十四時間だった。わたしは詰襟の学生服の上にカーキ色の旧陸軍歩兵の外套というようないでたちで、吊革につかまっていた。左手には茶色の大型ボストンバッグがぶらさがっていた。さすがに、あの白線帽はかぶらなかった。生真面目に三本の白線を縫いつけた、その田舎者の象徴は、ボストンバッグの中に仕舞い込まれていた。

わたしの荷物は、ボストンバッグの他にもう一つ、風呂敷包みである。包みの中は、銘菓ひよこ、鶴の子まんじゅう、にわかせんべい、ぼんたん漬けの箱が合計四箇であったが、その包みの方は、東京駅のプラットホームまでわたしを出迎えてくれた、古賀の右手にぶらさがっている。学生服姿の古賀は、急行寝台車から降りたわたしに近づいて来て、いきなり「おす!」といった。彼は外套を着ていない。素足に下駄ばきだった。両手の拳を軽く握った、明らかに空手式の挨拶である。髪の毛はざんばら。頬骨がやや高く、その左側に小さな傷跡が見えた。眼の色は黒でなく、はっきりした鳶《とび》色だった。

それが果して九州出身者の骨相の典型であるのかどうか、わからない。少しばかり頬骨が高いような気もする。しかし、古賀という姓はまぎれもなく九州土着のものだった。九州の中でも特に福岡県、佐賀県である。日本じゅうでもおそらく、その二県だけではなかろうか。わたしが通算六年間通った筑前の中学、高校にも多かった。一クラスに必ず一人か二人はいたようだ。教師にもいた。とにかく古賀は九州独特の姓の一つといえるだろう。そして、その古賀がぶらさげている風呂敷包みの中身も、九州の代表的な菓子類だった。もちろん蕨への手土産である。

わたしの行先は、古賀の兄夫婦のところだった。彼らは蕨のある屋敷の離れを借りているということである。もちろん話だけで、古賀の兄という人物をわたしは知らなかった。古賀弟とも、東京駅のプラットホームが初対面だった。親戚でもない。母方の親戚筋に当る「吾妻のおじさん」からの紹介で、わたしは古賀兄のところへ行くことになったわけだ。「吾妻のおじさん」は、わたしにとって伯父でもないし、叔父でもない。たぶんわたしの母の従兄といったところだろう。母の旧姓と同じ姓であるから、それほど遠い関係ではないと考えられるが、正確なつながりをわたしは知らないままだ。わたしたちは、彼を「吾妻のおじさん」と呼んでいる。吾妻という料亭の主人だったからだ。

一方、古賀兄の方は、某省勤めの公務員であるが、戦争が終って復員してきたあと、ご多分に洩れず田舎で政治青年の一人となった。共産党員ではなかった。いってみれば、甚だ穏健な民主主義者になったらしい。特攻隊帰りの桶屋の息子、ピンポンの選手で国体にも出場した下駄屋の娘、予科練帰りのシジミ屋の息子、煙草屋の看板娘たちが軒並み共産党員になった当時の雰囲気からすれば、古賀兄の場合はむしろ珍しかったといえるかも知れない。拓大出身のせいだろうか？

わたしの兄も、『アカハタ』を読んでいた。わたしより三歳年上である。すぐ近所に住んでいた町役場の収入役の長男が、ぶらりぶらりと下駄ばきで『アカハタ』を配って歩いていた。わたしの兄よりも二つ三つ年上だった。黒い太縁眼鏡をかけて、髪は長髪でオールバック。夏はランニングに下駄ばきで、ほとんど割箸だけになっているアイスキャンデーをしゃぶりながら配っている。もちろんわたしも顔見知りだった。東京の美術学校へ一年ばかり通っていたが、体をこわして帰って来たらしい。彼の妹が高校でわたしと同級だった。

わたしが住んでいたのは、戦争中は将校町と呼ばれた一角だった。三里ばかり離れたところに陸軍の大刀洗《たちあらい》飛行場と高射砲連隊があって、そこの将校の家族たちが住んでいたらしい。らしい、というのは、わたしは敗戦の翌年に北朝鮮からそこへ引揚げてきたからである。母方の祖母と伯母の家族が住んでいる家へ転がり込んだわけだ。町名はもちろん変っていた。将校の家族たちもすでにいなかった。戦後は、中学、高校の教師が多かったようだ。国漢系が三人、物理、生物、英語、図工、書道、と囲りは教師だらけだった。隣は地歴の教師。母の兄に当る伯父はすでに死亡していたが、彼も兄やわたしが卒業した県立中学の物理、数学の教師だった。伯母も、同じ町の県立高女の国漢教師である。

もと将校町は、筑前の田舎町の中では落ち着いた住宅街といえた。伯母の家族との同居とはいえ、北朝鮮からの引揚者にはもったいないような場所だった。赤煉瓦造りの門があり、座敷の両側には幅一間の廊下と縁側があり、小さいながら野菜を作れる程度の庭もあった。学校へも走れば一分である。もっとも借家で、家主はブラジルだかハワイだかから帰って来たという老夫婦だった。わたしは、兄と中学の同級だった九大生に誘われて、一度だけ町の公民館でおこなわれた共産党の読書会に出席した。『共産党宣言』である。しかし一度だけでやめてしまった。レコード・コンサートにも誘われたが行かなかった。町にただ一軒あったダンスホールは、小さな木造平屋だった。そこの経営者夫婦も共産党員だったらしい。レコード・コンサートは、そのダンスホールで、毎月一回開かれるということだった。わたしの兄は、どうやら、もとピンポン選手だった下駄屋の娘に熱くなっていたようすだ。わたしを誘った九大生は、煙草屋の一人娘と恋仲らしかった。特攻隊帰りの桶屋はどうか？　予科練帰りのシジミ屋はどうか？　『アカハタ』配達係の収入役の息子はどうか？　わたしは『共産党宣言』そのものよりも、読書会のそのような雰囲気になじめなかった。嫉妬？　あるいはそういうものだったのかも知れない。わたしは、同じ将校町に住んでいる「大佐の娘」に憧れ、道ですれ違うと真赤になっていたが、まったくどうすることもできなかったからである。彼女の家族だけが、もと将校町時代からの居残り組だった。玄関の向って右側には木札が掲げられていた。故陸軍歩兵大佐××××遺族宅。彼女はわたしと同級だった。

ところで古賀兄の政治活動というのは、地方選挙の運動員として、自分の支持する候補者の選挙事務所の手伝いをするといったものだったようだ。彼が料亭吾妻に出入りするようになったのも、そんなことからだろう。吾妻のおじさんは、商売仇である料亭水仙閣の主人と争って勝ち、町長になった。社会党公認で立ったのは、ライバルの水仙閣の方が自由党公認であったため対抗したものらしい。それ以上の理由があったとは考えられないが、そういえば色白の小柄な人物で、眼鏡をかけると、その鼻髭との釣り合いといい、どことなく「グズ」と渾名《あだな》された当時の社会党党首に似ているようでもあった。

日当をもらえるというので、わたしは二人ほど同級生を誘って、選挙の手伝いに出かけた。確か高校一年のときだ。選挙事務所は、町の目抜き通りの大きな酒屋だった。娘は評判の美人で、確かに女優の誰かに似ていた。すでに男女共学になっていたから、彼女はわたしの一年上級生で、バスケットボールの選手だった。どういうわけか、バスケットボールの選手には美人が多かったようだ。そのブルーマー姿はエロティックであった。たったいまモンペを脱いだばかり！　いわば、そんなまぶしさだった。酒屋の娘は、選挙事務所ではワンピース姿でかいがいしく酒肴の世話をしていた。しかし、そのことでわたしと親しくなるというようなことは、もちろんなかった。わたしと二人の同級生は、ときどき宣伝車の小型トラックから脱走しては、メガホンを持ったまま学校の先の丸山公園へ登って行った。そして、忠霊塔前の広場に寝転っていた。

そのときも古賀兄は、たぶん選挙事務所に出入りしていたはずである。まだ某省の公務員になる前だったのだろう。しかし、紹介されたわけではなかった。彼の話が出て来たのは、上京の三月くらい前になってからだ。わたしは吾妻のおじさんには黙って上京するつもりだった。もし大学の法学部に入るのなら東京での面倒を見てやろうじゃないか。彼はわたしの母にそういったらしい。わたしが高校三年になって間もなくのころだ。法学部を卒業すれば、県会議員か弁護士くらいにはなれると考えられたのだろう。その程度にはわたしも親戚内で評価されていたわけだ。そしてうまくゆけばわたしを養子にするつもりだったらしい。吾妻のおじさんの一人娘は婿養子を取っていたが、子供ができなかったからである。しかしその法学部を小癪にも言下に断ったのは、わたしだった。若気の至りである。わたしが黙って上京しようとしたのはそのためだった。しかし現実にはそういうわけにもゆかなかったのである。

古賀兄とわたしとのかかわり合いはざっとこのようなものだった。そして、生まれてはじめて上京したわたしが、東京駅から乗った電車が山手線でもなく、中央線でもなく、京浜東北線であったのも、以上のようなわけからだったのである。田舎者には誰にもつきものの事情というものだろう。

「先輩のおやじさんは、軍人やったそうですな」

と、手土産の風呂敷包みをぶらさげた古賀弟が話しかけてきた。「先輩」が彼の口癖だった。年齢の上下には無関係に使用されるらしい。彼についてわたしは何もきいていなかった。電車の中ではじめて、いろいろと本人からきいたわけだ。彼はわたしの兄と同年である。兄夫婦のところに同居して、紅陵大学へ通っているということだったが、わたしはその大学を知らなかった。一方、彼は吾妻のことは何も知らないらしい。旧制中学の途中から海軍関係の通信学校のようなところを志願し、船に乗っていたという。戦争が終ってからも漁船やら貨物船やらに乗っていたが、昨年、検定を受けて大学に入った。拓大出身の兄にすすめられたためらしいが、紅陵大学がもとの拓殖大学であったことを、わたしはそのとき知ったのである。拓大の名は戦後マッカーサーによって追放され、紅陵大学という優雅な呼び名に変ったわけだ。もちろん彼は、わたしの志望校についてもたずねた。わたしは、止むを得ず、二葉亭四迷がロシア語を学んだ昔の外国語学校の名前を告げた。しかし彼は、知らないらしかった。そのため学校の話はすぐに終った。

「先輩」という呼称は、紅陵大学空手部の習慣らしい。挨拶は「おす！」である。これはわたしには、ほとんど気にならなかった。しかし「先輩」の方はいささか気になる。何故だろうか？　たぶん、「先輩」が「シェンパイ」だったためだ。「筑前」は「チクジェン」であって、「チクゼン」ではないのである。北朝鮮で生れ、中学一年まで植民地日本語で生活してきたわたしには、この「チクジェン」訛《なま》りが欠落している。もちろん六年間の中学、高校生活の間に、わたしはほとんど完全に筑前ことばを習得した。喧嘩もできるし、猥談もできる。しかし「ジェンジェン」だけは、ぜんぜん駄目だった。古賀弟の「先輩」が気になったのはそのためだった。つまりわたしは、「チクジェン」訛りを持たない、九州筑前の田舎者だったわけだ。

「おやじは、職業軍人ではなかったです」

とわたしは答えた。

「しかし戦死されたとでしょう？」

「戦病死ということになっとります。公報では」

「階級は何だったですか？」

「歩兵中尉です」

「士官学校出身ですか？」

「いいえ。一年志願です」

「ああ、一年志願ですか」

「一人息子だったんで、それで少尉になって帰ってきて商売をやっとったんですが、何かで一度応召して、中尉になっていたようでした」

「そんなら、ポツダム大尉ですな」

そのときとつぜん、旧陸軍歩兵の外套がわたしの眼に入って来た。わたしはおどろいて吊革の左右へ眼を配った。しかし、そのような外套を着た人物は、電車の中に見当らなかった。わたしの目にとつぜん入った旧陸軍歩兵の外套は、わたし自身のものだったのである。古賀弟がわたしの父親の話を持ち出したのも、はじめから外套のせいだったのだろうか？

「ずいぶん混む電車ですね」

とわたしは、外套を意識しながらいった。

「今日は、競艇と競輪ですたい」

「競艇と競輪の客ですか？」

「川口でどっと降りるものは、競艇。大宮まで行くのは、競輪ですよ」

そういえば乗客たちは、手に手に小型新聞を握りしめていたような気もする。しかし、そうだとすれば、二十年前にわたしが東京へ到着したのは、夕方ではなかったわけだ。

「先輩の兄貴は、何をしとられるですか？」

と古賀弟がたずねた。

「米軍キャンプに勤めとります」

「ほう。板付ですか？」

「いいえ、香椎の方です」

「ほう。香椎のキャンプですか」

それから古賀弟は、ちょっと間を置き、ずばりとこうたずねた。

「先輩は、その兄貴からの仕送りでやっていかれるとですか？」

「さあ……」

実際わたしには、まったく見当がつかなかった。いったいどういうことになるのだろう？　もちろん早起き鳥試験の結果は、そのときわからなかった。ただ、わたしは漠然とながら合格するに違いないと考えていたようだ。わたしは愚かにも、当時おこなわれていた進学適性検査の成績を過信していたのである。その点数を基にした第一次選考にはパスしていた。にもかかわらず、不思議なことに、その先のことはまるで考えてもいなかった。将校町から、走って一分の高校へでも通うつもりだったのだろうか？　まさか！　しかし実際にたずねられてみると、これという確答はできなかった。

もっとも、下宿代、部屋代の相場くらいは、早稲田大学に入った先輩からきいて知っていた。二食の賄《まかない》付きで五、六千円。ただし、それは二人相部屋で、一人ならば約千円から二千円のプラス。もし金が無いのであれば、賄付きよりも三畳間くらいを借りて、食べるものは安上りに考えた方がよい。学生食堂、外食券食堂、自炊と方法はいろいろある。最も安い食物は、学生食堂の、かけそば十三円である。奨学資金は月二千円だが、うまくゆけば、三千円の特別奨学生になることもできる。私立の場合は、奨学金をもらってもほとんどを月謝に当てなければならないが、国立ならば月五百円であるから、三千円もらえば余りで部屋代は充分出せるのではなかろうか。学生寮に入れれば、もっと安いだろう。もちろんアルバイトはいろいろある。自分はいまある運動に従事しているためアルバイトをする暇はないが、各大学の学生生活協同組合、九段の学徒援護会などへ行けば、アルバイトや部屋を斡旋してくれる。夕食付きの家庭教師というのもある。もちろん、たまには自分のところへ食いに来てもよい。月に何日かくらいならば面倒を見てやる。まあ餓死はしないだろう。

早稲田大学に入った先輩の忠告は、大略そういったものだった。彼が従事している運動というのは、ゼンガクレンと呼ばれるものらしかったが、話の様子では、そのような運動に従事しなければ、餓死しない程度のアルバイトをすることはできそうであった。とにかくあとは行って見てからである。

わたしは先輩から得た知識を母と兄に伝えた。

「それは誰の話かいね？」

と兄はたずねた。わたしは先輩の名前を告げた。旧制中学で兄よりも一年後輩だった。

「あいつはそれで何をやっとるんかね？」

「早稲田のフランス文学科たい」

とわたしも筑前ことばで答えた。学生運動のことは、いわなかった。

「ふうん。いまさら早稲田文学でもなかろうがね」

「とにかく自分の眼で、はっきりした様子ば見て来て、報告しなさい」

と母がいった。

「だいたいお前、おれがアメ公から幾らぐらいもらいよるか、知っとるとや？」

「さあ、知らん」

「そうやろう。しかしまあ、そんくらいのんびりかまえとる方が、ええかも知れん。なあ、お母さん」

「とにかく、吾妻のおじさんの話も自分で断っとるとやけん、仕様のなかたい」

確かにそれは、若気の至りであったようだ。わたしはそのとき、ゴーゴリの『外套』は読んで知っていた。たぶん春陽堂文庫だろう。ざらざら紙の文庫本だった。しかし、ゴーゴリが、ウクライナの田舎から露都ペテルブルグへ上京する前後の模様までは知らなかった。

一八二八年（十九歳）八月、ネージンの七年制高等学校を卒業。一旦帰郷するが、十二月、友人ダニレフスキーとともに、「裁判官」になるという年来の夢を実現しようとの希望に燃えて、首都ペテルブルグに向かう。

一八二九年（二十歳）官途につくため奔走するが果さず、最後の望みを託して、ネージン時代に書いた田園叙事詩『ガンツ・キュヘルガルテン』を、ヴェー・アローフの筆名で出版するが、酷評を受ける結果となった。幻滅と失望から外国旅行（北ドイツ）に出かけ、九月に帰国。十一月、ブルガーリンの斡旋で内務省等の下級官吏となる。

もちろんわたしはゴーゴリではない。『外套』も『鼻』も『狂人日記』も『ネフスキー大通り』も『検察官』も『死せる魂』も、わたしにはない。たぶん、わたしが追いつけるのは、あと二年のちに、四十二歳で死んだゴーゴリと同じ年齢に達することくらいだろう。しかし、それにしても、彼の上京の目的が「裁判官」になるためであったとは！　もちろん百何十年も昔だ。それに、ロシアの話である。しかし、やはりわたしは、それもこれもわかった上でなおかつ、彼の年譜にこだわらずにはいられない気持だ。

一八〇九年（文化六年）三月二十日（日付はすべて旧ロシア暦。三月二十日は新暦四月一日に当る）、ウクライナのポルタワ県ミルゴロド郡ボリシーエ・ソローチンツィ村に、父ワシーリー・アファナーシエヴィチ（小地主貴族の退役中尉）、母マリヤ・イワーノヴナの長男として生まれる。

一八一八年（九歳）弟イワンとともにポルタワの郡立小学校に入学。翌年夏、弟は高熱のために急死、強いショックを受ける。

一八二一年（十二歳）八月に創立されたネージンの七年制高等学校に入学。在学中文学や演劇につよい関心をもつようになり、同好の仲間たちと回覧雑誌を出したり素人芝居を上演したりした。

一八二五年（十六歳）父ワシーリー病死。

この、退役中尉であった「父の死亡」と「裁判官」志望とは、何かかかわりを持つのだろうか？　法学部へ入るんなら東京の面倒を見ようじゃないか。彼にも、吾妻のおじさん的な存在が、あったのだろうか？　もちろん、わたしの場合とは違うだろう。彼の家は、ウクライナのポルタワ県ミルゴロド郡ボリシーエ・ソローチンツィ村の小地主だった。たぶん、五、六十人の農奴を抱えていたはずである。

「父の死亡」もわたしの場合とは、意味が違う。その父親が「退役中尉」であったのに至っては、まったく子供欺しみたいな偶然の一致に過ぎない。そして、やはり何といったって、百何十年も昔の、しかもロシアの話なのである。しかし、にもかかわらず、わたしが彼の「裁判官」志願を知らなかった事実は、やはり小さなことではなかった。なにしろ二十年前のわたしは、その、他ならぬ百何十年も昔のロシア人に憧れて、九州筑前の田舎町から東京へ出てきた人間だったからである。

彼はわたしにとって、単なる百何十年も昔のロシア人ではなかった。また単なる、十九世紀ロシアの《偉大なる作家》でもない。《ロシア文学の母》でもないし、《リアリズムの始祖》でもなかった。いわば、わたしの運命だった。つまりわたしにとって、一八二八年にネージン高等学校を卒業して首都ペテルブルグへ出かけて行った彼は、すなわち二十年前に筑前の田舎町から東京へ出てきたわたしに当るわけだった。ただわたしは、肝腎なことを知らなかっただけだ。

わたしは、彼が「裁判官」志望であったことを知らなかった。二十年前のわたしが、もしそれを知っていたらどうだろうか？　もちろんこれは、まことに幼稚な仮定に過ぎない。しかし、たぶんわたしは、吾妻のおじさんの話を、受け入れたのではなかろうか。もっとも、そのような運命によって、仮に法学部へ入学したとしても、弁護士にはならなかっただろう。県会議員にもならなかったはずだ。いや、おそらくそのいずれにも、わたしはなれなかっただろう。なにしろわたしは、「裁判官」を志望して首都へ出かけたにもかかわらずそうなることの出来なかった彼に憧れて、上京するわけだったからだ。

旧陸軍歩兵の外套は、五尺四寸のわたしに少し大き過ぎた。そのカーキ色の外套をわたしがはじめて見たのは、いつだったろうか？　たぶん、わたしが早起き鳥試験を受けるべく上京する前日だった。そして、それがわたしの上京用の外套であることを、わたしが知ったのもそのときである。

試しに袖を通したわたしを見て、母はいかにもおかしそうに笑いはじめた。裾も、袖もダブダブだったからだ。

「こりゃあ、外套のお化けやな」

兄は肘枕で横になったまま、苦笑していた。そのときわたしが、その「外套のお化け」をいきなり畳の上に脱ぎ棄てなかったのは、兄のためだ。兄は米軍香椎キャンプのウオッチマンだった。時計男、すなわち夜通し起きている人間。その日は、たぶん夜勤明けだったのだろう。ジープと同じ色をした駐留軍労務者用の制服が、六畳間の鴨居からぶらさがっていた。蓋のついた大きな胸ポケットの上に、ブリキ製のバッジがついている。シビリアン・ガードの横文字。民間警備員ということだろう。民警。しかし、兄はいったい何を警備するのだろうか？　米軍キャンプ内のアメリカ人家族たちだろうか？　それともキャンプめがけて群ってくるパンパンガールたちだろうか？　わたしは兄から、民警の話はほとんどきかなかった。あるいは母には、話していたのかも知れない。仕事中は、民警もヘルメットをかぶるのだろうか？　警棒のようなものを持っているのだろうか？　警棒、ヘルメットは、少なくとも自宅には持ち帰らなかった。しかし兄は、ジープ色の米軍民警の制服を着て、旧将校町の家から通勤していた。

「裾を二寸ばかりあげて、そうやね、袖は一寸五分ばかり詰めたらよかろうかね」

母は何も道具を使わずに、目分量でそういった。わたしはようやく「外套のお化け」を脱いだ。そのカーキ色の旧陸軍歩兵の外套と、鴨居にぶらさがっているジープ色の米軍民警の制服と、果してどちらが旧将校町にはふさわしかっただろうか？　いずれにせよ、敗戦国民の一家を絵に描いたようなものであることには、違いなかった。

「日本人にしちゃあ体格のよか方ばい。この外套のちょうどよか男は」

と母は、こんどは竹尺を使いながらいった。

「ま、なんじゃないか。お前は、子供のときから兵隊になりたがりよったとやけん、よかやないか」

兄は、肘枕で横になったまま、わたしにいった。確かに兄のいう通りだった。子供のときから兵隊になりたがっていたわたしには、まことにふさわしい外套ではないか、というわけだ。わたしには何ひとつ、いい返すことばはなかった。

「お前は忘れてしもうたかも知れんが、あのときお前が取ったとは、おもちゃの剣ばい」

兄がとつぜん持ち出したのは、四十年前の話だ。つまりわたしは、満一歳になっていなかった。それとも、あれは満一歳の誕生日の行事だったか？　座敷の仏壇の前の畳の上にいろいろな物が並べられる。算盤、物指、硯、ノート、絵本、ハーモニカ、クレヨン、鉤尺、筆入れ、おもちゃのラッパ、太鼓、手毬、戦車、自動車、機関車、鉄砲、剣。もっといろいろあったかも知れない。徳利、盃もあったようだ。

わたしは曽祖父の膝に抱かれている。曽祖父のうしろには、祖母と父と母が坐っている。その他、たぶん親戚のものたちも、この無邪気な行事を見物に来る習慣だったのだろう。大叔父、大叔母、叔父、叔母、それにイトコたち。仏壇の上からは写真が見物している。祖父、曽祖母、それから《両陛下の御真影》だった。それら一族郎党環視の中で、わたしは何を摑み取るか？　畳の上を這って行った一歳の子供が最初に右手で摑んだ品物によって、その子の将来を占うという大人たちの遊びだった。適性、職業ばかりとは限らない。徳利、盃を摑めばすなわち、左利きというわけだろう。そしてわたしは、おもちゃの剣を摑んだというわけだった。

しかしそのとき、兄はどこにいたのだろう？　曽祖父の膝の間から這い出して行ったわたしが、おもちゃの剣を摑む場面を、兄はどこから見物していたのだろうか？　もちろんわたしには思い出せない。もちろん思い出せないのは、そのことだけではなかった。一歳の記憶を主張しようという気持など、わたしには毛頭ない。わたしの記憶は、したがって誕生日の物取り行事そのものの記憶ではなく、そのことを繰り返し繰り返し何度もきかされてきた記憶である。お前が取ったとは、おもちゃの剣ばい。

ぼくは軍人大好きだ

いまに大きくなったなら
勲章つけて剣さげて
お馬に乗ってハイドウドウ！

「そうやねえ、お父さんがよういいよったろうが。和男と違うて、次男は体も軽いし、声もよう通るけん軍人がよかろう。号令かけるのに向いた声やて、いいよったもんな」

と母は、カーキ色の外套の裾に縫上げをつけながら、いった。たぶん、そういうことだったのだろう。和男は兄、次男はわたしである。兄は、小学校三年から眼鏡をかけた。あるいは母の遺伝かも知れない。ひどい近視だ。懸垂は五、六回どまりだった。わたしは、十五回は平気だった。猿になれば、二十回は出来た。顔を真赤にして、歯をむき出した猿である。実際、木登りも得意だった。裏庭の倉庫の屋根から屋根へとび移った。梯子はまったく不用だった。要するに兵隊向きだったのだろう。

結局、兄は中学四年生で敗戦を迎えるまで、軍関係の学校に入らなかった。はじめから問題にならない視力だったらしい。一度、主計学校という話をちょっと耳にしたことがあったが、受験はしなかったようだ。兄は兄で、そのような中学生活は決して居心地のよいものではなかっただろう。しかしわたしも、勝手に肩身の狭い思いをしたのだった。わたしの考えでは、主計将校などは軍人のうちに入らなかった。もっとも、わたしがこうして四十歳の現在まで生きながらえることができたのは、陸軍幼年学校受験に反対した母のお蔭であったかも知れない。

日本が戦争に敗けた年の四月、わたしは北朝鮮の元山中学に入学した。それは一言でいえば、晴耕雨読的な中学生活だった。すなわち晴天の日には松の根掘り、雨が降れば授業である。その年の幼年学校入試は、八月だった。試験は、師団司令部のあった羅南でおこなわれる。わたしのいた一年三組からも数名志望者が出ていた。もちろんわたしもその一人だった。しかし母は受験に反対した。父は応召して大邱司令部にいた。

もっとも、連絡将校と呼ばれる任務で、あちこち動きまわっていたらしい。お父さんに手紙を出しているが、まだ返事がない。連絡を取りにくい状態にある、というのが、反対の理由だった。しかし、来年の試験までには必ず連絡が取れるだろう。だからもう一年待ちなさい。

母の本心はわからなかった。いまでもはっきりとはわからないままだ。しかし、一年三組の級友数名が幼年学校受験のために出発したとき、羅南はもはや幼年学校どころではなくなっていた。ソ連参戦前後の、具体的な戦闘の模様は詳しく知らない。しかし、羅南、清津方面からの難民は、毎日、無蓋貨車や有蓋貨車に鈴成りになって南下してきた。幼年学校受験のために出かけて行った一年三組の級友の消息は、八月十五日までわからなかった。それ以後のことは、なおさらわからない。

わたしは確かに、母のお蔭で命拾いをした。もし羅南で命までは落とさなかったにしても、敗戦後の北朝鮮で家族と生き別れくらいにはなっただろう。わたしが幼年学校を志望した理由は、単純明快なものだった。どうせ軍人になるなら、少なくとも父親よりは上級の将校になりたいと考えたからだ。予備役の歩兵中尉だった父親を不満に思っていたわけではない。むしろ、逆であった。名誉ある中尉の息子だからこそ、士官学校出の佐官になるべきなのだ、というわけである。そうしようとしない兄は、中尉である父の息子としての態度にもとるものではなかろうか。将校の息子として、恥ずべき生き方ではなかろうか。滑稽にもわたしは、士官学校出の大佐である自分が、一年志願の予備役中尉である父親に向って、直立不動の姿勢で挙手の礼をする場面を、空想していたのである。

「これは、将校の外套じゃなかろう？　お母さん」

「さあ、どうやろうか」

「お父さんのやつは、胸のボタンが二列やったろうが」

「そうやったかいね」

母は、この外套をいったいどこから手に入れてきたのだろう？　古着ではなかった。カーキ色の外套は、将校用ではなかったが、真新しかった。しかしわたしは、何もたずねなかった。これ以上何かをいえば、何かが起るに決っている。なにしろ母は、父の着ていた将校用外套と、兵卒用外套との区別をすでに忘れているのである。たぶん、そんな区別は犬にでも喰われればいい、という気持だったはずだ。そして、母がそう考えるのは、まことに当然のことといえた。

「しかし、生地はええのを使うとるよ」

と母はいった。

「もったいない話ばい。あんなバカみたいな戦争に、人間も品物もみいんな持って行かれたとやからね」

外套の裾は、母の手によって縮められていた。やがて、その兵卒用の外套は、五尺四寸のわたしにぴったりの外套になるのだろう。わたしは黙って外套を見ていた。実際、何ともいえない、不思議な気持だ。兄はそれを見破ったらしい。肘枕で横になったまま兄は、鴨居にぶらさがっている米軍民警の制服を、顎で示した。

「お前、その外套がいやなら、これば着て行ったらどうや？」

たぶん兄は、こういいたかったのだろう。お前まだ親父のことを考えているのか？　そんなものは早く忘れろ。親父が何だ！

4

赤羽を出て、荒川の鉄橋を渡ると、川口である。二十年前はその次が、蕨だった。しかしいまは、間に西川口駅が挟まった。住宅がつながってしまったのだろう。確かに京浜東北線の川口―蕨間は長かった。四分以上かかっていたような気がする。

蕨駅も変った。一言でいえば、大きくなった。ホームからの階段を、いかにもサラリーマン夫人らしい女性が女の子の手を引いて登って行く。おそらく蕨という土地には、何のゆかりも持たぬサラリーマンの奥さんだろう。彼女はどこで生まれたのか？　そしてどこで育ったのか？　もちろん、わかるはずはなかった。しかしいまは蕨に住んでいる。たぶん夫の勤務の都合だろう。団地か？　社宅か？　借家か？　それとも建売か？　いずれにせよ、川口と蕨の間に、西川口という駅ができたのは、彼女たちのような家族が激増したために違いなかった。つまり蕨駅もわたしの住んでいる団地駅と似たようなものになったわけだ。

駅前も変った。駅前商店街通りの入口には、左側にも右側にも、ビルが建っている。わたしが生まれてはじめて、古賀弟とともにこの駅へ着いたころは、駅前に輪タクが停っていてもおかしくないくらいだった。駅の便所は、外に建っていた。その便所の右手に、沖電気の古い木造の工場が何棟か見えた。あるいは倉庫だったのかも知れない。その沖電気は見えなくなっている。代りに建っているのは何だろう？　どうも、はっきりしない。はっきりわかったのは沖電気がなくなったことだけである。その他は、あたり全体が変貌したため、もと沖電気の場所さえはっきりとはわからなかった。

駅前商店街通り入口の右側の一角は、ごちゃごちゃした飲み屋街だった。飲み屋街？　いや、飲み屋小路だ。横丁というほどのものでもなかった。早起き鳥試験に失敗してからの一年間、わたしはそこでときどき酒を飲んだ。古賀弟と一緒に出かけたこともある。飲むのは二級酒か焼酎かトリスだった。その飲み屋小路であるとき、何かちょっとしたトラブルがあったような気がする。しかし、何が起きたのであったか、思い出せない。客とのいさかいか、勘定のことか？　女のことか？　それらしい女は、その小路にもいたようだ。四、五人の客で満員になってしまうちっぽけな店に、二人以上の女性がいる場合は、まずその種のあいまいな存在と考えてよかった。その種のトラブルだったのだろうか？　どうもやはり思い出せない。ただ、その飲み屋小路に、何度かあの外套を着て行ったことは確かだ。

トラブルは何か、外套にかかわり合いを持っていたのだろうか？　例えば、それを着ていたわたしに、酔客の誰かが因縁をつけてきたとか。また例えば、飲み代が不足して、外套を形にとられたとか。その際、わたしの外套の値打ちをめぐって何かが起った、とかいう具合いにである。そのような何かが、決してその小路で起らなかったとは、断言できない。第一に、それはいかにもありそうなことであるし、なにしろわたしは、自らの手でその外套をしばしば質屋へ運び込んでいたからだった。左様、下宿から百メートルほど離れた中村質店である。したがってわたしは、外套がいかほどの現金に化けることが出来るかを、知っていた。いさかいがあったとすれば、その質店における外套の値段を、飲み屋小路の女は認めようとしなかったためであろう。

わたしは、駅前商店街通りを、旧中仙道に向って歩きはじめた。その前に、飲み屋小路のあたりをのぞいて見ようかと思わぬではなかった。しかし、表側から一見したところ、そのあたりにはやはりビルが建っていた。飲み屋小路は、そのビルの地下にでも潜ってしまったのか？　あるいはビルは表側だけで、裏へ廻れば相変らずのあいまいな狭い店が、以前通りにあるのかも知れない。ビルの裏へ廻ってみようか？　しかし、何といってもまだ、午前十時である。いや、それよりも、とにかく二十年前の下宿をまず訪ねなければならない。それが第一義の目的だった。そこがわたしの巡礼の、第一番札所である。蕨宿まで、わざわざ早起きをしてやってきたのは、二十年前の駅前飲み屋小路のあとを見物するためではなかった。

たまたま、駅前で思い出しただけに過ぎない。そこで何か、ちょっとしたトラブルが起きたような気がしただけだ。もちろん大したトラブルではあるまい。いったい何事が起ったのか、思い出せないのがその証拠ではなかろうか。例えば、ある晩その飲み屋小路の暗がりで何ものかに外套を剝ぎ取られた、とでもいうのであれば、思い出すまいとしても思い出さずにはいられないだろうからだ。

アカーキー・アカーキエヴィチの場合とは違うのである。彼の外套は、新調したばかりだった。襟には猫の皮がついている。彼がそれを奪われたのは、課長補佐の家で催された夜会からの帰り途だ。彼の外套の新調を祝して、という名目で開かれた夜会だった。本当は、役所の連中はアカーキーに外套新調の夜会を開いて、ひとつ自分たちを招待すべきではなかろうかといい出したのであるが、もちろん出来ないことを知っての、悪ふざけに過ぎない。そこで課長補佐が、アカーキーに代って自宅へ部下たちを招待したわけだが、実は、わざわざアカーキーのためだったのではなく、ちょうどその日が「名の日のお祝い」に当っていたのである。

二十年前のある晩、蕨駅前の飲み屋小路から出てきたわたしと、課長補佐宅の夜会からの帰り途であったアカーキーとに共通していたのは、両者ともアルコール分を摂取していたことくらいだろう。アカーキーは、夜食に出された野菜サラダ、犢《こうし》の冷肉、パイ、ピロシキをごちそうになり、シャンパンを二杯飲んだ。仲間たちから無理に飲まされたのである。つまり彼は酔っていた。日ごろは、シャンパンは愚か毎日のお茶さえも、考えながら飲んでいた人間なのだ。また、お茶は飲まなくともウオトカは飲む、という種類のロシア人でもなかった。シャンパン二杯で酔っても不思議ではあるまい。その証拠に彼は、とつぜん、通りかかった一人の女性のあとを追って走り出そうとさえしたのである。

ところでわたしは二十年前のある晩、蕨駅前の飲み屋小路で何杯の焼酎を飲んだわけだろう？　いま仮に、適量のコップ三杯を一杯上廻る四杯を飲んだとしてみよう。酩酊の度合いとしては、シャンパン二杯のアカーキーの場合と、これでほぼ同等と考えてよいだろう。そのときわたしの前を、一人の女性が通りかかったか、どうか？　しかし、もし通りかかったのだとすれば、おそらくわたしも、アカーキーと同じように、とつぜん彼女のあとを追って走り出そうとしたはずである。蕨駅前の飲み屋小路でコップ四杯の焼酎を飲んで出てきた、二十年前のある晩のわたしが、アカーキーよりも幸福な人間であったとは考えられないからだ。

断じて、断じて考えられない。

何故？　しかし理由などいまさら考える必要はないだろう。わたしは九州筑前の田舎町から出てきた人間だった。そして早起き鳥試験に失敗した人間だった。そのわたしが、コップ四杯の焼酎に酔ったのである。カーキ色の旧陸軍歩兵の外套を着て、夜更けにとつぜん、通りかかった見知らぬ一人の女性のあとを追って行くのである。この上、更に何か、理由が必要だろうか？　無いはずである。わたしは女のあとをつけはじめた。まったく長い長い駅前商店街通りの一本道だ。しかもほとんど直線である。道の両側の商店は、もちろんすでに戸を閉めていた。わたしと女との距離は三十メートルくらいだろうか？　たぶん最終電車から降りてきたのだろう。女は外套の襟を立てていた。しかし色まではっきりしなかった。とつぜん女の姿が、はっきりと前方に浮きあがった。街灯の下にさしかかったのだ。ショルダーバッグをかけている。やがて彼女の姿は、ふたたびはっきり見えなくなった。街灯から次の街灯までの間隔は、百メートルくらいだろうか？　また女が街灯の下にさしかかった。両手は外套のポケットの中らしい。女は振り返らなかった。足の速度も変らなかった。わたしとの間隔も変らなかった。いったいどこまで行くのだろう？　中仙道まで真直ぐ出るのだろうか？　そのときまた、女が街灯の下にさしかかった。ベレー帽をかぶっている！　学生だろうか？　女給だろうか？　あるいは女給のアルバイトをしている学生だろうか？　それとも『ネフスキー大通り』で、ピスカリョーフがあとをつけて行ったような女だろうか？　まさか！

ピスカリョーフはペテルブルグの貧乏な無名画家だった。その彼がある晩、ネフスキー大通りですれ違った女性は、黒髪《ブリュネット》だった。彼はとつぜん、彼女のあとをつけはじめた。《天からまっすぐにネフスキー大通りへ落ちてきて、どこかわからないところへ去ってゆくように思われるこの美女が、どこに住いを持っているのかを見とどけたかった》からだ。

ピスカリョーフの心臓は爆発寸前である。目の前のものはすべて、霧の中のようにかすみ、天と地とは、まさに転倒せんばかりだ。

《――歩道は足の下を走り、馬を走らせている箱馬車も動いてはいないように思われた。橋はのびて、そのアーチの頂上で砕け、家は屋根を下にして立ち、見張小屋は彼に向って倒れかかり、見張り番の持った戟《ほこ》は、看板の金文字や絵に描いた鋏といっしょに、彼の睫毛の真上でぴかぴかしているように思われた》

ブリュネットはやがて、四階建ての中に消える。彼はその階段をかけ上って行く。しかしそこは、淫売婦たちの部屋であった。ピスカリョーフは、おどろきの余りアパートへ逃げ帰った。彼は阿片中毒患者になった。幻覚の中に、自分の貞淑な妻となっているブリュネットが現われるからだ。彼は、ペルシャ人から阿片を買い求めるために、裸体画を画いた。やがて阿片が彼の脳髄を破壊した。ピスカリョーフはパレットナイフで喉を裂いて死んでしまう。

そしてわたしは、最早や蕨のピスカリョーフだった。幾つ目かの街灯が彼女のベレー帽を照らし出したとき、そうなったのである。いや、そうではない。わたしが蕨のピスカリョーフではなくて、女が蕨のブリュネットだった。そうあって欲しかった。いまやわたしには、女が、学生であるよりも、女給であるよりも、また女給をしているアルバイト女子学生であるよりも、ピスカリョーフを絶望させたようなブリュネットであることの方を望んだ。是非ともそうであって欲しい。わたしにはその方が希望が持てた。いや、そうであってくれなければ、希望は持てない。

そのとき、とつぜん女が立ち止った。長い長い一直線の商店街通りから、ただ一本だけ右へ折れ込む道があった。駅前から旧中仙道へ出るまでの、ちょうど中間あたりだ。右へ折れ込む道は、蕨神社の境内へ通じており、そこを抜ければ、狭いどぶ川を渡ってわたしの下宿の裏門へたどり着く。距離的にいえばむしろ近道だろう。しかし、裏門は夕方には閉じられてしまう。もっともすでに、表門でさえ、たぶんよじ登ることになる時間だった。しかし、女がそこを曲るのであれば、もちろんわたしも曲るつもりだ。わたしは、ピスカリョーフではなかった。彼のように、わたしは逃げ出さないだろう。女が立ち止ったのは、その近道の方へ折れ込む角の、街灯の下だった。女はヨウコさんに似ているだろうか、いないだろうか？　ヨウコさんは、わたしがそのとき知っていた唯一人の娼婦だった。九州筑前の田舎町から一里ばかり歩いたところにいる、娼婦である。同時にわたしの知っている唯一人の女だった。したがってわたしは、ピスカリョーフのように逃げ出す必要はなかった。逃げるどころかわたしは、あわてて女の方へかけ出そうとしたのである。街灯の下の女が、とつぜん振り返ったからだ。しかしそのとき、かけ出そうとしたわたしの外套の肩口を、何者かが摑んでうしろへ引き戻した。同時に耳元で鋭く笛が鳴った。

「信号が見えないのかね⁉」

わたしは、まったく予期せぬところで足止めを喰った。わたしの外套の肩口を摑んで引き戻したのは、白いヘルメットをかぶった交通整理の警官である。笛を吹いたのも彼にちがいなかった。わたしは、現実を了解した。確かに信号は赤だった。車はわたしの左右から走ってきて、信号の前で交錯している。これでは警官でなくとも、わたしを引き戻したくなるはずだった。

「どうもすみません」

とわたしは、頭をさげる代りに髪の毛をかきあげる仕草をした。

「しかし、これが中仙道でしょうか？」

「中仙道？」

「ええ」

「どこへ行くのかね？」

「わたしは、実は……」

「いや」

「え？」

「これは、バイパスですよ」

「そうですか。どうも、二十年ぶりに訪ねてきたものですから」

「詳しい路線は、交番の方でたずねて下さい」

「じゃあ中仙道は、この先を行けば突き当るわけですね？」

「突き当る？」

と、白ヘルメットの警官は首を捻《ひね》った。わたしも首を捻ったまま、バイパスを横断した。信号が変り、最早や彼と話しているわけにはゆかなかったからだ。二十年前に、バイパスはもちろんなかった。駅前から中仙道へ至る道は、いかなる道路とも交叉しない長い真直ぐな一本道だった。そしてそれは、ちょうどＴ字型に中仙道に衝突するのであって、交わるのではない。また、突き抜けるのでもなかった。


それとも、いま横断してきたバイパスが中仙道だったのだろうか？　わたしはなおも、首を捻ったまま歩き続けた。しかしバイパスはやはり新しくできたものだったようだ。間もなくわたしは、蕨神社の境内の方へ折れ込む近道の入口へさしかかったのである。二十年前のある晩、駅前の飲み屋小路から出てきたわたしがあとをつけて行った女が、とつぜん立ち止って振り返った場所だ。

もちろん、外套の襟を立てたベレー帽の女の姿がそこにあるはずはなかった。女子大生だろうか？　女給だろうか？　それともネフスキー大通りでピスカリョーフがあとをつけて行ったブリュネットと同じ女性だったのか？　わたしは外套の襟を立てたベレー帽の女がブリュネット的女性であることを願った。しかし結局、正体不明のままだった。街灯の下に立ち止ったばかりか、彼女がとつぜんわたしを振り返ったのは、事実だ。わたしは思わず駈け出そうとしたが、辛うじてその足を押しとどめ、外套のポケットから煙草を取り出したのだった。そしてあたかも、煙草はくわえてみたがマッチが見当らない男の役を演じる三文役者のように、もぞもぞと外套の中で手を動かしながら女に近づいて行ったのである。

確かにそれは下手くそな演技だ。しかしわたしの知る限りにおいては、それは一つの合図であった。また、誰何の方法でもある。

「ちょっと火を貸して下さらない？」

その反対というわけだった。外套の襟を立てたベレー帽の女が、「ブリュネット」でさえあってくれれば、すべてはそれで通じるはずだ。演技の巧拙は、彼女にとって問題外であるはずだった。

「もう少しリアルに出来ないものか知ら？」

よもや、そのような返答をきくことはあるまい。そして事実、そうであった。もちろんわたしも、気は使った。可能な限り、型通りにならぬよう、紋切型の三文役者にならぬよう気を使ったのである。つまり、この夜更けにわたしが貴女に声をかけるのは、他ならぬ煙草の火を借りたいためだ。そしてその火は、何かの合図とかきっかけではなく、目的なのです。いわんや貴女を誰何するためのものなどではない。わたしが酩酊しているのは、ご覧の通りだ。したがってわたしはそれを隠そうとは思わない。そうです、わたしは飲んできました。ええ、ええ、情無いことに、たった一人でです。しかも、こんな誰も知らない、蕨駅前マーケットの飲み屋でです。つまらんことです。滑稽なことです。早起き鳥試験に落っこっちゃって、夜更し、自棄《や》酒《け》というわけですからね。しかし、誰も知らないという点では、お互い様かも知れない。わたしは日本以外の外国の地名も幾らかは知っているが、蕨だのゼンマイだのといった地名は、ぜんぜん知らなかった。ところがそんな蕨だかゼンマイだかモヤシだか知らないような町で、わたしはまったく誰にも知られていない人間なのですから。もちろんわたしが、何者でもないからです。わたしには、いかなる身分証明書もありません。高校生でもなければ大学生でもない。予備校というところにも通っていない。会社員でもなければ、工員でもなし、住み込みの新聞配達でもなければ、パチンコ店の店員でもありません。なにしろ、わたしがときどき出かけて行く駅前マーケットの飲み屋の女たちは、わたしが出た小学校の名前も、中学校の名前も、高校の名前も知りません。きいたこともない町にあるわけですから、当然のことといえるでしょう。つまりわたしは、きいたこともない町から出てきた、何者でもない人間というわけです。それにしても、あの質屋のおばさんは、うまいことをいったもんだ。彼女がわたしのことを、何と呼ぶと思いますか?「おにいさん」です。「しかし、おにいさん」「それじゃあ、おにいさん」というわけです。これにはまったく感心しました。あの質屋のおばさんの「おにいさん」をきく度に、実際自分が一人の「おにいさん」以外の何者でもないと、思い込まずにはいられない。もっとも彼女の「おにいさん」には独特の節がある。節? アクセントかな? これは何か、中仙道沿いの古い宿場町特有のいいまわしかも知れない。とにかくあの「おにいさん」は、不思議な「おにいさん」だ。そしてわたしは、その不思議な「おにいさん」に過ぎない。その不思議な「おにいさん」以外の何者でもあり得ないおにいさんです。それに、わたしは酔っています。しかしわたしがいま、とつぜん立ち止ってわたしの方を振り返った貴女に近づいて立ち止り、話しかけるのは、そのためではない。つまり、もちろん酔いのためではなくて、煙草のためだ。

「ところで、いま何時か知ら?」

と、外套の襟を立てたベレー帽の女はいった。わたしは、煙草に火をつけ終ったところだった。

「どうも、ありがとう」

と、わたしは彼女がショルダーバッグの蓋をあけて取り出したマッチを、彼女の方へ差し出した。

「あ、よかったら、煙草」

「わたし?」

「一本いかがですか」

女は、黙って首を振った。

「ひかりはダメですか？」

女は、また黙って首を振った。わたしは「ひかり」の箱とマッチを外套のポケットに仕舞い込んだ。

「寒いときは、煙草はダメね」

「あ、マッチか」

わたしは、ポケットに仕舞い込んだ彼女のマッチを取り出した。

「どうも」

「どうぞ。ありますから」

「あ、そうですか」

見ると、マッチのラベルにはベートーヴェンの顔があった。名曲と珈琲らんぶる。わたしはマッチの箱を裏返しにした。ベートーヴェンは片側だけだった。

「どうぞ。いま、何時でしたか知ら？」

これが、女の最後のことばだった。

「さあ、いったい何時になったんだろう？」

とわたしは答えた。そして、ベートーヴェンの顔を二本の指先でつまんで裏返しにした。それから、ゆっくりと煙草の煙を吐き出した。

「あの店を出たのが、十一時……」

そのとき、外套の襟を立てたベレー帽の女が歩きはじめた。これも、とつぜんの出来事だった。しかもその方向は、意外なものだった。女は、右へ折れ込む近道でもなく、中仙道の方へでもなく、蕨駅の方へ歩きはじめたのである。逆戻りだった。駅の時計を見るつもりだろうか？

「おい、おい！」

と、わたしはうしろから声をかけた。彼女は、ちらりと振り返った。それから左手を外套のポケットから抜き出し、腕時計をのぞき込んだようだ。

二十年前のある晩の出来事は、これで終りである。ベレー帽とわたしとの距離は、当然のことながら次第に大きくなっていった。そしてやがて、彼女の靴音もきこえなくなった。これは、わたしもまた歩きはじめたためであろう。往還を往く人の屐歯《げきし》！　もちろんわたしは、下駄ばきではなかった。しかし、そのような下駄の歯音が凍った響きを放ちそうな晩だったのである。わたしは最早や誰ともすれ違わなかった。誰のあとをもつけてはいなかった。犬にも出遇わなかった。そのまま真直ぐ中仙道に突き当り、右へ折れた。蕨郵便局の前を過ぎ、中村質店の前を過ぎた。もちろん格子戸の中は真暗だった。昼間であれば、そのあたりから右手に、一本の大きな欅《けやき》が見えてくる。酒屋の欅だ。大きな額縁入りの銘柄を掲げた古い酒屋だった。その酒屋と木造二階建てのお茶屋の間に、これも古い木の門が挟まっている。わたしはその門の前で立ち止った。門は閉じられていた。まずわたしは、閉じられた門をちょっと推した。しかし、すぐにやめて、こんどは右手の拳で、軽く敲《たた》いた。そしてこれも、すぐにやめた。午後十一時がこの門の門限だったからだ。余り敲くと、左隣のお茶屋が起きてくるのである。お茶の小売りをするお茶屋だった。お茶屋はわたしの家主ではなかった。お茶屋の二階建ては借家だった。一階でお茶屋を出している家族も、二階に住んでいる家族も、間借人たちだ。家主は、この門の奥の母屋に住んでいる。その母屋の端の三畳間がわたしの借りている塒《ねぐら》だった。

この門を入らなければ、わたしは塒へ帰ることができない。古賀兄弟は、もう就寝しただろうか？　あるいはまだ起きているのかも知れない。古賀兄弟が借りているのは、母屋の右手にある白壁土蔵脇の離れだった。四畳半と三畳、土間式になった台所、それに小さな板の間付きで、拓大生の古賀弟はその板の間住いである。しかし、いずれにしても門の奥だ。あるいはわたしが力一ぱい門を敲いて古賀弟を呼べば、彼は「おす！」とあらわれるかも知れない。ただし、その前に左隣のお茶屋の家族が目をさますだろう。いや、すでにわたしは、一度そのことで家主を通して苦情をいわれていたのである。したがって、門を敲くわけにはゆかない。僧は敲く月下の門。これは、だめということだった。然らば、僧は月下の門を推さねばならない。しかし、午後十一時を過ぎた門は、推しても開かないことになっているのである。要するに推敲《すいこう》いずれも、不可能というわけだった。

もちろんわたしは、僧ではなかった。したがって、推敲いずれも叶わなければ、一歩さがって考えてみることを許されたのである。その結果わたしは、まず旧陸軍歩兵の外套を脱ぎ、それを門の屋根に放り上げた。それからお茶屋とは反対側の、酒屋寄りの石垣に片足をかけ、あとは懸垂十五回の肘力に物をいわせてよじ登り、無事に門を越えることができたわけだ。

そのとき、わたしがのり越えた門の上に月がかかっていたか、どうか？　それは、はっきりしなかった。なにしろわたしは、門の向う側へとび降りるや否や、屋根に放り上げて置いた旧陸軍歩兵の外套を引きずりおろして頭からすっぽりとかぶり、足音を忍ばせて古賀兄弟の離れの前を通り抜け、三畳の塒へ潜り込んだからだ。実際、寒月を仰ぐ余裕などなかったのである。

はっきりしていることは、わたしの外套が無事であったということだった。街灯の下で立ち止ってわたしを振り返ったベレー帽の女の正体は不明のままだ。しかし、まったく何もわからなかったわけではなかった。少なくとも、外套の襟を立てた彼女の欲したものがわたしの外套ではなく、腕時計らしかったことくらいはわたしにも想像できたからだ。彼女は果して「ブリュネット」だったのだろうか？　もちろんそうであったと断言はできない。ただ、もしそうであったのであれば、彼女はわたしのカーキ色の外套を、腕時計よりも安く値踏みしたわけだった。わたしが腕時計をつけておれば、最悪の場合わたしが無一文であったとしても、損にはならないと判断したのだろう。それともあのベレー帽の女は、「ブリュネット」としての自分の価値を、わたしの旧陸軍歩兵用外套プラス腕時計、と素早く眼で計算したのだろうか？　わたしに腕時計が無いと知るや、直ちに踵を返したのはそのためだろうか？　まさか！

しかし、もし仮にそうであったとしても、それはあくまでも彼女の判断である。彼女が大急ぎで蕨駅の方向へ逆戻りしたのは、「ブリュネット」としての彼女の値段にふさわしい外套を求めてであったのかも知れない。ふたたび駅前マーケットの飲み屋小路の近くまで引き返し、そこから千鳥足で出てくる別な外套を着た男に、あとをつけさせるためであったとも考えられる。彼女の欲しがっていたのは、果してどのような外套だろうか？　黒貂？　海狸？　それとも遠眼には貂に見えるという猫皮の襟程度で満足したのだろうか？

もちろん、わたしにはわからない。たぶん彼女は、自分の価値にふさわしいと判断した外套を狙うだろうからである。

しかし、いずれにせよ、ベレー帽の彼女はまことに優雅な外套強盗であったといわなければなるまい。なにしろアカーキー・アカーキエヴィチを襲った強盗の場合は、いきなり暗がりからとび出してきて、二人がかりで外套を剝ぎ取って行ったのである。

《――いきなり、彼の目の前に、ほとんど鼻っ先に、なんだかこう、ひげを生やした人間らしいもののふたつの影が突っ立っているのが目についた――だが、彼はその正体をはっきり突きとめてみることさえもなしえなかった。目がくらくらっとして、胸がどきどきと打ちだした。「おい、その外套はこっちのもんだぞ！」と、一人が雷のような声で言って、さっと彼の襟がみをつかんだ。アカーキー・アカーキエヴィチは、「助けてくれ！」と、叫ぼうとした。と、そのときもう一人のほうが、役人の頭ほどもある拳を彼の口もとへ押しつけて、「さあ、声をたてるならたててみろ！」と、言ったのである。アカーキー・アカーキエヴィチは、彼の外套が剝ぎとられ、膝を足蹴《あしげ》にされ、そうして雪のなかへばったりあおむけざまに倒れたことまでは覚えていたが、それからさきのことは、もうなにひとつ覚えなかった》

二十年前のある晩、わたしの外套がもし万一、あの外套の襟を立てたベレー帽の女の手に渡っていたとしても、まさかアカーキーほどの恐怖を体験するようなことはなかったであろう。わたしに限ったことではない。あの晩、わたしに代って、ベレー帽の女にもし外套を剝がれた男があったとしても、まったく同様だろう。それに何より、わたしの外套は無事であった。同時に腕時計も無事であった。わたしの腕時計はあの晩、中村質店の蔵の中深く保管されていたからである。

しかし、これで何もかもすべて明らかになったわけではなかった。果して、二十年前のある晩とは、いったい何月何日のことだろうか？　それが肝じんなところだった。なにしろ、少なくともその日までは、あの外套はわたしの手許に無事だったわけだからだ。

◉京浜東北線・蕨（S27・3〜S28・5）

もちろんその間じゅう、外套を着ていたわけではない。まず（S27）を考えてみよう。わたしが早起き鳥試験を受けるために上京した三月、確かに、生まれてはじめて吹かれた関東の風は冷たかった。砂まじりの、黄色っぽい春さきの風だ。早起き鳥試験を受けたあとわたしは、はとバスで東京見物をした。それから、帝劇へエノケンのミュージカルを見物に出かけた。贋紫田舎源氏《にせむらさきいなかげんじ》？　たぶん、そんなふうなものだった。女優は誰だったのだろう？　越路吹雪？　笠置シヅ子？　これは、どうもはっきりしないが、十二単《じゅうにひとえ》がくるりとうしろ向きになると、バタフライの紐だけ！　確か、そのような趣向のミュージカル衣裳であった。何故わたしは帝劇へ出かけたのだろう？　それは、もうわからない。たぶん、早稲田大学に合格した同級生に誘われたのだろう。あるいは、海上自衛隊員になった同級生の方の発案だったのかも知れない。いずれにせよ、わたしたちは三人で、贋紫田舎源氏を見物に出かけたのだった。三人は九州筑前の田舎町で中学、高校を通じて、六年間の同級生であった。

ただし、真赤な絨毯を敷いた帝劇の階段を、わたしはカーキ色の旧陸軍歩兵の外套を着て昇ったのか、どうか？　これも、最早やはっきりしない。時期的にいえば、着ていたことになるはずだった。生まれてはじめて吹かれた、関東の三月の風の冷たさ。砂まじりの、黄色っぽい春さきの風の記憶ではそうなるわけだ。しかし、あの二十年前のある晩の寒さは、やはり三月の肌ざわりではない。どうしても真冬だ。つまり（S27・3〜S28・5）の真冬である。

「ということは……」

とわたしは、声に出して勘定した。

「昭和二十七年の、十二月と、昭和二十八年の、一月と二月か」

旧陸軍歩兵の外套は、少なくともそのときまでは、わたしの所有物であったわけだ。

しかしそれにしても、何という単調で長い真直ぐな道であったことか！　この蕨駅から旧中仙道へ突き当るまでの一本道。もっともこれは、旧街道沿いの宿場町に共通のものであるのかも知れない。明治になって鉄道が敷かれた。しかしそれは、旧街道から遥かに遠く離れる場合がしばしばだったらしい。草加宿の場合も似たようなものだ。こちらは国鉄ではなくて私鉄であるが、草加駅から旧日光街道へ突き当る道は、同じような商店街に挾まれた一本道である。もちろんその長さは、蕨駅―中仙道とは比較にならない。せいぜい四分の一くらいだろう。蕨の場合は桁はずれだった。何か、特別に明治政府の怨みを買うような人物でも住んでいたのだろうか？　そのため鉄道は、故意に遥か遠くに敷かれ、旧街道は新しい時代から葬り去られたのではないのか。徹底的に滅ぼされたのではなかろうか。まったくそうとでも考えたくなるような、一本道だった。なにしろわたしは、あたかも二十年間ずっとこの道を歩きづめに歩かされでもしたような錯覚をおぼえたほどだ。

やれ、やれ！　わたしは思わず、溜息をついた。それから煙草に火をつけ、中仙道を右に折れて、蕨郵便局すなわち中村質店の方へ向って歩きはじめた。

5

石田家の門の前には自家用車が停っていた。息子の車だろうか？　それとも隣の酒屋の車だろうか？　二十年前、石田家の長男は浦和高校の二年生だった。二十年後のいま、彼はいったい何者になっているのだろう？　彼は長男で一人息子だった。下に、中学生と小学生の妹がいた。栄一に、孝子に、末娘は何子だったろうか？　父親は戦死。祖父は、蕨の村長さんか町長さんをしたことのある人物らしい。しかし、二十年前すでにいなかった。お婆さんの方は、元気だった。もと村長夫人にふさわしい威厳をもった白髪だった。町長よりも、やはり村長夫人の方がふさわしいようだ。おばさんは、いつもモンペをはいていた。もちろん、一年じゅうではなかったであろうが、わたしに残っている二十年前の彼女は、モンペ姿である。

一言でいえば、石田家は蕨の由緒正しい家柄である。たぶん地主でもあったのだろう。そして戦争が終ったあと落ちぶれたのも、たぶんそのために違いあるまい。二十年前の石田家では、誰も働いていなかった。おばさんはモンペをはいてはいたが、それは主婦であり寡婦《かふ》でもある彼女のふだん着であったに過ぎない。べつに畑仕事をしているわけでもなかった。

屋敷内には、古い機《はた》小屋らしき木造平屋があり、そこを改造して一家族が住んでいた。それから白壁の土蔵脇の離れに古賀兄夫婦と古賀弟。表門脇の二階屋の一階でお茶屋を開いている家族と、二階だけを借りているもう一家族。そして、母屋の隅の三畳にいたわたし。以上が二十年前、石田家に月々の家賃あるいは間代を払っていた者たちである。わたしの間代は、月八百円だった。浦和高校の月謝は幾らだっただろうか？

門の前に停っているのは、黒い車だった。自動車の種類にはまことにうといわたしであるが、ぴかぴかの新車ではなかった。外車でもなさそうである。うしろの座席に、何かの動物の縫いぐるみが見えた。自家用車だろうと見当をつけたのは、そのためだったのかも知れない。わたしは、奥さんと子供をうしろの座席にのせて、車のハンドルを握っている石田家の長男の姿を想像してみた。もう彼も三十七、八歳の男だった。やあ、栄ちゃん！　確か、栄ちゃんでしたよね？　ところで、あのころぼくが着ていた、あの外套をおぼえてますかね？　そう、ほら、カーキ色の昔の陸軍歩兵の外套ですよ。

しかし、もし彼が現在サラリーマンになっているのであれば、いまごろ家にいるはずはなかった。そしてたぶん、十中八、九、彼は大学を出てサラリーマンになっていることだろう。丸刈り頭の生真面目な高校生だった。東大を出て、どこかの省の高級官吏になっているのかも知れない。それもあり得ないことではなかろう。なにしろ出世をしなければならない立場に置かれている、石田家唯一人の男だった。落ちぶれた蕨の由緒正しい石田家の、希望の星だ。しかし、その石田家は、まだこの門の奥に存在するのだろうか？　実はこの疑問は、とつぜんのものではなかった。草加宿を出るとき、わたしが名物の草加せんべいを手土産に持参しなかったのは、そのためだった。とにかく、門の内側へ入ってみよう！　それとも、まずお茶屋で確かめてみるべきだろうか？

わたしは車の向う側へ廻った。くぐり抜け式の、表の格子戸はそのままだった。しかし、お茶屋はもうやっていなかった。わたしはとつぜん、子供じみた考えにとらえられた。草加宿のはずれのマンモス団地を引き払って、この木造二階屋を借りて住んだらどうだろうか？　そして妻に、一階でお茶屋をやらせるというのはどうだろうか。

「ごめん下さい」

とわたしは、格子戸の内側へ向って声をかけた。返事はなかった。わたしは、ほっとした。何のために格子の内側へ向って声をかけたのかを、わたしは忘れそうになっていたからである。もちろんわたしは、旧中仙道沿いの適当な場所に、お茶屋を開業するための店舗探しに蕨を訪問したのではない。いったい何を躊躇《ちゅうちょ》する必要があるのだろう？　目的はあの外套の行方以外の何ものでもないではないか！　わたしは自分の、子供じみた気まぐれな空想を捨てた。そして今度は、黒い車の脇をすり抜けると、いきなり門の内側へ足を踏み入れたのだった。しかしわたしは、門を入ったところで立ち止った。ビニールサンダルをはいた若い主婦とはち合わせしそうになったからだ。主婦は二階屋の勝手口から出てきたらしい。

「あ、どうも、これは失礼しました」

とわたしは、ほとんど反射的にいった。むしろ、うろたえたのは、そのあと主婦の顔を見てからだろう。

「あ、あの」

「は？」

「えーと、孝子さん？」

しかしわたしは、急いで自分のことばを打ち消した。やはり間違いだったようだ。

「いや、これは、どうも失礼しました」

若い主婦は、どうやら極度に警戒心の強い女性ではないらしかった。彼女は、わたしの人相風態を露骨にあらためる眼つきにもならず、黙って門の外へ出ようとしかけたのである。したがってわたしは、そのまま屋敷の中へ入り込んでも構わなかったわけだ。そして自分の眼で、二十年後の石田家の模様を確かめればよかったはずだ。しかし、わたしは若い主婦を呼びとめるようにして、たずねた。どことなく、庭全体のようすが変化しているように見えたからだ。門を間違えたのだろうか？

「あの、じつは」

とわたしは、実際に自信を失った声でたずねた。

「この奥にもとおられた……」

「は？」

「二十年ほど前になりますが……」

「石田さんですか？」

「やはり、石田さんですね？」

「は？」

「いや、その石田さんのお宅ですが」

「石田さんでしたら、この左側の家の、もう一つ奥の二階建ての家です」

「二階建て？」

「ずうっと入って行くと、表札が出てますから」

わたしが二十年前のおばさんに会ったのは、それからおよそ三十分後だった。もちろん、真直ぐに歩いて三十分かかったわけではない。ビニールサンダルばきの若い主婦は、わたしとの問答がすむと、門の方へ歩き出したが、すぐに足を止めた。わたしもまた、彼女のうしろから歩きはじめていたからである。立ち止った彼女は、わたしのことばを待っている感じだ。何かまたたずねられると考えたのだろう。しかしわたしは、ちょっと会釈をして、彼女よりも先に石田家の門を出て行った。彼女にたずねるべきことは、すでになかった。

果物か？　菓子類か？　わたしは手土産のことを考えていた。結局わたしは、せんべい屋に入った。もとお茶屋を開いていた二階屋の、すぐ左隣がせんべい屋だった。この店の開店をわたしはおぼえている。ちょうど二十年前に出来た店だ。石田家の人びとは、この店に好意を抱いていなかった。たぶん、もと石田家の家作であった家を買い取って、せんべい屋に改造してしまったためであろう。石田家としては、二十年前、せめて借家としてとどめて置きたかったその家作を、是非とも売らねばならぬ事情があったのだろう。

せんべい屋では、ずい分待たされた。二十分くらいだろうか？　はじめは立っていたが、ついにわたしは小さな木の腰かけに腰をおろし、煙草をつけた。そして、二十年前の開店を思い出したわけだ。ちょうど、せんべいが裏の工場で焼きあがる時間なのか？　店には小柄な婆さんが一人である。わたしの前に客は僅か二人だった。ところが僅か二人の客で二十分間である。わたしは少しばかり不愉快になった。せっかくの早起きがせんべい屋の店先で無駄にされてよいものだろうか。この店の開店に寄せた石田家の人びとの、二十年前の怨みをわたしが思い出したのも、あるいはそのせいだったかも知れない。

しかしわたしは、その怨みのせんべいを石田家への手土産にすることについては、べつだん矛盾を感じなかったようだ。むしろ、一刻も早くその包みをぶらさげて、石田家を訪れることだけを考えていた。せんべいを一つ一つ、数えながらボール箱に詰め合せ、蓋をして包み紙をかぶせ、平たい紐をきちんと十文字にかける婆さんの古風な手つきを、心静かに鑑賞するゆとりなどなかったわけだ。

しかしわたしは、何故それほどまでに急がなければならないのだろう？　石田家があの門の奥に現在も存在していることは、すでに確かめられたわけではないか。それにまだ時計は午前十一時ちょっと前だ。昼食どきまでに石田家を引き上げるとしても、一時間はたっぷりある。もし、それで時間が足りなければ、一旦辞去して、昼食後にもう一度訪ね直せばよいはずだった。わたしは、せんべい屋の小柄な婆さんの手によって包装され、十文字に紐をかけられた缶入りのあられの詰め合わせを受け取ると、今度は迷うことなく石田家の門をくぐった。

石田家の屋敷内は確かに変化していた。まず気づいたのは、全体が狭苦しくなった感じだ。何がどう変化したのだろうか？　何もかもが変化してしまったようだ。しかしわたしは、敢えて屋敷内の変化の一つ一つを無視するようにして、奥へ入って行った。そうしなければ、いつまで経っても石田家の玄関先へ到達することができないからだ。

ビニールサンダルばきの若い主婦がいった通り、石田家は二階建てだった。それはまあよい。二十年経てば、古い木造の平屋が何に変化していたところでおどろくには足りないだろう。しかし、考え込まざるを得なかったのは、玄関に取りつけられたインターホーンを発見したときだった。もちろんインターホーンが気に入らないというのではない。いったいわたしは、その四角い小型マイクに向って、何と名乗りをあげるべきだろうか？

「ごめん下さい」

それから、

「赤木と申しますが……」

と名前を告げる。さて、それから先が厄介だった。

「実は、わたしは、二十年ほど前にお宅に間借りをしていた、赤木ですが」

しかし、だからどうだというのだろう？　二十年前に間借りをしていた男が、何かのセールスマンにでもなったというのだろうか？　このインターホーンという装置は、確かに便利だ。名乗りをあげにくい訪問者を心理的にたじろがせるのである。この装置を通して訪問者は選別される。こんな装置を通してでは話が通じません。とにかく顔を出して下さい。じかにお目にかかれば、きっとわかっていただけます。必ずお互いに通じるはずです！　しかし、それでは通じないわけだ。あくまでもこの装置を通して、眼に見えない相手を納得させなければならないのである。それで通じなければ、それまでだった。玄関のドアを開かせることはできないのである。

「あの……」

と、いってわたしは髪の毛をちょっとかきあげた。留守電話よりもこちらの方がむずかしいようだ。名乗りをあげにくいせいかも知れない。わたしはどこの何者だろう？　草加の赤木だ。しかしそれでは通じるはずがなかった。

「あの、おばさんはご在宅でしょうか？　二十年前に、お宅の離れを借りていた古賀さんの紹介でお世話になっていた、赤木ですが」

どうやら、おばさんは留守らしかった。玄関に向って左側の縁先に、組立て式の子供用ブランコが立っている。三輪車もある。それとも、おばさんはもういないのだろうか？　確かに、インターホーンつきのこの二階建て石田家は、若返っている。もと村長夫人であった白髪のお婆さんも、モンペがふだん着だったおばさんも、すでに亡くなってしまったのだろうか？　そうであるならば、この家でわたしや古賀兄弟のことを知っているのは誰だろう？

「あの……」

と、三度わたしはインターホーンに口を近づけた。

「えーと、ご長男の栄一さんは、いまどちらへお勤めになっておられますか？　それとも……いや、栄一さんでなければ、孝子さんでも結構なんですが」

これで通じなければ、諦める他はあるまい。そこまではっきりすると、わたしは急に大きな心のゆとりを取り戻したようだ。わたしはインターホーンのそばを離れ、玄関のコンクリート製の階段をおりた。そして、石田家の庭を二十年ぶりに眺めたのである。

まず第一に失われたものは、井戸とポンプだった。二十年前の石田家の庭の中心は、トタン葺きの下の井戸とポンプだった。夏も冬も、洗面、洗濯はそのトタン屋根の下でおこなわれた。古賀兄弟の場合も同様だった。次に失われたものは、古賀兄弟が住んでいた白壁土蔵脇の離れだった。そのために土蔵は、焼け残ったビルのように、不安定に孤立して見える。側面の壁は、褪色して、汚れた年寄りの肌のようだ。二十年前、その壁は見えなかった。見えたのは、厚い鉄扉のある正面だけだった。向って左側の壁にほとんど接する形で、離れが建っていたからである。

にもかかわらず、庭全体が二十年前よりも狭く感じられるのは何故だろう？　井戸とポンプのあったあたりに低い柵が出来ていて、その向う側に一軒の家が建っているために違いない。結婚した孝子さんのために建てたのだろうか？　それとも借家か。いかにもマイホームふうの青い屋根瓦である。いま、石田家に間借りをするとすれば、幾らだろうか？　しかし、この新しい二階建ての家に、二十年前わたしが借りていたような三畳間は作られていないだろう。女中部屋？　あるいは下男部屋だったのかも知れない。門を入ると、古い石畳が、右隣の酒屋との境の土塀に沿って敷かれており、その突き当りが土蔵だった。左へ折れ、古賀兄弟の離れの前を通り抜けると、鉤の手になった母屋の広い縁側である。縁側の右手に、格子戸の入口があった。しかしわたしの塒《ねぐら》であった三畳の入口は、縁側でもなければ、格子戸でもない。縁先をちょっと左に折れ、母屋に沿って右折した、西側の一番奥の別の入口から出入りするのである。ちょうど雨戸のような、横にあけたてする出入口で、上り口は畳一枚ほどの広さの土間であった。上ると、縁の無い畳が横敷きに三枚並んでいる。

　この三畳間には、一年じゅう陽がささなかった。なにしろ鉤の手に建てられた広い木造平屋の、一番西側の部屋である。東側には幾つかの部屋が重なり合っており、西側に格子のはまった窓はあったが、のぞくと向う側は小さな鉄工所の仕事場だった。もとの機小屋を改造して住んでいる家族がやっている工場である。屑鉄で何かを作っているらしかった。朝から、それらの屑鉄が何かに作りかえられる音が、わたしの耳にきこえてきた。なにしろ、工場まで二、三メートルの距離であった。

　そのため、縁先を左に折れ、母屋に沿って右折してこの三畳間の入口へ至る通路は、石田家の庭の中にできた路地のような具合いになっていたのである。実際、格子のはまった窓の下の地面には、苔が生えていた。しかし、このあたかも庭の中の路地であるかのような通路は、いわばわたしの専用道路だった。門限の十一時を過ぎて、表門をよじのぼって帰ったときでも、わたしは誰にも気づかれることなく、この通路を通って三畳の塒に潜り込むことができたのである。ただし、門をよじのぼる前に、小便だけは済ませて置く必要があった。もしもそれを忘れてよじのぼってしまったときは、門と土蔵の中間あたりで、素早く酒屋との境の土塀に向って、用を済ませなければならない。なにしろ、わたしが使用することになっていた便所は、古い純日本ふうの女便所だったからだ。たぶん、もとわたしと同じ三畳間住いだった女中が使っていた便所だろう。三畳間から母屋へ通じる、唯一枚の襖をあけると、半ば物置きのようになっている四畳半だった。ぷんと、湿った古い布類の臭いがする。女便所は、その四畳半に接して作られていたが、ある晩わたしは、つい立ったまま用を足し、翌日、白髪のお婆さんからまことに情ないお小言を頂戴したのだった。

「赤木さん、あのお便所はしゃがんで用を足すように作ってあるんですよ」

それは、あのベレー帽の女に出会った翌日であったか、どうか？　あるいはもっと、ずっと以前であったかも知れない。ただ、いずれにせよ、わたしが門限を過ぎた表門をよじのぼって、こっそりと三畳間に潜り込んだ翌日には違いなかった。そして、わたしは酒に酔っていたはずだ。表門をよじのぼらなければならなくなるのは、酒を飲んでいて門限に遅れてしまうからだった。それ以外に、夜の十一時過ぎまで、時間を潰す方法をわたしは知らなかったのである。もちろん川向うへ出かけることも、素面ではできなかった。川向う？　左様、両国橋を渡った、向う側である。わたしが、一人であの橋の向う側へ出かけるようになったのは、いったい、いつからだったろう？　すぐには思い出せなかった。しかし、川向うから終電車で帰ってきて、表門をよじのぼったことがあったことは、確かだ。その晩もわたしは、あの外套を着ていたであろうか？　これもすぐにはわからなかった。それとも、あの外套を中村質店に預けて、出かけたのだろうか？　いずれにせよ、少なくとも、あのベレー帽の女に出会った晩よりもあとであったことだけは確かだ。ベレー帽の女に出会った晩、わたしが知っていた唯一人の娼婦はヨウコさんだった。

「赤木さん、あのお便所はしゃがんで用を足すように作られているのですよ」

まさか！　あのお小言を頂戴したのが、川向うから帰ってきて門をよじのぼった翌日というわけではあるまい。しかしそれにしても、わたしはいったい誰に、川向うの亀戸三丁目の在りかを教わったのだろう？『濹東綺譚』だろうか？　それとも、古賀弟からだろうか？

「もしもし……」

と、そのときわたしはうしろから女の声に呼びかけられた。振り返ると、石田家の玄関のドアが開いて、女性はそこに立っているのだった。インターホーンを通しておこなったわたしの自己紹介が、ようやく通じたらしい。わたしは、髪の毛に手をやりながら会釈し、一、二歩彼女の方へ歩み寄った。

「どうも、甚《はなは》だとつぜんで、申し訳なかったのですが」

わたしは、玄関へのコンクリートの踏み台に、片足だけをかけた姿勢で立ち止った。そして、十文字に紐をかけられている詰め合わせのあられの缶を、ちょっと持ち直した。しかし、玄関のドアをあけてわたしに呼びかけた女性の顔には、ぜんぜん見おぼえがなかった。

「それで……」

「あの、失礼ですけど、どちらの赤木さんでしょうか？」

「はあ、先ほど、このインターホーンで申し上げましたように、実は二十年ほど前ですが、こちらの石田さんのお宅に下宿をしていたものなんですけど」

「下宿？」

「はあ、下宿といいましても、つまり間借りをしていたわけです。部屋を借りて」

「さあ。しかし、そんな話は、わたしきいておりませんのですけど、ねえ」

「失礼ですが、あの、おばさんは……？」

「と、いいますと？」

「あの、こちらの石田さんの、つまり、栄一さんのお母さんですが」

「母ですか?」

「ええ、そうです。いや、つい、おばさんと呼んでいたもんですから」

おばさんは、留守であった。しかし、わたしは希望を持った。まだ、元気でいることだけはわかったからだ。

「失礼ですが、あの、栄一さんの奥さまでいらっしゃる?」

「ええ、わたくしタカ子ですけど」

「孝子さん?」

「しかし、失礼ですけど、わたしには、赤木さんというお知合いは、ありません」

「はあ?」

「さきほど、インターホーンで、栄一さんかタカ子さんといわれましたので、ドアをおあけしたんです」

「ええ、なにしろ二十年ぶりのことですし、それにまったくとつぜんの訪問ですので、何といって説明してよいのか迷ってしまいましてね、それで、いろいろと、ご記憶に残っていそうなことを申し上げたようなわけだったんですが」

「しかし、でもねえ、失礼ですけど、タカ子という名前が出なければ、わたしもドアをあける必要はなかったんですけど、ねえ」

わたしはいつの間にか、一旦踏み台にかけていた片足をおろしていた。しかし、いうまでもなく、この問答には小さな喰い違いがあったのである。それはまことに、平凡であるばかりか、陳腐な喰い違いだった。つまり、タカ子違いだ。二十年前に中学生であった石田家の長女も孝子、そして、二十年後のその日わたしがはじめて出会った、石田家の長男栄一の奥さんもタカ子だった。この喰い違いは、間もなく明らかになった。どこか近くへ出かけていたらしいおばさんが、戻って来たからである。それはまさに、十文字に紐をかけられた手土産のあられを、わたしが彼女に手渡そうとしていたときだ。わたしは、タカ子さんとの問答をこれ以上続けることはかえって逆効果ではあるまいかと考え、ともかく、一旦その場は辞去しようと考えたのだった。

もちろん、もしおばさんがちょうどその場へ戻って来なくとも、やがてタカ子違い程度の喰い違いは明らかになっただろう。それは余りにも小さいばかりでなく、まことに平凡陳腐な喰い違いに過ぎない。いわば、子供欺しだった。しかし、この喰い違いにわたしがこだわらざるを得なかったのは、わたしがおばさんに会えたのは他ならぬ、その喰い違いのお蔭だったからだ。もし彼女が、タカ子さんでなかったならば、インターホーンを通して喋り続けたわたしの名のりは、彼女に通じなかっただろう。玄関のドアが開かれたのは、彼女もまたタカ子さんだったからである。そして、ドアが開かれなければ、わたしは十文字に紐をかけられたあられの包みを抱えたまま、やがて石田家の門を出なければならなかったはずだ。

何という平凡で陳腐な偶然の一致だろう！　しかし、これほど平凡陳腐な偶然の一致というものが、分別ざかりの四十男を救うこともあることはあるのである。絶対にあり得ないとは、断言できないわけだ。実際、わたしは救われたのだった。わたしはお蔭で、目的のおばさんに会うことができた。もちろん、この平凡陳腐な偶然の一致がなかったならば、何もかもすべてが絶望ということになるわけではなかった。わたしの早起きの意味が、全面的に、あっという間に、無意味に帰したというわけではない。確かにわたしは、一つの偶然に救われはした。そして、そのために偶然にも充分にこだわる価値のあることを強調しているわけであるが、しかし、だからといってすべてを偶然によって片附けようなどと考えているものではない。わたしは、それほど泰平無事に、この四十年間を生きのびてきた人間ではないのである。それほど幸運な人間ではなかった。

もし、二人のタカ子さんという偶然の一致がなかったならば、わたしは空しく、手土産のあられの包みを抱いたまま、石田家の門を出たであろう。そして、その手土産は、せんべい屋の婆さんの手によって十文字に紐をかけられたまま、中村質店へ運び込まれたものと考えられる。石田家のおばさんに会えない以上、外套の行方をたずねる巡礼の行先は、中村質店以外にはあり得ないからだ。したがって、もしあの平凡陳腐な偶然の一致がなかったとしても、わたしの早起きが、あっという間に無意味に帰すということはなかったのである。しかし、それにしても、何かが変化したことは確かだろう。その偶然の有無は、少なくともその日一日の物事の順序を変化させたはずだ。ただ十文字に紐をかけられたあられの包みの行方を変化させただけでは、ないはずだった。

6

「あーら！　赤木さんじゃないのお！」

と、どこかから戻って来たおばさんの声がきこえた。

「あら、それじゃ、やっぱり！」

と、タカ子さんがいった。わたしは、玄関の踏み台の下で、二人に挟まれた形になった。おばさんは、モンペ姿ではなかった。わたしは、二十年ぶりにおばさんに頭をさげた。そして、二十年ぶりの再会の挨拶をした。しかしそれは、ことばにしてみれば、当然のことながら、まことに平凡なものであった。

おばさんの頭には白毛が目立った。しかし、もと村長夫人のお婆さんほどではなかった。もちろん、顔も似ていない。少し奥眼で、頬骨が高く、眉が濃かった。その二十年前の寡婦の顔全体から緊張が解けて、やさしくなっている。もと村長夫人という感じもなかった。ちょうど六十くらいだろうか？　お婆さんの方は、どちらかといえば丸顔で、ぱっちりした二重瞼に小さな口元という顔立ちだった。その、若かりしころには優美であった部分が、二十年前にはそのまま威厳に変化していたわけだ。しかし、おばさんの顔を見たとき、わたしはお婆さんの存在をむしろ忘れていた。

「まあ、赤木さん、おあがんなさいねえ」

このおばさんの、おあがんなさいねえ、にはききおぼえがあった。尻上りである。癇《かん》高い声も変らなかった。

「ずいぶん立派な応接間ですね、おばさん」

確かに、一式揃った洋式の応接間だった。テーブル、深々とした肘掛椅子などは、まだ新しい。たぶん、三、四年前セットで揃えたのだろう。ピアノもある。H・E・ベイツの短篇『ザ・シップ』を思い出させる西洋の機帆船の模型。油絵も二枚かかっている。つまり応接間には、どこにも極端な趣味趣向は見当らなかった。ゴルフ、マージャンなどの紅白リボンのついた優勝カップ、記念牌の類も見当らない。たぶん石田家の長男は、そのようなものとかかわりを持たない生活者なのだろう。

その応接間でわたしは、石田家の人びとの二十年後の消息をきいた。まず、お婆さんは五年ほど前に死亡。七十八歳だった。しかしわたしは、仏壇にお線香はあげなかった。おばさんも、それをすすめなかった。

「お婆ちゃんが亡くなった翌年にねえ、あの古い家をこわしちゃったんですよ」

「はあ」

「何でも栄一はね、あの古い家を残すんだとかいって、はじめは修理の方を考えたんですけどねえ。いろいろ見積ってもらったら、新しく建てるよりもよけいにかかりそうだとかいうことでねえ」

長男はやはり浦和高校から東大の法学部に合格した。一年だけ浪人したらしい。卒業後は官庁勤めをせず、都市対抗野球で名高い大きな石油会社を選んだ。すでに十数年のサラリーマン生活である。奥さんは、先ほどわたしと問答をしたタカ子さん。子供は小学校三年、一年、四歳の三人だった。

「こんにちは！」

母親と一しょに応接間へあらわれた、四歳らしい女の子が、挨拶した。

「あ、こんにちは！」

「どうも、先ほどは本当に失礼致しました」

「いや、とんでもございません。こちらこそとつぜんで、本当に失礼致しました」

「いえねえ、わたしぜんぜんお話をうかがってなかったもんですから」

と、タカ子さんは弁明した。そして、四歳の女の子に話しかけた。

「そうなんですよ、ママはね、このおじちゃんのこと、何にもパパからきいていなかったんだから」

おそらくその通りだろう。あの西側の隅の三畳間を、わたしのあと誰かが借りて住んだだろうか？　あるいは借りたかも知れなかった。しかし、タカ子さんが石田家に来たときは、たぶん物置きになっていたのだろう。それとも末娘の勉強部屋だろうか？　いずれにせよ、タカ子さんとは無関係だった。タカ子さんは、わたしを知って置く必要のない人間である。

「それで、どこに？」

「はあ」

とわたしは、おばさんの方を向いて、あいまいに笑った。わたしの口から答えた方がいいのだろうか？

タカ子さんの質問は、おばさんに対してであったのかも知れないからだ。

「なにしろ、浪人ちゅうだったもんですから」

とわたしは、ひとまず答えた。

「そうだねえ、何から話したらいいかねえ、赤木さん」

「浪人？」

タカ子さんは、なおもわたしの間借り生活に関心を示した。年齢が近いせいかも知れない。夫と同じ年くらいだろうか？　たぶんわたしより、二、三年下くらいだろう。

「ええ、わたしの田舎は福岡だものですから」

「そうだねえ、もう二十年前の話だものねえ」

「いや、わたしも、すっかり年を取りましたよ、おばさん」

「あら、赤木さん、いやだねえ。あたしなんかこそ、もうお婆さんだよねえ」

「奥さんは、どちらでいらっしゃいますか？」

「わたしの里ですか？」

「ええ」

「わたしは秩父の方ですけど」

「ああ、そうですか。それにしても、同じタカ子さんとは、ちょっと面喰《めんくら》いました。いや、お蔭でこちらは、助かったんですが」

わたしの間借り生活に対するタカ子さんの関心は、どうやら充分には満たされなかったようだ。話はそこから、長女の孝子さんの方へ移ったからである。彼女は、表門の左隣のお茶屋の二階を借りていた家族の長男と結婚したらしい。

「赤木さん、おぼえてますかねえ？」

「ええ、ときどき、見かけたようですが、話をしたことは、ありませんね。あのころは、すると大学生でしたか？」

「そう、あのころは都立大学の工学部へ行ってたんですよ。夜間部の方へ五年間通ってねえ、それでフランスへ行って、何でも高速道路工事の方のねえ、研究をしてきたんですねえ」

「そうですか。ずいぶん真面目そうな方だとは思っていましたけど」

「そうねえ、栄一もフランス語を習ったりしてましたねえ」

「なるほど、そういうわけで」

その長女は現在東京に、また次女の方は、横浜あたりに住んでいるという。二人とも、二人ずつの子持ちということだった。以上が、応接間できいた石田家の人びとの二十年後の消息のあらましである。そして今度は、わたしの方がたずねられる番であった。わたしは二十年間の概略を話した。大学、十年間の会社勤め、結婚、子供、草加の団地、退職、そして現在。しかしわたしの返答は、まことに要領を得ないものだった。少なくとも、石田家の長男や、長女の夫氏の場合のように鮮明な消息とはなり得なかったはずだ。なにしろわたしは、日曜日でもない日に、二十年前の下宿先を真昼間から訪問している男だったのである。

「草加にねえ、もう十年間もいたんですか、赤木さんが？」

「ええ、このおせんべいの草加ですよ」

と、わたしは応接間のテーブルに載せられた菓子皿から、草加せんべいを一枚つまみあげた。おばさんは、おかしそうに笑いはじめた。

「そんなに近いところにねえ、不思議だよねえ、まったく」

「本当に、つくづく不思議だなあと思うことがありますよ。なにしろ、生まれてはじめて九州から出てきたときが、この蕨でしょう。そして、二十年後のいま、十年間も住んでいるのが、同じ埼玉県の草加なんですからね」

「それで、それから蕨は、はじめてなんですか？」

と、タカ子さんがたずねた。

「ええ、まったく二十年ぶりです。浦和へは何度か県庁や何かに用事で行きましたが」

「それで、何か、今日はこちらにご用でも？」

「はあ、特に用事というわけじゃあないんですが、とつぜん何となく思い出しましてね。朝、ふだんならまだいまごろ起きるか起きないかの時間なんですが、とつぜん早起きをしてしまいまして」

「本当に赤木さんは宵っぱりだったよねえ、うちの栄一と同じで。あの古賀さんは早起きだったけどねえ」

「古賀さん？」

タカ子さんは、古賀兄弟のことも知らないらしかった。

「わたしと同郷の知人の方で、あの土蔵の隣の離れを借りていたひとです」

「そうですか。主人はそんなこと何も話してくれなかったものですから」

わたしはまた、おばさんの方をうかがって見た。おばさんは、両手で割った草加せんべいの一かけを口に入れるところだった。あるいは、古賀弟の早起きを思い出していたのかも知れない。拓大生古賀弟の早起きは、空手練習のためだった。

古賀弟の空手練習場は、石田家の表門と白壁土蔵とトタン屋根のある井戸端とを結ぶ三角地帯の、ほぼ中央部だった。彼は、そこに幅三十センチ、高さ一メートル余の板を打ち込み、荒縄を二重、三重に巻きつけた。彼の早起きは、何時だったのだろう？　公務員である古賀兄の出勤時刻は、七時四十分だった。したがって朝食は、七時過ぎである。もちろんわたしも、一緒だった。古賀兄夫妻の離れへ出かけて、食べるわけだ。食費は幾ら払っていたのだろう？　いまどうも思い出せないのであるが、古賀弟の空手練習は、その朝食前の三十分だった。

わたしはしばしば、その練習を見物した。古賀弟の発する気合いは、わたしの三畳間にもきこえてきた。その気合いで眼をさますことが多かったからだ。板に巻きつけられた荒縄には水が打たれている。そこをまず右の拳で突く。五回、十回、十五回！　次は左の拳で突く。五回、十回、十五回！　古賀弟の拳には血がにじんでいる。

「お早ようございます」

と、わたしは、井戸端から声をかける。

「おす！」

と、古賀弟は顎を引いて、一息入れる。次は手刀である。これも左右十五回ずつ。それから足蹴りである。もちろん素足だ。水を打った荒縄めがけて、気合いもろとも、爪先で蹴り上げる。今度は横向きになって、足の甲の外側で蹴りつけた。最後は高さ一メートル余の稽古板に向って、「おす！」と一礼する。

拓大生古賀弟の空手練習はそれで終った。拓大生？　左様、確かに拓大の名はまだ追放中であったが、彼の稽古着の襟には墨で「拓大」と右に、「古賀」と左に書かれていたのである。彼は、わたしには空手をすすめなかった。何故だろうか？

「先輩もやってみんですか？」

一度だけ彼はわたしにそういったことがあった。確か、茗荷谷の近くの丘の上にある彼の大学に「紅陵祭」を見物に出かけたときだ。何月だっただろうか？　わたしは古賀兄といっしょに見物に行った。日曜日か祭日だったのだろう。しかし、何を見物したのか、忘れてしまった。ただ、グラウンドの一隅の空手部室が、厩《うまや》のように見えたのをおぼえている。何故、厩なのだろうか？　よくわからない。臭いだろうか？　いや、そうではないだろう。掘立小屋のような部屋の壁には、稽古着がぶらさがっており、七、八名の部員たちが、床にあぐらをかいていたようである。その中に古賀弟の顔も見えた。

「おす！」

古賀兄は、部屋をのぞき込みながら声をかけた。

「おす！」

と、部屋の中から七、八名の声が重なり合って返って来た。古賀兄は、わたしを振り返って、にやりとした。古賀弟は立ちあがって部屋から出てきた。

「先輩もやってみんですか？」

とわたしにいったのは、たぶんそのときだった。わたしはたぶん、黙っていたのだろう。あるいは、うーんと唸ったかも知れない。古賀弟に答えたのは、古賀兄だった。

「バカらしか、ち！」

古賀兄はそこで、またわたしの方へにやりとして見せた。

「バカらしか、ち！」

古賀弟も、まったく同じことをいった。それから二、三度、ひとりでうなずいていた。

わたしはそれからあとも、やはりしばしば古賀弟の早起き空手練習を見物した。しかし彼はわたしに空手をすすめなかった。あの古賀兄の、「バカらしか、ち！」のせいだろうか？

「バカらしか、ち！」は、いうまでもなく九州弁である。九州弁の中でも、筑前地方独特のことばだ。標準語への翻訳は、まことに困難である。困難というよりも、ほとんど不可能に近いだろう。もちろん問題は、最後の「ち！」である。この「ち！」にはまず強調の意味があった。しかしそれは、最も単純な意味だ。次にこの「ち！」には、無人称多数的な意味があった。すなわち、自明の理をあらわす。いまさらいうも愚か、というわけだった。またこの「ち！」には、自己を道化に仕立てるニュウアンスと、同時に相手に対する軽蔑のニュウアンスがあった。わたしに送った古賀兄の「にやり」は、このニュウアンスを顔であらわしたものであろう。

しかしわたしは、ここでひとつの筑前ことばを、何が何でも文法的に解釈しなければ気が済まないというわけではない。何が何でも標準語に、翻訳しなければ気が済まないというのでもない。もっともこの「ち！」を、可能な限り標準語に近づけてみることは、必ずしも無意味とはいえないだろう。

「何をバカバカしい！（この民主主義の世の中で）空手なんぞ本気でやってみようと考えるわけが無いではないか！（お前さんじゃああるまいし、ねえ、赤木君！）」

これで完璧というわけではない。しかし、誤訳でないことも確かだ。たぶん、八十五点くらいの意訳といえるだろう。古賀兄は、戦争中の拓大卒業生だった。そして古賀弟は、敗戦後のいまだ追放中の拓大空手部員だった。紅陵大学の丘の上は、荒涼としていた。傾斜した丘の上で、茶色っぽい校舎そのものが傾いて見えた。しかしわたしの精神も、決して安泰だったわけではない。

「バカらしか、ち！」

この、まことにニュウアンスに富んだ筑前ことばによって、古賀兄はわたしの空手論を代弁した。いうまでもなくそれは、古賀兄の好意であった。しかしわたしは、一方においては駐留軍のウオッチマンである兄から、こういわれた人間だった。

「お前は、子供のときから兵隊になりたがりよったとやけん、よかやないか」

また、こうもいわれた人間だった。

「あのときお前が取ったとは、おもちゃの剣ばい」

古賀弟がわたしに空手をすすめなかったのは、あの「バカらしか、ち！」のせいだ。それは、たぶん間違いなかった。彼は、香椎の米軍キャンプのウオッチマンであるわたしの兄と、同じ年だった。わたしの兄はアカハタを読んでいる。古賀弟は拓大空手部員だ。そしてわたしは、どちらでもない人間だった。カーキ色の旧陸軍歩兵の外套を着て、九州筑前の田舎町から上京して来た、もと陸軍幼年学校志望の人間だった。早起き鳥試験に落第した、学生でもなければサラリーマンでもなく、職工でもなければパチンコ屋の店員でもなく、住み込みの新聞配達でもない人間だった。いったいわたしは何者だろう？　実際、中村質店のおばさんのことば通り、まことにあいまいな一人の「おにいさん」だった。

「古賀さんの空手をどう思います？」

と、二十年前のある朝、石田家の長男は庭の井戸端でわたしにたずねた。黒い学生服のズボンにタオルをぶらさげていた。下駄のよく似合う高校生だった。たぶん、足が大きいのだろう。また、余り甲高の足には下駄は似合わない。彼はわたしよりも二寸くらい、そして古賀弟よりも一寸くらい、背が高かった。

「そうだねえ」

と、わたしは、水を打った荒縄めがけて拳突きをしている古賀弟を眺めた。わたしと石田家の長男は、井戸端に並んで空手練習を見物する形になった。

「古賀さんは、もう初段くらいですかね？」

「さあ、まだそこまではいっていないんじゃないかな」

「こないだ、ちょっとやってみたんですがね」

「栄ちゃんが？」

「ええ。夕方、ちょっとね、試しに」

「どうだったですか？」

「痛かったですね」

と彼は、右手の拳を固めて第一関節のあたりに目をやった。

「そりゃあ痛いだろうな」

「赤木さんは？」

「もちろん、やってみましたよ」

「どうでしたかね？」

「ぼくは、ぜんぜん痛くなかったですよ」

「どうしてです？」

「へ、へ、へ、へ……どうしてだと思う？」

「どこかで空手をやってたんでしょう、以前に？」

「いや、ぜんぜんやってないですよ。本物の空手を見たのは、古賀さんのがはじめてじゃないかな」

たぶん、そうだ。古賀弟の空手以前にわたしが見たのは、大道香具師《やし》ふうの瓦割りだった。彼らは稽古着ではなく、袴を着けていたようだ。長髪にはち巻きという恰好だった。重ねられる屋根瓦は三枚、五枚、七枚と次第に増えてゆく。香具師であるからには、何かを売っているわけだった。漢方薬？　鍼灸《はりきゅう》あんまの急所図解書？　それとも何か暦の類だったか？　いざとなると、彼らがいったい何を売っていたのか、ぱっと思い出すことができない。屋根瓦に代って、地面には赤煉瓦が二枚、三枚と積み重ねられる場合もあった。浅草観音様の、向って右手の広場でわたしは何度かそれを見物した。しかし、わたしがはじめて見た瓦割りはどこでだろう？　筑前の田舎町の須賀神社の境内だろうか？　それとも安長寺の前の、祭に市の立つ広場だったか。いずれにせよ、あれも一種の空手に違いあるまい。彼らもやはり、最初は古賀弟のように練習したのだろうか？　幅三十センチ、高さ一メートル余の板に巻きつけた荒縄を、拳で突いたり、足で蹴ったりして練習に励んだのだろうか？　それとも、香具師には香具師の、最初からそのための別な養成所のようなものがあるのだろうか？　いや、やはりそうではあるまい。彼らが空手をはじめたのは、最初から香具師になるためではなかったはずだ。たぶんそれは、古賀弟の場合が決してそうではないのと、まったく同様であろう。おそらくそうであるはずである。拓大空手部が、大道香具師の養成所であろうはずはなかったからだ。しかし、それでは、古賀弟の空手の目的は何だろうか？　日本精神？　反共？　民主主義粉砕⁉　それとも、そのような目的以外の、何かだろうか？　わたしはそれを古賀弟にたずねてみたことはなかった。

「じゃあ、何故です？」

と、石田家の長男はわたしにたずねた。

「え？」

「赤木さんは、何故、痛くなかったんです？」

「あ、そうか。それはですね」

とわたしは、見よう見真似でおぼえてしまった拳突きの恰好をしてみせた。

「つまり、あの板を突かなかったからです」

「しかし、やってみたんでしょう？」

「そう。突く真似はやったんですが、板の手前で、拳を止めたわけですよ」

「ふうん、何か意味がありそうな気がするけど、よくわかりませんね」

「いや、べつに栄ちゃんが考え込むほどの意味はないですよ」

「ふうん」

と石田家の長男は、首を捻って腕組みをした。

「じゃあね、栄ちゃんは古賀さんが空手をやっているのは、何故だと思う？」

「そうですねえ、スポーツじゃないんですかね」

「なるほど、スポーツか」

こんどはわたしが腕組みをする番だった。確かにそれは、頭のいい回答であった。単純明快である。そしてそれは、わたしに最も無縁なものであった。何故、単純明快になれないのだろう？　脳髄の問題だろうか？　あるいはそうかも知れなかった。実際、わたしの頭の中では、空手とスポーツとはどうしても結びつくことができなかったからだ。空手は、暴力だったのである。同時に、まことに矛盾した考えではあるが、空手は精神だったのである。暴力しからずんば精神、だった。そしてそれは、いずれも新制高校の教科書民主主義によって、否定された暴力ならびに精神であった。ボクシングはよい。それは国民体育大会高校生の部の、正式競技種目に入れられていた。しかし、剣道、柔道はいけない。それらは二十年前、まだ新制高校から追放されていた。空手はどうだったのだろう？　はっきりわからなかったが、わたしの頭の中では、同じく新制高校の教科書民主主義によって追放された、精神的暴力あるいは暴力的精神だったわけだ。

古賀弟の空手練習の目的は何であろうか？　そのようなまことに野暮な疑問をわたしが抱いたのは、そのためだった。わたしには浦和高校の優等生のような、明快な回答はできなかったのである。しかし、わたしの拳を、荒縄を巻きつけた板の手前で止めさせたものは、決して、新制高校の教科書民主主義への忠誠心ではなかった。ただわたしには、不思議だっただけだ。アカハタを読んでいる駐留軍キャンプのウオッチマンである兄と、同じ年である拓大空手部員の古賀弟との間に挟まれている自分が、何とも不思議なものに見えたのだった。その不思議さが、見よう見真似でおぼえてしまった拳突きの恰好から繰り出されたわたしの拳を、あの板の五寸手前で停止させたのである。

「お前は、子供のときから兵隊になりたがりよったとやけん、よかやないか」

それと、もうひとつ。

「バカらしか、ち！」

の挾み撃ちだった。何という滑稽な拳突きだろうか！　そしてその滑稽さは、石田家の長男とも無関係だった。この浦和高校の優等生に、その滑稽さを伝える方法があっただろうか？

「ぼくには、あのスポーツは無理みたいだな」

と、腕組みをした石田家の長男はいった。

「そうねえ、古賀さんの体格は、確かに空手向きかも知れないな」

とわたしは、ちょうど鶏の脚のような古賀弟の拳を思い出しながら、いった。実際、新制高校の教科書民主主義によって追放された空手は、いまだ追放中の「拓大」空手部によく似合ったようだ。

もちろんその後も、わたしは朝の井戸端で、何度も石田家の長男と顔を合わせた。そして彼は、学生ズボンにタオルをぶらさげ、腕組みをして古賀弟の空手練習を見ていた。しかし、長女の孝子さんと結婚したという都立大生とは、井戸端では一度も出会わなかった。表門の左隣の二階家に住んでいた彼は、井戸端で顔を洗わなかったからだろう。古賀弟の空手練習を見物に来たこともなかった。その、未来の工学士、そして未来の石田家の長女の夫氏は、空手というものを嫌悪していたのかも知れない。しかし、そのような人間がいることもまた、当然であろう。なにしろ、古賀弟の早起き空手練習が石田家から追放されなかったのは、おそらくお婆さんの耳が遠くなっていたせいであろうと考えられるからだ。そうでなければ、あの古賀弟の気合いには、当然、苦情が出たはずである。それともうひとつ、古賀弟の早起き空手練習が追放されなかった理由は、たぶん石田家の人びとがすべて早起きだったためであろう。

「あの古賀さんは、どうしてるんでしょうねえ？」

と、おばさんはいった。

「いや、実はぼくもいま彼のことを思い出していたところなんです」

「赤木さんも、知らないんですか？」

「ええ、こちらで別れて以来、ぜんぜん消息をききませんけど」

わたしが古賀兄弟とともに石田家の屋敷内で生活したのは、ちょうど満一年間だった。昭和二十七年の三月から、昭和二十八年の三月までだ。古賀兄が福岡の局の方へ転勤になったのである。そのとき古賀弟の方も、一しょに石田家の離れを出て行ったわけだ。拓大の学生寮に入るらしかった。わたしが石田家を出たのは、それから二ヵ月あとだった。その間、離れには誰もいなかったようだ。

「あのひとは、どういう仕事をしているんでしょうねえ？」

「さあ」

実際、わたしにも見当がつかなかった。拓大は結局、卒業したのだろうか？　そして空手は、いまも続けているのだろうか？　もちろん、わからない。しかし、もしいま古賀弟にとつぜん会うことができたならば、わたしが彼にたずねたいのは、空手ではなくて、あの外套のことだ。古賀弟は、旧陸軍歩兵の外套をおぼえているだろうか？　もちろん、おぼえているはずだった。彼と一しょに中村質店へ出かけて行き、あの外套を一枚の質札と八枚の百円札に変えて、蕨駅前の飲み屋小路へ出かけたこともあったからだ。左様、中村質店におけるわたしの外套の値段は、石田家の西の隅の三畳間の間代と同じだったのである。

「タカ子さん、お昼にはちょっと早いようだけど、何かおそばでも頼もうか知らねえ」

おばさんはわたしに、昼食をすすめた。しかしわたしは、それを辞退して、応接間の椅子から立ちあがった。

「いや、本当にまた、お邪魔致しますから、おばさん」

「そうですかあ」

「本当に、今度は、先にお電話をして、お邪魔させていただきます。栄一さんにも是非お会いしたいし、お休みのときに、必ずお電話致します」

「そうですねえ、栄一もきっと会いたがると思いますよねえ。本当に今日はとつぜんだったですものねえ」

「本当に、とつぜんで失礼致しました。今度はもう、皆さんお元気でいらっしゃることもわかりましたし。なにしろ、今日お目にかかるまでは、蕨の駅を降りてからも、ずっと歩きながら、何だかここにはもう誰もいないんじゃあなかろうか、なんて考えたりしていたんですから」

「あら、赤木さん、そんなことはありませんですよ。あたしたちは、蕨から移るところはないんだからねえ」

「はあ」

「もっとも赤木さんから、もう死んじゃったんじゃないかと思われても困らない年ですけどねえ」

「いや、いや、とんでもありませんよ、おばさん！」

とわたしは、笑いはじめたおばさんに向って、いった。

「おばさんがいなければ、ぼくが蕨へ出かけて来る意味はないわけですから」

「そういってもらうのはありがたいけどねえ」

「いや、本当に、そうなんです。今日も実は、とつぜんあの外套のことを思い出して、どうしてもおばさんにお会いしたいと思ったわけなんですよ」

「はあ？」

とおばさんは、一旦立ちあがっていた椅子へ腰をおろした。わたしも、いつの間にか腰をおろしていた。それとも、ふたたび腰をおろしていたのは、わたしの方が先だったのだろうか？　しかし、それは最早やどちらでもよいことだった。なにしろ話は、立話では済まされない問題だったからだ。

「おばさん、あのときの外套のことをおぼえておられますか？」

「ガイトウ？」

「そうです。あの外套のことをたずねられるひとは、まず、おばさんを措いて他にはありませんからね」

「そういっていただくのは、ありがたいんだけどねえ、赤木さん」

「いや、実は……」

とわたしは、タカ子さんが応接間からいなくなっていることを確かめて、いった。

「いや、あのタカ子さんのおられる前では、やはりちょっといいにくかったんです。なにしろ二十年前のタカ子さんにとっては、まったくかかわりのない話ですからね」

「まったくねえ、不思議なもんですよねえ。二十年前にあのタカ子さんが、栄一の嫁になる人だなんて、まったく、どこにいるのか、影も形も知らなかったんだものねえ」

「いや、まったく、ぼくにしたところで、こうやってあれから二十年後に、あの外套のことでおばさんにお会いするなんて、まったく考えてもみなかったことですよ。そこで、是非とも、おばさんの記憶をお借りしたいわけなんですが」

しかし、おばさんの記憶はまったく思いがけない形で甦ったようだ。なにしろ彼女は、わたしの外套を、誰かわたしの友達と勘違いしたらしかったからである。

「そういえば、赤木さんところへときどきたずねてきたひとがいたようですよねえ」

「はあ？」

「あの狭い部屋に何度か泊っていったこともあったでしょう？」

「そうですねえ、えーと」

しかし、わたしが考え込んだのは、その友達の名前が思い出せなかったからではない。石田家の三畳間にわたしをたずねて来た人間は、久家くらいのものだ。筑前の田舎町の禅寺の三男坊で、わたしとは中学、高校六年間の同級生だった。わたしが考え込んだのは、もちろんおばさんの勘違いのためだ。その勘違いのために、とつぜん久家の存在が思い出されたためだった。

「あのお友達も、やっぱり浪人ちゅうだったんですかねえ？」

「そうです、そうです！」

と、わたしは思わず強調した。おばさんの勘違いは、一瞬にしてわたしを絶望的にさせた。しかし同時に、あっという間にわたしにまったく思いもかけなかった新しい希望を与えたのである。いうまでもなくそれは、わたしが忘れていた久家の存在だった。何故わたしは彼の存在を忘れ果てていたのだろう？　不思議といえば、実に不思議だ。

「いや、まったく、助かりました。実は、今日わたしがおばさんにおたずねしたかったのは、久家のことではなかったんです」

「古賀さん？」

「いいえ、古賀じゃなくて、久家です」

「その、クガさんというお友達も、古賀さんと同じように、いまの行く先がわからないんですかねえ？」

「いえ、行く先がわからなくなっているのは、外套なんです。しかし……」

「ガイトウさん？　ずいぶん変ったお名前ですねえ。内藤さんならねえ、きいたことある名前だけどねえ」

「ええ、いや、実はその外套は、人間ではなくて、二十年前にわたしが着ていた、外套なんです。わたしが、はじめておばさんのお宅に着いたときに着ていた、兵隊の外套ですよ。カーキ色の、昔の日本の陸軍歩兵用の外套なんです。しかし……」

「あーら！　赤木さん、外套、外套っていうのは、オーバーのことですかねえ？」

「そうです、そうです、そのオーバーの外套のことだったんですよ、実は今日わたしが、おばさんにおたずねしたかったのは。その外套、いやそのオーバーは、いったい、いつ、どこへ消えてなくなったのだろうと、とつぜん考えましてね」

「赤木さんの？」

「ええ」

「その、オーバーの外套が、どこかへなくなっちゃったわけですか？」

「そういうことです」

「それは、いけませんねえ」

「いえ、もうその外套はいらないのです。もちろん、二十年前のものですから、影も形もなくなっていて、当然ですよね。ただ、その外套が、いったい、いつごろ、どこで、どういうふうにしてわたしのところからなくなったのか、それを……」

「それはいつごろの話です？」

「そうですね、たぶん二十年前だろうと思うんです。とにかく、わたしがこの蕨の、おばさんのお宅にいた間であることには間違いないと思いますから」

「うちにいたときですって！」

「ええ、そうです。まず、あの一年二ヵ月の間に間違いなかろうと、そう見当をつけたわけです」

「でも、ずいぶんと困った話ですねえ」

「いや、まったく、とりとめもない夢のような話で、本当は恥しいんですが、わたしが最後にあの外套を着ていたのは、いつごろだったんでしょうか。いや、もちろん、わたし自身の記憶がないのですから、あれなんですけど、わたしがあのカーキ色の外套を着ていたころの、何か漠然とした、どんな小さな記憶でもよろしいんですけど、何かおばさん、ございませんか？」

「さあねえ、二十年前の話ですからねえ、これはあたしなんかには、とてもややっこしい話ですよねえ」

「いや、本当に、どうも……」

「それで赤木さん、警察の方には届けたんですかねえ？」

「はあ？」

「もっともねえ、お友達じゃあ、相手が悪いですよねえ、赤木さん」

「いえ、あの……」

「でも、まあその古賀さんの居所がわかるといいけどねえ」

「ええ、古賀じゃなくて、久家なんですが」

「そうそう、久家さんでしたかねえ」

「いや、本当にどうもありがとうございました！」

とわたしは応接間の椅子から立ちあがって、おばさんに頭をさげた。もうこれ以上、おばさんに余計な心配をかけるべきではあるまいと考えたからだ。同時にわたしは、最早や石田家の応接間の肘掛椅子に、じっとしてはいられなかったのである。とにかく久家に会わなければならない。本当に何故わたしは、彼の存在を忘れていたのだろう？　一刻も早く久家に会って、彼の記憶を叩かなければならぬ。叩いて、叩いて、彼の記憶の奥からあの外套を引っ張り出さなければならないのである。

応接間を出たところで、わたしは思い出して、トイレットを借りた。新しい石田家のトイレットは完全な洋式だった。半開きになったビニールカーテンの向う側に、クリーム色のバスタブが見えた。使用後のペダルを押すと、真白い馬蹄型の便器に青い水が流れ出した。赤木さん、このお手洗いはしゃがんで用を足すようになっているのですよ。それは亡くなった、石田家のお婆さんの声だった。つまりわたしは、二十年ぶりに訪れた石田家をまさに辞去しようとしたとき、トイレットの中であの白髪を思い出したわけだ。しかし、玄関へ戻ってきたわたしは、そのことをおばさんには話さなかった。わたしは急いでいたからである。二十年前のある晩、お婆さんから頂戴したまことに情ない苦情が、石田家の新しいトイレットの中でとつぜん思い出されたことを、おばさんに報告しているゆとりはなかった。それに、玄関にはタカ子さんも姿を見せた。

「どうも、失礼致しました。もう今度はお顔をおぼえましたから」

とタカ子さんは、いった。

「いや、こちらこそ本当にとつぜんで、失礼致しました。栄一さんにはくれぐれもよろしくお伝え下さい」

実際、わたしは彼女がタカ子さんであったことに感謝していた。玄関先での彼女との問答は正直なところ、必ずしも愉快であったとはいえない。しかし、彼女もまたタカ子さんであったという偶然の一致から生じた喰い違いのために、わたしは救われたのである。わたしがおばさんに会うことができたのは、その喰い違いのお蔭だった。

そしてわたしは、おばさんの勘違いに感謝していた。外套と内藤との勘違いにはいささか面喰ったが、おばさんの勘違いは、忘れていることが不思議であった久家の存在をわたしに思い出させたのである。不思議といえば、このように喰い違いや勘違いが偶然重なること自体も、確かに不思議だ。しかし、われわれの世の中には、このような喰い違いや勘違いによって支配されることのある日が、たぶんあるということであろう。どう考えても不思議だ、としか呼びようのないある日を、とつぜん体験することが決してないとは断言できないのである。

石田家の門を出たわたしは、もう一度せんべい屋に立寄って、先ほどと同じあられの詰め合せを買った。待っている間にわたしは、手に持ったまま出てきた外套を着た。そして、せんべい屋を出ると、旧中仙道を中村質店へ向って歩きはじめた。生憎《あいに》く昼食どきにさしかかってはいたが、とにかくまず、行くだけ行ってみよう。もし昼食ちゅうであれば、こちらも何かを食べに出て、戻ればよい。それから久家の勤め先を訪ねることにしよう。しかし、中村質店のおばさんは、まだ生きているだろうか？

7

わたしが蕨駅から京浜東北線に乗ったのは、石田家の門を出てからおよそ四十分後だった。中村質店のおばさんが留守だったからだ。格子のくぐり戸を入って声をかけると、三十過ぎと思われる女性があらわれた。長男の嫁らしい。もちろんおばさんがいなければ話にはならないのであるが、インターホーンよりはこちらの方が、名のりをあげにくいわたしには、好都合であった。少なくとも喰い違いは生じなかった。タカ子さんとの場合のような、問答も不必要だったのである。

わたしはまず、二十年前に石田家に間借りをしていたものであることを告げ、それからおばさんの安否をたずねた。おばさんは今朝から、上野の親戚まで出かけたという。

「上野ですか？」

「はい」

「上野のどちらなんでしょうか？」

「はあ？」

「実は、わたしも上野へ行こうと思っているんです。お宅へお邪魔して、それから、上野へ行く予定にしていたわけですが、おばさんが上野へ出かけられたのであれば、わたしもこれから上野へ向うことになるわけです」

「どうも、せっかくお出でいただいたんですが、生憎くと母が留守で……」

「いや、これはどうも失礼しました。友人が上野の銀行に勤めてますので、そこへ出かけるわけなんですが、しかし、上野といっても広いですからね。まさか、上野駅でおばさんにばったり、なんてこともあり得ないでしょう。どうも、何だか立ち入ったことをおたずねしたようで、失礼しました」

そういってから、わたしはぶらさげたままにしていたあられの詰め合せに気づき、それを差し出した。もちろん、中村質店の長男の嫁らしい女性は、一応手土産を辞退した。しかし、詳しい事情はいずれおばさんに直接電話ででも説明するから、とにかく受け取って欲しい。それに、この包みをさげて友達の勤めている銀行へ出かけて行くのも何となく大儀である。そういって、わたしは彼女の手に手土産を渡した。すると、とつぜん彼女の態度が急変したようだ。

まず、上野の親戚へ出かけたおばさんは、午後三時過ぎには戻って来ることがわかった。

「もし、その時分でよろしかったら、必ずお会いできると思いますけど」

「そうですか。それは助かりました。えーと銀行の時間は、四時まででしたかね」

「いいえ、三時まででしょう。中のものは五時までですけど」

「ははあ、三時ですか。とにかく、大急ぎで上野の友達に会って、もう一度引き返して来ましょう。遅くとも四時には戻れると思いますから」

「あの、上野のお友達は、どちらの銀行でらっしゃいますか?」

わたしは、久家の勤めている銀行の名前を告げ、それからたずねた。

「どなたか、お知り合いでも?」

「はあ、実は主人も銀行の方へ勤めておりますもんですから」

「なるほど、そういうわけですか！」

つまり、彼女の態度を急変させたものは、手土産ではなくて、銀行だったわけだ。

「これはどうも、失礼しました」

「いいえ、とんでもございません。こちらこそいろいろおききしちゃって」

「それじゃあ、失礼ですけど、そのご主人はこちらのご長男で、確か、北海道大学へ行っておられた……」

わたしの予想は的中した。そして彼女の態度は、今度こそ本質的に急変したようである。わたしの前には、座ぶとんが出された。二十年前、わたしは中村質店の座ぶとんに腰をおろしたことがあっただろうか？　畳敷きの上《あが》り框《がまち》には何度も腰をおろした。しかし座ぶとんは出されなかったようだ。彼女が、わたしを座ぶとんに腰をおろさせようとしたのは、何故だろう？　いうまでもなく、わたしを引きとめたかったからだ。たぶん彼女は、二十年前の彼女の夫に関して、何ごとかをわたしが知っているものと考えたのであろう。わたしは先ほどの、タカ子さんを思い出した。彼女の場合も、まったく同様だったからだ。

「いや、ご主人のことは、おばさんよく話しておられましたよ」

確かに中村質店の長男は、おばさんの自慢の息子だったようだ。北大のことを彼女は、北海道の帝大と呼んでいた。早起き鳥試験に落第したわたしの耳に、それはまことに羨《うらや》ましく響いた。なにしろ、今年合格したというところがなまなましかった。しかし、二十年前の中村質店の長男に関してわたしが知っているのは、それだけだった。果して彼が、北海道の帝大で何を学んでいたのかも知らない。もちろん、顔も見たことがなかった。

「お茶でも……」

と、もと北大生の妻は立ちあがりかけた。わたしは、それを辞退した。しかしそれは、二十年前の彼女の夫について、ほとんど語るべき何ものをも持たぬためではなかった。わたしは急いでいたからである。もっとも、北大を出た中村質店の長男が銀行員であるというのは、いささか意外であった。わたしは、一度も顔を見たことがないにもかかわらず、二十年前の北大生の将来を銀行員以外のものと、勝手に想像していたらしい。ボーイズ・ビー・アンビシャス！　のせいだろうか？　しかし、彼は中村質店の長男だった。銀行員になることは、したがって、必ずしもクラーク先生のことばにそむくことにはならないのかも知れない。

しかしわたしがお茶を辞退したのは、もちろん、わたしの自分勝手な想像と二十年後の現実とが喰い違っていたためではない。ウイリアム・クラークのことばとも、北海道大学とも、いかなる銀行とも無関係だ。とにかくわたしは急いでいた。実際、煙草に火をつけることさえ、忘れていたような状態である。もちろん座ぶとんにも腰をおろしていなかった。

わたしは、午後四時の再訪を約束して、中村質店のくぐり戸を出た。この間、およそ十分であろう。せんべい屋で待たされたのが、およそ十分。中村質店から蕨駅までが歩いておよそ十五、六分。京浜東北線の電車を待ったのが、四、五分。合計およそ四十分という勘定である。

わたしが上野で、中村質店のおばさんに行き会わなかったのは、いうまでもないことだろう。中村質店の長男が久家と同じ銀行員であったことも偶然。また、久家の勤め先である銀行と、たまたまその日の、中村質店のおばさんの外出先が同じく上野であったのも偶然だった。しかし、その上野でおばさんと偶然にもばったり出会うところまではゆかなかったわけだ。

わたしは上野駅の構内を出ると、すぐ眼の前の電話の家に入った。電話の家は混雑していた。昼休みのせいだろうか？　何十台かの電話機には、何十人かの人間がそれぞれの姿勢で取りすがって、何ごとかを話し込んでいる。わたしは眼と耳で、できるだけ早く話の終りそうな電話を物色した。通話時間制限になってから、早電話と長電話に男女の区別だけはなくなった。男がかけている電話も、女がかけている電話も、三分間待てばよいわけだ。したがって、ひとつの目安は、受話器を握っていない方の手だった。その手で手帖を開いているのは、そこに書き込まれた住所録を見ながら、次から次へとダイヤルするつもりの人間だからである。

しかしわたしは、待つよりも前に、まず電話番号を調べなければならなかった。なにしろ今日、久家に会うことはまったく考えていなかったからだ。久家の勤め先は、職業別電話帳ですぐに見つかった。わたしはそれを小型メモ帖に書き取ると、片手で煙草を吸っている男のうしろで、彼が話し終るのを待つことにした。それとも、電話より先にどこかで昼食をして来る方が能率的だろうか？　腕時計は、十二時四十五分だった。しかし結局わたしは、久家の勤め先のダイヤルを廻した。とにかくかけるだけかけてみよう。年賀状では確か上野支店企画室勤務であったが、その後約一月の間に転勤ということがなかったとはいえない。それに銀行という職場は、昼休み時間も別かもしれない。

久家は相変らず上野支店勤務だった。ただし、いまは席をはずしているという。昼食かどうかはわからなかった。銀行の交換手は、そういうことはいわないことになっているのだろうか？　わたしは、一時ごろもう一度かけ直すと伝言して、電話を切った。そして、電話の家を出ると、群がって信号を待っている集団に加わって、駅前のガード下の道路を横断した。さて、どこで何を食べればよいか？　当然、空腹をおぼえてよい時間だった。わたしは早起きをした。大急ぎで朝食を済ませ、家を出たのが九時前である。実際、わたしは空腹だった。カツ丼？　天井？　それともカレーライスかラーメンで間に合わせるか。いずれにせよ、余りのんびりは出来なかった。一時ちょうどに席へ戻って来た久家が、ふたたびどこかへ出かけないとは限らないからである。しかし、わたしが立ち止ったのは、そば屋の前でもレストランの前でもなく、映画館の前だった。確か、信号は二度渡ったようだ。駅前のガード下の道路を横断、そこから右へ直角に横断すると、上野公園へ昇る石段がある。そこを昇って右へ行けば、西郷隆盛の銅像のある広場へ通じる。もちろんわたしは、昇らなかった。昇らずにそこを右折して、おのぼりさん相手の商店街の前を通り過ぎてきたものらしい。

映画館は三軒並んでいた。地下にもあるらしい。わたしは地下へ降りて行った。もちろん映画を見るためではない。食堂のようなものもあるらしかったからだ。確かにカウンターがあって、何人かの男たちが何かを食べているのが見えた。地下の通路に出来ているスナックだった。ドアもなければ、通路との境目もわからない。地下では、映画館のポスターと食堂のポスターが混り合っている。その他に十円銅貨を投入して動かすゲーム用の機械も置かれていた。ずらりと並んでいるのではなく、狭苦しい場所を利用して、ところどころに備えつけられているわけだ。

わたしは一枚のポスターの前に立ち止った。女は形通りに顎をあげ、上体をのけぞらせて、肘を曲げていた。脇毛が見える。女は女子高校生らしく、隣には、すでにスカートを脱ぎ終ったもう一人の女が、セーラー服を頭から脱ぎかけている。女子高校生の脇毛は魅力的だ。しかし、女は年齢不詳の顔つきだった。確かに若いには違いない。このポスターの女もたぶん本物の女子高校生に毛の生えたくらいの年齢だろう。にもかかわらず、年齢不詳の顔だった。ただ要するに、若いという顔である。おじさん、どう？　あたし若いでしょう！　つまり、ポスターの顔はそういった顔だ。まだそれでも彼女の場合は、脇毛があるだけましかも知れない。何故みんな脇毛を剃り落としてしまうのだろうか？　誰も文句をいわないのだろうか？

階段の途中にも同じポスターが貼られていた。いったいこの映画はどの映画館でやっているのだろう？　実際、混り合っていてよくわからない。地下からふたたび上って来てみても、それは同様だった。地下か地上かはもちろん、地上に並んでいる三つの映画館の区別さえ容易ではなかった。映画はたぶん、三本立てなのだろう。地上だけで九本である。それに地下が混り込んでいる。地下では地上のものが混り込んでいたのであるから、それはいわば当然だろう。いったいどの入口を入れば、どの映画が映っているのか？　あの脇毛のある女子高校生を上映しているのは、どの映画館だろう？

わたしは三軒の映画館の前を、歩いたり立ち止ったりした。結局、脇毛の女子高校生は一番手前の映画館だった。わたしは切符売場に貼り出された三本立ての時刻表をのぞいて見た。時刻表の下には、旧式の眼覚時計が置かれていた。一時五分前である。わたしは、急いで切符売場を離れた。しかしそれは、一時五分前であったためではない。残りの五分間で何かを食べ終え、午後一時ちょうどに久家へ電話をするためではなかった。時刻表の下に置かれていた旧式の眼覚時計を、確かどこかで見たような気がしたからだ。

いったい、どこで見たのだろう？　眼覚時計は、旧式であるとはいえ、文字盤の上に帽子をかぶせたような呼び鈴がついているほどのものではなかった。時は金なり！　その標語とともに、小学生だったわたしが時の記念日のポスターに描いた眼覚時計ほど古くはなかった。文字盤が円形で、青や赤の彩色がなく、二本の脚がついているといった程度の旧式加減だった。ディズニーの漫画とか、そういったものはもちろんない。しかしいったい、その眼覚時計をどこで見たおぼえがあるのだろうか？　脇毛の女子高校生の映画館でわたしは映画を見たことはなかった。もちろん、眼覚時計は、まことに平凡なものだ。どこの映画館の切符売場に置かれていても、べつだん不思議ではなかった。単なる、無意味な錯覚だろうか？　あるいはそうかも知れなかった。何か錯覚でも起さないことには、昼食もとらずにぼんやりと時間を過ごす意味がないではないか。それも確かだ。また、それが錯覚ではなくて、事実わたしにどこかでその眼覚を見たおぼえがあったのだとしても、だからどうというほどのものでもないはずではないか。そして、それも確かだった。しかし、そのときとつぜん鳴りはじめた眼覚時計の音は、そのいずれの思案をも覆したのだった。

眼覚時計は鳴り続けていた。いや、鳴っているのは、眼覚時計ではなかった。映画館の呼び鈴だった。呼び鈴？　左様、客を呼び集めるベルの音だ。そしてその音は、二十年前のわたしがこの映画館の前できいた音だった。切符売場の時刻表の下に置かれた旧式眼覚時計を見たのも、そのときだろうか？　果して二十年間、眼覚時計が動き続けるものか、どうか。もちろんそれはわからない。同時に最早や眼覚時計などどうでもよかった。果してそれが二十年前の眼覚時計か、どうか。少なくともそれを是が非でも確かめてみたいとは考えなかった。いずれにせよ、わたしが二十年前、時刻表の下に置かれた眼覚時計を見たのは、切符を買うためではなかったのである。

もちろん映画のポスターは、脇毛の女子高校生ではなかった。伴淳とアチャコの二等兵物語だった。映画館に飾られているのはポスターばかりではなかった。伴淳とアチャコの両二等兵は、おそらく彼ら自身よりも背の高いボール紙人形となって、映画館の両脇に立っていた。そして更に、そのボール紙の二等兵の前には、ボール紙の切り抜き人形よりも背の低い十数名の男たちが、ボール紙の二等兵とまったく同じ服装をして並んでいたのである。

黄色い星のついた戦闘帽。襟につけられた真赤に星一つの階級章はこの映画の象徴だった。そしてゲートルにどた靴。しかし彼が手にしているのは三八式歩兵銃でもなく、木銃でもなく、竹竿の先に縄を取りつけた火たたきだった。映画館のベルは鳴り続けていた。スピーカーから流れ出る二等兵物語の歌とベルの音は混り合った。

粋な上等兵にゃ及びもつかぬ
せめてなりたや星二つ
星の降る夜に褌《ふんどし》一つ
鳥毛逆立て捧げ銃《つつ》

十数名の二等兵たちは、そこで竹竿の火たたきによる捧げ銃をおこなった。映画館のベルはやはり鳴り続けていた。しかしわたしは映画館には入らなかった。入るわけにはゆかなかった。わたしもまた火たたきによる捧げ銃をおこなっている二等兵の一人だったからだ。

わたしが川向うの亀戸三丁目へ出かけて行ったのは、あの捧げ銃の晩だったのだろうか？　わたしは古賀弟にときどき英語を教えた。彼が紅陵大学のアルバイトをわたしに紹介してくれたのは、あるいはそのせいだったともいえるだろう。わたしはそのアルバイトの金で川向うへ出かけた。それにしても早起き鳥試験に落第したわたしが英語を教えるとは、滑稽な話だ。しかしわたしは、古賀弟からは感謝された。

「おす！　先輩のお蔭で今日の試験は満点ですばい」

前の晩、古賀弟はH・E・ベイツの短篇集を持ってわたしの三畳間にやって来た。『ザ・シップ』『エレファント・ネスト・イン・ア・ルーバーブ・トゥリー』『ミスター・モレンシー・アンド・ザ・ドッグ』。古賀弟の教科書には、『ザ・シップ』の中の見開きの二ページに鉛筆で鉤印がつけてあった。わたしはその部分を読み、まず横文字の上に読み仮名をつける。それからこんどは、横文字の下に、日本語訳をつけるのである。もちろんわたしの和訳は誤訳に満ちていたかも知れない。しかし古賀弟は、H・E・ベイツを持ってしばしばわたしの部屋へあらわれるようになった。

「おす！　先輩、ここからここまで、頼んます。来週の水曜まででよかですけん」

わたしは古賀弟の依頼を一度も断らなかった。それどころか、彼に頼んで彼と同じ教科書用のH・E・ベイツ短篇集を買って来てもらったほどだ。わたしは辞書を引き引き、そこにある三つの短篇を読んだ。わたしがベイツの名を知っているのは、そのためである。もちろん読んだのは初めてだった。感謝しなければならないのは、むしろわたしの方だったかも知れない。ベイツを読んだのは、あとにも先にもそのときだけであったにもかかわらず、いまだに三つの短篇のことをわたしは忘れていないからだ。石田家の新しい応接間に飾られていた西洋の帆船の模型を見たときも、わたしはほとんど反射的に『ザ・シップ』を思い出した。あるいは、石田家だったからだろうか？　そうかも知れない。それにしても、H・E・ベイツと拓大空手部員とは、何という不思議な結びつきであったことだろうか！

しかし、わたしが蕨にとどまっていたのは、あるいはその不思議な結びつきのためかも知れなかった。古賀弟はわたしにときどきアルバイトを紹介してくれた。それはベイツのお蔭であったかも知れないからだ。少なくとも、早起き鳥試験に落第したわたしがそのまま蕨にとどまった理由の一つには違いなかった。二等兵のアルバイトはいつごろだったのだろう？　星の降る夜に褌一つ、鳥毛逆立て捧げ銃！　そういえば火たきによる捧げ銃は寒かったようだ。冬だろうか？　冬だとすれば、わたしはあの外套を着て二等兵のアルバイトに出かけたのだろうか？　二等兵の集合場所は築地の映画会社の受付だった。集合時間は何時であったか。とにかく朝の通勤時間だった。わたしは教えられた通り国電有楽町駅で下車して、真直ぐ歩いて行った。しかし銀座四丁目の交叉点で服部時計店の時計を仰ぎ見て、本物の二等兵のように駈け出したのである。

いま鳴るラッパは八時半

あれに遅れりゃ重営倉
またの日曜がないじゃなし
放せ、軍刀に錆がつく
駈け出すとこの歌がきこえてきた。耳にではなく、心臓のあたりから喉元のあたりで鳴りはじめたようすだ。伴奏は三味線で、バチを当てているのは祖母だった。祖母は北朝鮮のわたしが生まれた家のオンドル間に坐っていた。オンドル間は十六夜《いざよい》会の老人たちで賑わっていた。十六夜会は、毎月十六日の夜にまわり持ちで当番の家に集る祖母たちの会だ。男は入れないらしい。十人ほどの、隠居婆さんたちの会だ。
兄は祖母の三味線を嫌っていたようだ。あるいは軽蔑していたのかも知れない。音痴のくせに、といっていた。下手の横好き、ともいっていたようだ。十六夜会の席にも兄は顔を出さなかった。わたしは必ず出かけて行って、テーブルの上の赤い寒天をもらった。冬の会には必ず東興楼からシンセン炉が取り寄せられていた。わたしはそれも皿に取ってもらった。
婆さんたちは、代る代る三味線をひいたり、歌ったりした。博多どんたくの『どんたく小唄』かと思うと『露営の歌』がとび出すという具合だった。しかしたぶん、いまはもう誰も生きてはいないだろう。祖母も死んだ。戦争に敗けて、十六夜会で賑わったオンドル間のあった家を接収され、日本人収容所に入れられたころから頭がおかしくなった。収容所を抜け出して、接収された家へこっそり何かを取りに帰って、朝鮮人民保安隊員に捕えられ、梅干しの壺を一つ抱えて送り届けられて来たりした。そして引揚げの途中、冬を越した見知らぬ部落で死亡し、北朝鮮の土になった。その祖母がバチを当てている三味線の伴奏で、わたしは駈け足になったわけだ。
放せ、軍刀に錆がつく
トコトットットー!

この最後のトコトットットー！　はラッパの音だ。しかし、わたしは軍刀をさげた将校ではなくて、二等兵だった。集合時間に遅刻しそうになっているアルバイトの二等兵である。わたしはあの外套を着ていただろうか？　もし着ていたとすれば、それも将校用の二列ボタンではなくて、兵卒用だった。とつぜん祖母の三味線の伴奏が変った。万朶《ばんだ》の桜、いや『歩兵の本領』だ。しかし、歌詞の方はまったく違ったものだった。

聞け万国の労働者
轟《とどろ》きわたるメーデーの
示威者に起る足どりと
未来を告ぐる鬨《とき》の声

『歩兵の本領』と同じ節で歌われるこの労働歌をわたしがはじめて聞いたのは、いつのことだろう？　もちろん戦争に敗けてからあとであることだけは確かだ。九州筑前の田舎町に引揚げて来たあとだろうか？　であれば、あの将校町だ。割箸だけになったアイスキャンデーをしゃぶりながら、下駄ばきでのそりのそりとアカハタを配って歩いていた、町役場収入役の長男が歌っていたのか。太い黒縁の眼鏡をかけた、無名画家である。あるいは、シビリアン・ガードの制服を着て将校町から米軍キャンプへ通勤していた兄だろうか？兄は収入役の長男が配って歩くアカハタを読んでいた。それとも、『歩兵の本領』と同じ節で歌われる労働歌をわたしがはじめて聞いたのは、北朝鮮の永興でだろうか？　永興がわたしの生れた町だった。わたしは永興公立尋常高等小学校に入学した。サイタ　サイタ　サクラガ　サイタ。コイ　コイ　シロ　コイ。ハトハト　オミヤノヤネカラ　オリテコイ。小学校はその翌年から国民学校に変った。こまいぬさん　あ、こまいぬさん　うん。しかし運動会の騎馬戦のテーマ音楽は変らなかった。『歩兵の本領』である。

万朶の桜か襟の色
花は吉野か嵐吹く

大和男子と生れては
散兵戦の花と散れ
永興小学校の運動会にこれほどふさわしい歌はないようであった。運動会は四月の末、満開の桜の下でおこなわれたからだ。あるいは、北朝鮮の桜は五月はじめが満開であったかも知れない。しかしいずれにせよ、入学式が終るとすぐに、運動会の稽古がはじめられた。何故、春に運動会をやるのか、それはよくわからなかった。大人たちの花見を兼ねていたのかも知れない。運動会には町じゅうの日本人が見物に来た。なにしろ一年から高等科二年まで全校生徒百二、三十名の日本人小学校だった。わたしの学年は、確か十一名だった。花火の合図で、わたしたちはまだ暗いうちから蓙《むしろ》を抱えて、校庭のぐるりに植えられた桜の木の下へ場所取りに行った。騎馬戦は四、五、六年と高等科の混成でおこなわれた。六年生のときわたしは高等科の馬に乗って最後まで勝ち残った。そして、親戚のものたちと隣合わせに蓙を敷いて重箱をひらいている祖母や父母たちのところへ走って帰ると、どっと大人たちの笑い声が起った。わたしの運動シャツは、前もうしろも、まるで破れ障子のようになっていたのである。わたしは重箱の巻寿司に手をのばした。たぶん重箱の中には、何枚かの桜の花びらが舞い込んでいたはずだった。
『歩兵の本領』は確かに、永興小学校の運動会にはまことにふさわしい歌であった。しかし、ある日とつぜん、その歌詞が急変したのだった。わたしが永興小学校から元山中学へ入学して、およそ四ヵ月後のことだ。
「戦争は決して終ったのではありません。ある事情のために、一時停戦となったのです。したがって諸君は、元山中学生としての自覚と誇りと覚悟とを持ち、各自自宅で次の連絡があるまで、待機するように」
わたしが元山中学校長のこの訓示を聞いたのは、元山泉町国民学校の校庭だった。中学の校舎は陸軍が使用することになり、すでに兵器類が運び込まれていたらしい。わたしたち寄宿舎生は、一部屋ずつ交替でその兵器類の不寝番をしていた。わたしの部屋は、八月十二日が当番だった。夕食後わたしたちは、三年生の室長に従って中学の正面玄関に向って左側の宿直室へ入った。しかし結局、中学の校舎内に陸軍のいかなる兵器が、どのくらい運び込まれているのかは、ついにわからないままだった。その晩の当番は三年生の室長以下、二年生一名、一年生がわたしの他にもう一名の四名であったが、いざ兵器類の見廻りに出かけようとしたとき、とつぜん轟音とともに校舎が激しく震動したのである。同時にあたりは真暗になった。わたしは宿直室のドアの手前で、思わず畳に這いつくばった。何のことか、まったくわからなかった。小学生のときから防空訓練で教わって来たように、伏せの姿勢で頭を下げ、開いた両手の指で両眼と両耳の穴を塞ぐことを忘れていたのは、そのためだったかも知れない。

「おい、懐中電灯はどこだ！」

と、三年生が叫んだ。そのとき二度目の轟音とともに天井が激しく音をたてた。

「早く、窓をあけろ！」

と、暗闇の中で三年生が叫んだ。しかし窓はあかなかった。わたしは力まかせに宿直室のガラス窓を横に引いたが、窓枠は右へも左へも動かなかった。三年生に命令されて、内側から鍵をかけていたのを忘れていたのである。三年生は、兵器類を見廻るついでに、何かを企んでいたらしかった。いったい何を企んでいたのか、それははっきりわからない。わたしは勝手に、軽機関銃か何かをこっそり宿直室へ運び込んで来てそれを分解するとか、何かそんなことを空想していたようだ。その最中に誰かに入って来られては困る。三年生の命令をそう解釈して、わたしは窓に内側から鍵をかけたのだった。

「B29だ！」

と、三度目の轟音とともに天井が激しく揺れ動いたとき、三年生が叫んだ。わたしたちが窓をあけて、そこから外へ転がり出たのはすでに轟音が静まってからだった。翌日になって、わたしたちをおどろかせたのは、B29ではなく、参戦したソ連の初空襲であることがわかった。空襲は確か二晩続いた。しかし、永興湾の海軍航空隊からは、零戦は一機も飛び上らなかったようだ。何故だろうか？　もちろん、わからなかった。ソ連爆撃機が投下したのは、爆弾ではなく機雷であるという噂もあった。永興湾内へ投下するつもりの目標がはずれて、山の斜面に落ちたものらしい。また、あの晩、純白のチマ、チョゴリの朝鮮衣裳を着けた朝鮮人たちが、ひそかに山の斜面に集結して人文字を描き、ソ連爆撃機に何か合図を送っていた、という噂もあった。しかし、いずれも真相はわからなかった。被害状況もわからなかった。十四日の晩には空襲がなかった。何故だろうか？　これもわからなかった。そして翌日は、泉町小学校の校庭で校長の訓示を聞いた。わたしには何もわからなかった。《玉音放送》は聞えなかった。泉町小学校の校庭で解散したあと、裏の山伝いに寄宿舎へ帰る途中、正午になった。ちょうど、コンクリート塀のある家が四、五軒かたまっているあたりであったから、玄関先まで入って耳を傾けてみたが、ラジオを通して話をしている誰かの声が、辛うじて聞えるという程度に過ぎなかった。その誰かの声が、おそらく《玉音》なのであろう。スピーカーかアンテナが故障しているのかも知れない。そういうふうな声だった。とにかく《玉音放送》はおこなわれたのだ！　しかし、わたしにわかったのは、それだけだった。眠かった。最初の空襲におどろいて以後、わたしたちは毎晩ゲートルを巻き、編上げ靴をはいたまま寄宿舎の畳の上でごろ寝していた。四月半ばに雪消えて、夏は水沸く百度余ぞ！　暑くて、ほとんど眠れなかった。その上、校長の訓示を八月十五日の、雲一つ見えない炎天下で聞いたのである。まったく、素晴らしい日本晴れだった。しかしもちろん海水浴どころではなかった。

　寄宿舎へ帰り着くや否や、わたしはそのまま自分の坐り机の下に頭の方からもぐり込んで、眠った。何時間くらい眠っただろうか？　眼を醒まして、机の下で薄目をあけると、上半身裸になった室長の三年生が、自分の机に腰をおろし、白虎隊のように木刀をついて、泣いているのが見えた。しかし、何故泣いているのか、わからなかった。ただ、わたしの知らないうちに、何かが終ったことは確かだった。

わたしは元山中学の寄宿舎から永興の家へ帰って来た。元山中学四年生だった兄も、興南の窒素肥料工場の動員から帰って来た。『歩兵の本領』の歌詞が、とつぜん労働歌に変ったのは、それからどのくらいあとだろうか？

8

映画館のベルは鳴り続けていた。そしてわたしは、脇毛の女子高校生のポスターをぼんやりと眺め続けていたようだ。しかし、『歩兵の本領』と同じ節で歌われる労働歌を、朝鮮語で思い出すことはできなかった。二十年前にはおぼえていたのだろうか？　二十年前？　左様、祖母がバチを当てている三味線の伴奏で、築地の映画会社に向って駈け出したときだ。二等兵のアルバイトの集合時間に遅刻しそうになって、本物の二等兵のように駈け出したときである。あのときは朝鮮語でおぼえていたのだろうか？

どちらとも、はっきりしなかった。はっきりおぼえているのは、『蛍の光』と『パイノパイ』だった。いや、それらの歌と同じ節で歌われる、朝鮮語の歌の文句である。もちろん、『蛍の光』『パイノパイ』を、そのまま朝鮮語に翻訳して歌うのではない。歌詞そのものはまったく異るにもかかわらず、節だけが同じわけだ。二つとも日本の敗戦とともに独立した朝鮮民族の歌だった。まず真先にきこえてきたのは、『蛍の光』の方だった。これは、元山中学の寄宿舎から荷物をまとめて永興へ帰る途中の汽車の中で、早くも聞えてきた。もう夜だった。そして、汽車は無蓋貨車だった。元山—永興間はおよそ二時間である。しかし貨車は、もっとのろのろ運転だったようだ。貨車は満員だった。わたしは、やはり寄宿舎から咸興まで帰る二年生と二人で、その片隅に腰をおろしていた。わたしたちは、じろじろ見つめられた。戦闘帽式の元山中学の制帽をかぶり、国防色の布製背嚢《はいのう》を背負い、ズボンにはゲートルを巻きつけていたからである。聞こえてくるのは、朝鮮語であった。そして貨車が駅に停ると、貨車の中からと、駅のプラットホームの両方から、たちまち大きな歓声があがった。

「マンセー！」

「マンセー！」

朝鮮人たちは手に手に小旗を打ち振り合った。日の丸の赤を巴に分けて、半分だけを黒に変え、白地の四隅に易学の卦のようなものをあしらった旗だ。いまの大韓民国の国旗であるが、そのときはまだ北朝鮮でもそれが用いられていた。朝鮮半島を南北に分ける三十八度線というものは、まだ存在しなかったのだろう。しかしわたしにそのときわかっていたのは、「マンセー！」が「万歳！」の朝鮮語であるということだけだ。なにしろわたしは、その赤と黒に塗り分けられた巴の旗が、日本の敗北とともに独立した朝鮮人民の旗であることさえ知らなかった。わたしは、ただただ不安だった。日の丸が赤と黒の巴に塗り分けられているのは、日の丸に対する朝鮮人たちの呪いのごときものではなかろうか。四隅の卦が、何とも不気味だ。愚かにもわたしは、その旗の中に、朝鮮人たちの日の丸に対する丑の刻詣り的な呪いのごときものを想像して、貨車の片隅に小さくなっていたのである。

駅々で、赤と黒の巴の小旗は打ち振られた。そして「マンセー！」「マンセー！」の大歓声の中から、『蛍の光』の節で歌われる朝鮮語の歌が流れ出して来たのである。

わたしが知らないうちに、何かが終ったことをわたしが自分の眼で確めたのは、その翌日だった。わたしは数十日ぶりに母が作った味噌汁と卵焼きの朝食を済ませた。そして、たちまち、愚かな錯覚をおぼえたようだ。すなわち、米英撃滅のために返上されたはずであった夏休みが、八月十五日を過ぎてからようやく元山中学生に許されでもしたかのような錯覚である。そのためにわたしはこうして寄宿舎から帰って来たのではなかろうか。この、まことに愚かな錯覚は、味噌汁と卵焼きのせいだろうか？　あるいはそうかも知れなかった。なにしろ寄宿舎ではここ一月というもの、朝飯も昼の弁当も、おかずはわらびの塩漬けとメンタイの子ばかりだったからだ。わたしの父もメンタイ船を何隻か持っていたようだが、たぶん当時の日本海ではメンタイが腐るほど獲れたのだろう。松根掘りの作業場である、松の木の切株だらけになった赤土の斜面で弁当箱の蓋を取ると、赤いメンタイの子が何かの死体のように、べったりと飯の上に貼りついていた。わらびの場合は、暑さでむれて臭かった。

数十日ぶりで母の作った朝食を済ませたわたしは、まず制帽を点検した。そして、徽章を取りつけ直した。元山中学の徽章は、八月十五日まで、辛うじて瀬戸物ではなく金属のままだった。しかし、すでに磨き粉をかけて磨けば底光りする真鍮ではなく、ブリキのメッキだった。真鍮製の徽章をつけているのは、三年生以上か、さもなければ卒業生を兄に持つ生徒だけだ。わたしの徽章はもちろんブリキのメッキである。しかし裏の止め脚は、まだ折れていなかった。ただ、万一の用心にふだんは徽章の上から白糸で縫いつけていた。そうするように命じられていたのである。確かに一旦紛失したら最後、少なくとも一年間は徽章なしの制帽をかぶらなければならなかったことだろう。わたしはその補助糸を取り除いたわけだ。そして、帽子を裏返しにして穴あきの天保銭を一旦取りはずし、徽章の位置をほんの心持ち、四、五ミリほど下へずらせた。わたしは、徽章の止め脚を、そのハンダ付けの部分に細心の注意を払いながら新しくあけた穴にさし込み、ふたたび穴あき天保銭を裏から当てて、徽章を固定した。

次は中古の編上げ靴の手入れだった。しかし、靴墨はやめて、はけで軽くはくだけにした。しかしいったい、何のためだろうか？　いったい誰に見せようというのだろうか？　わたしにもはっきりしなかったようだ。わたしは、徽章を取りつけ直した戦闘帽式の制帽をかぶり、編上げ靴をはいて家を出た。運動シャツに、ゲートル無しの長ズボンという恰好である。元山市内は、ゲートル無しでは歩けなかった。いつどこで、上級生に出会うかわからない。出会えば必ず挙手の礼をした。はじめのうちは、手を挙げると、つい足の方が止ってしまった。歩きながら敬礼することに、ようやく慣れたところだった。寄宿舎ではほとんど毎晩、点呼のあとで殴られた。一年生の誰か一人でも敬礼を怠ったものがいれば、一年生全員が殴られるのである。殴るのは三年生だった。四年生は四月からずっと興南に動員されて、寄宿舎にはいなかった。寄宿舎の廊下に一列に並ばされ、まず右の頬から殴られる。三年生は何人いただろうか？　二十人くらいいただろう。そのうち殴るのは十人くらいだった。すると右頬だけで十発である。右頬が終ると左頬の番だった。つまり、左右合計二十発の往復びんたを、わたしはほとんど毎晩喰っていたわけだ。もちろん、無痛のものもあった。殴る十人の三年生のうち、さらに半数のものは、はじめから殴らない十人よりもむしろ気の弱い三年生だったのだろう。しかし、教えられた通り奥歯を喰いしばっているにもかかわらず、どうしても声を出さずにはいられない殴り方をする三年生が、二、三人はいた。あれはどういうつもりだったのだろう？　そのうちの一人は、くわえ煙草だった。わたしはただ、あと一年だ、と思ってもう一度奥歯を喰いしばり直した。たぶん、来年は幼年学校へ行けるだろう。

一年生の誰かがゲートルを巻かずに歩いていた場合も、寄宿舎では同様だった。しかしここは元山ではない。永興だった。そしてわたしは、永興小学校に向って歩いていたのである。欠礼の心配などは無用だった。それどころではない。こうして元山中学の制帽をかぶっているわたしに向って、通りかかった下級生の誰かが立ち止って敬礼しないとは限らない。下級生？　つまり永興小学校の生徒である。元山中学の最下級生に敬礼するものがいるとすれば、それ以外にはあり得なかった。しかし、わたしは誰にも出会わなかった。もちろん敬礼もされなかった。わたしはわざわざ裏通りを選んで歩いているのではなかった。そうしなければならない理由がどこにあろうか！　永興警察署、警防団本部、金山時計店、一善写真館、宮本帽子店、白松医院、田中歯科医院、内海種苗店、朝鮮そば屋、服部法律事務所、永興邑《ゆう》事務所。わたしが歩いているのは、わたしが六年間、永興小学校へ通学した道だ。にもかかわらず、一人の下級生にも出会わなかった。何故、誰も歩いていないのだろう？　わたしは校門の前で立ち止った。校舎の裏側の運動場にある奉安殿の方角に向って挙手の礼をするためだ。小学校在学中は、脱帽、礼であった。校門を入ると、わたしは校舎に沿って左へ折れ、左端の講堂のところまで来た。誰にも出会わない。わたしは講堂の外を廻って運動場へ出た。しかし運動場にも誰一人見えなかった。

みんなどこへ行ってしまったのだろう？　誰もいないのは夏休みのせいだろうか？　竜興江へ行けば、誰か泳いでいるだろうか？　わたしは、国旗掲揚塔の前の朝礼台にのぼってみた。奉安殿の前の薪を背負って本を拡げている二宮金次郎の石像。丸太の四本柱を立てた土俵。ロクボク。鉄棒。砂場。低鉄棒。ブランコ。シーソー。それらのものはすべて以前のままだった。そして、いかにも小学校らしく幼稚なものに見えた。ただ、はじめて見るのは、桜の木の下に盛り上げられた幾つかの土の屋根だった。防空壕であることは、すぐにわかる。あのソ連機の空襲のあと急いで掘ったのだろうか？　それから、防空壕の他にもうひとつ、はじめて見るのはトラックの内側にくろぐろと繋っているトウモロコシ畑だ。朝礼台の前だけ、四角く地面が残っていた。一年生から高等科二年生までの百二十名余りが整列できるだけの地面を残したのだろう。それは、わかった。しかし、あのうしろの方の穴は何だろうか？　ゴミ捨て場だろうか？　冬になるとわたしたちは、運動場の西端の方に大きな穴を掘った。教室でたくストーブの石炭殻を捨てる穴である。しかし、いまは真夏だ。

いったい何の穴だろう？　朝礼台をとび降りると、急に激しく油蟬の声が聞こえはじめた。晴天である。午後は竜興江へ泳ぎに出かけてやろう。わたしは穴をのぞき込んだ。直径二メートル半くらいだろうか？　穴はまだ新しかったが、大きさは石炭殻を捨てる穴と同じくらいだ。しかし、そこに捨てられていたものは、石炭殻ではなくて、ちょうど石炭の燃え殻のような色をした防毒マスクと鉄兜だった。防毒マスクが六個、鉄兜も六個。わたしは穴に駈け降りた。そして思わず立ち竦んだ。鉄兜をかぶったシャレコウベ！　ちょうど石炭の燃え殻のような色に焼かれた鉄兜の下に重なった同じ色の防毒マスクは、まさに鉄兜をかぶったシャレコウベだった。そして、直径二メートル半ほどの穴の底は、さながら何者かによって暴かれた墓場であった。いったい誰の墓場だろうか？　わからなかった。わかったのはただ、何かが終ったことだけだ。わたしの知らないうちに、何かが終っていたのである！

兄と二人で、家の裏庭に穴を掘ったのは、それからどのくらいあとだろうか？　とにかく、二人の朝鮮人民保安隊員があらわれて、わたしたちの家を接収する前であったことだけは確かだ。保安隊員の一人はソ連兵のマンドリン銃を首からぶらさげ、もう一人は三八式歩兵銃よりも少し銃身の短い騎兵銃を肩にかけていた。たぶん永興警察署で使っていたものだろう。制服はどことなく国民服に似ていた。あるいは間に合わせだったのかも知れない。下半身の方は、日本陸軍のと同じ編上靴で、ゲートルを脛から下に巻いていた。これはソ連兵と同じである。帽子もソ連式だった。しかしどことなく違っているのは、かぶり方のためか、それとも頭の形のせいだろうか？　あるいは頭ではなく、顔および体格全体の違いのためだろうか？　いずれにせよ、あの鍔《つば》無しの戦闘帽は、東洋人には似合わないようだ。ソ連兵の場合は、頭の上にうまく斜めに載せているという形であるが、朝鮮人民保安隊員の方は、いかにも頭からかぶったという形だった。どことなくそれは、イナリ寿司の油揚げに似ている。東洋人にはやはり日本陸軍式の鍔つき戦闘帽の方が似合うのではないだろうか？　マンドリン銃と騎兵銃の保安隊員は、まことに正確な日本語でわたしたちに命令した。

「この家の財産はすべてわれわれ朝鮮人民から搾取したものである。この家もそうである。だから、この赤木商店はわれわれ朝鮮人民保安隊が封鎖し、今後は朝鮮人民のものとしてわれわれ朝鮮人民保安隊が管理する。しかし生活に必要なものだけは与える。手に持てる物だけを持って、これから三十分以内にこの家を出て行きなさい」

わたしたちは、何の抵抗もしなかった。日本が戦ったのは、米英中ソであったが、結果的には朝鮮にも敗けたことになるらしかったからだ。家族全員が捕虜にされたとしても、おそらく文句はいえなかっただろう。なにしろわたしが生まれた永興は、少なくともすでに外国だったのである。そして朝鮮人は、当然のことながら、外国人となったわけだ。

わたしがそのことを知ったのは、兄と二人で裏庭に穴を掘ったときだった。裏庭には太くて重い閂《かんぬき》のかかった門のある倉庫が二つ並んでいた。一つは石油倉庫、一つは酒、味噌、醤油、砂糖等の倉庫である。庭の中央部は柵で囲まれて、曽祖父が死んだあとその中へ自由に入ってよいのは祖母だけだった。花畑の他に、梨、桃、ユスラ等の樹が植えられていた。一番奥はやはり祖母が作っている野菜畑で、葡萄棚と野菜畑の中間に防空壕が作られている。これもたぶん、あのソ連機の空襲のあと、急いで作られたものらしい。そして結果的には、ソ連の爆撃機ではなく、夜になると日本人女性を捜しにあらわれるソ連兵からの隠れ場所として使われることになったようだ。隠れるのは、わたしの母と、庭の野菜畑の裏の家に住んでいた徳山さんの奥さんである。徳山さんはわたしの家で店を手伝っていたが、応召してまだ帰って来なかった。

わたしは兄と二人で、防空壕の手前に穴を掘った。ちょうど葡萄棚の真下あたりだ。わたしと兄は、そこに一つずつシャベルで穴を掘りはじめた。直径は一メートルくらいである。わたしは穴掘りには慣れていた。元山中学一年の勤労動員は、専ら松根掘りだったからだ。しかし、兄が何故とつぜん葡萄棚の下に穴を掘ろうといい出したのか、わからなかった。ソ連兵を落す、落し穴だろうか？　防空壕の手前に掘るということは、あるいはそうであるのかも知れない。暗闇の中で穴に落ちたソ連兵は、少なくとも脚首くらいはくじくだろう。しかしわたしは、兄にたずねてはみなかった。そして、そうではなかったようだ。穴を掘り終ると、兄はわたしにいった。

「おい、座敷からレコードを持ってこい」

「レコード？」

「お前が掘った穴に、全部埋めるんだよ」

「そっちの穴は?」

「こっちのは、おれが持って来るから」

わたしと兄は、その日の夕方まで穴の前で過ごした。兄が運んで来たのは、何かを詰め込んだ、ちょうどセメント袋くらいの砂糖袋と、父の指揮刀だった。わたしは座敷の押入れからレコード全部と手廻し蓄音機を運んで来ていた。

「蓄音機は、埋めんでいいだろう」

「うん」

「聞くのか?」

「いかんかね?」

「まあ、いいだろう」

「その指揮刀どうするの?」

「これか」

兄は、指揮刀の鞘を払った。そして、気をつけの姿勢を取り、右脇を固めて指揮刀を直立させ、それから顔の正面に捧げた。

「捧げぇー、銃!」

終ると兄は、指揮刀をわたしによこした。

「お前もやってみるか」

それから兄は、砂糖袋の口に手を突込んで、父の軍帽を引っ張り出した。兄はそれを、ちょっと頭に載せた。丸い黒縁眼鏡をかけた兄は、軍帽をかぶっても父には似ていなかった。

「この帽子には、とうとう縁が無かったな」

兄は軍帽をわたしに渡した。真赤な羅紗《らしゃ》に金星のついた陸軍歩兵の軍帽である。それはほとんど真新しいもののように見えた。光沢のある真黒い鍔が、真夏の太陽の光を、ぴかっ！　と反射させた。

「なんだ、やらんのか？」

わたしは父の軍帽をかぶることを忘れて、見とれていたらしい。

「ああ」

「よーし、兵隊ごっこは終りだ！」

兄は木の空箱から引っ張り出した藁くずを穴の中へ放り込んだ。それから空箱を釘抜きでこわした。

「もっと持ってこうか？」

「そうだな」

「これは、最後でいいだろう？」

とわたしは、ようやく父の軍帽を頭に載せて、立ちあがった。わたしが庭の隅に積み上げられた木の空箱を二つぶらさげて戻って来ると、穴の中の藁くずはすでに燃え上っていた。そして兄は、持ちあげた片方の膝に当てた指揮刀を、両手でくの字に曲げたところだった。くの字型に曲った指揮刀は、空箱の板切れと一緒に穴の中へ投げ込まれた。それから兄は、砂糖袋の中のものを取り出した。出て来たのは、元山中学の背嚢、二十冊ばかりの教科書とノート類、そしておどろいたことに元山中学の制帽だったのである。

「どうして燃やすの？」

「もう、要らんだろう」

「制帽も⁉」

「まあ、帽子は役に立つかも知れんな」

兄は制帽を手に取った。

「しかし、これは要らんだろう」

そういって制帽から徽章をはずし、指先につまんで燃えている穴の中へ落とし込んだ。兄の徽章はブリキのメッキではなく、本物の真鍮製だった。しかしわたしは、燃えている穴の中を黙って見ている他はなかった。わたしはすでに、永興小学校の運動場に掘られた穴の中で、鉄兜をかぶったシャレコウベを見ていたからだ。

兄は、徽章の無くなった元山中学の制帽を頭に載せ、穴の前の蜜柑箱に腰をおろして、夕方まで燃やし続けた。背嚢、教科書、ノート類が終ると、雑誌の束を次々に運んで来た。古い『少年倶楽部』である。何年分くらい燃したのだろう？ 最後に運んで来たのは『陸軍』の束だった。『少年倶楽部』が廃刊になり『陸軍』と『海軍』の二冊に分れたのはいつごろだろう？ わたしは小学校を卒業するまで、『陸軍』の方を毎月買っていた。

「これも、もう要らんだろう」

「ああ」

わたしも穴の前で夕方まで蜜柑箱に腰をおろしていた。徽章の無くなった元山中学の制帽を頭に載せた兄が燃やし続けている間、わたしは、父の軍帽を頭に載せたままレコードをかけ続けていたのである。レコードは百枚くらいあっただろうか？ もう少し多かったかも知れない。そのうち五割は軍歌だった。残りは童謡、唱歌類、『国境の町』『赤城の子守唄』『ゴンドラの唄』などの流行歌、虎造の浪曲盤などである。西洋音楽では三浦環《たまき》が高い声を張り上げる『蝶々夫人』だけしかおぼえがない。これは誰が聞いたのだろう？ 母だろうか？ しかし、母がレコードを聞いている姿をわたしは思い出せない。ただ、何度か母の高い声を聞いたような気はするが、レコードを聞きながらではなかったようだ。浪曲は父が聞いたのだろうか？ しかしこれも、まったく思い出せない。父は謡曲を唸っていた。兄とわたしもときどき床の間の前へ坐らされた。『鞍馬天狗』『紅葉狩り』。その二冊だけは手に取ったことがある。風呂の中、散歩の途中でもときどき父は唸っていた。しかし、父の浪曲は聞かなかった。虎造のレコード盤を聞いているところも見なかった。そして祖母は、専ら三味線である。

総じてわたしの家では、大人はレコードを聞かなかったようだ。つまり手廻し蓄音機は、すでに子供用のおもちゃとして払い下げられた感じだった。中でもわたしはそれを愛用した。兄のように本を読まなかったからだ。小川未明から『トム・ソーヤーの冒険』あたりまでは、ほとんど兄が音読するのを聞かせてもらった。いまなお、「インジャン・ジョー」の名が耳に残っているのは、そのせいだろう。それ以後の物語は、専らレコードの軍歌に求めた。左様、軍歌はわたしにとって単に歌だっただけではない。わたしにとって軍歌は物語であり、ドラマであり、歴史であり、そして講談であった。少し格上げしていえば、抒情詩でもあり叙事詩でもあった。

わたしは手廻し蓄音機にそれらの軍歌を、繰り返し繰り返しかけてその歌詞を暗誦した。『軍神橘中佐』『広瀬中佐』『水師営の会見』『勇敢なる水兵』『ブレドウ旅団の襲撃』『ポーランド悲歌』『大山巌《いわお》の歌』『肉弾三勇士』『アッツ島守備隊顕彰歌』など、物語性の強いものを愛好した。物語であり、講談である以上、歌詞をおぼえなければ話にならない。そしてその歌詞は、長ければ長いほどよかった。長ければ長いほどよい歌詞を、はじめから最後まで歌うのがよいわけだ。その意味で最大の軍歌は何といっても『軍神橘中佐』だろう。遼陽城頭夜《りょうようじょうとうよ》は闌《た》けて、からはじまるこの死闘の物語は、上、下二篇に分れている。上が十九番、下が十三番である。

またわたしは、『討匪《とうひ》行』『ああ我が戦友』などの物悲しい軍歌も好きだった。『婦人従軍歌』の女性合唱の部分、『愛国の花』を独唱する女性の声にも聞き惚れたようだ。

アルバム式になった軍歌レコード集が何冊かあり、そこには、『宮さん宮さん』『抜刀隊』『元寇』からはじまり、日清、日露の軍歌を経て『麦と兵隊』『暁に祈る』『燃ゆる大空』あたりまでが集められていた。『大東亜決戦の歌』以後の、『加藤隼戦闘隊』『空の神兵』『若鷲の歌』『轟沈の歌』などは、そのアルバム式のレコード集には入っていない。一枚ずつバラで買ったものだ。

このアルバム式のものは、いつごろ買ってもらったのだろう？　穴の前の蜜柑箱の上に蓄音機を据えつけ、わたしはまずアルバム式の方からかけはじめていた。このレコードは、ふつうの盤よりも少し小型で、落としても割れなかった。何で出来ているのだろう？　しかしそれが、ボール紙のようなものの上に何かを被せたものであることは、やがてわかった。一枚かけ終る毎に、わたしはそれを膝で割って、穴の中へ投げ込むことにしたからである。わたしは夕方まで、葡萄棚の下に掘った穴の前で、軍歌のレコードを一枚ずつかけては割り、割ってはかけた。いや、かけては歌い、歌っては割ったのである。向い側の穴の前で燃やし続けていた兄も、ときどきわたしと一緒に歌った。わたしは全部で、何曲歌ったのだろう？　長短とり混ぜて百曲？　あるいはもう少し多かったかも知れない。

童謡、唱歌、流行歌、浪曲などのレコードはかけずにそのまま割って穴に捨てた。『蝶々夫人』もかけなかった。それでたっぷり、午過ぎから日暮れまでかかったのである。最後のレコードは何だったのだろう？『軍神橘中佐』だろうか？　いや、あれはアルバムでも中程より前の方だった。最後は確か、兄も歌った。『ダンチョネ節』だ。

飛行機乗りには
娘はやれぬ
今日の花嫁ネ
明日は後家　ダンチョネー

それとも『ダンチョネ節』は、レコードではなく、兄が歌っただけだろうか？　そうかも知れない。歌い終ると兄は蜜柑箱から立ち上った。

「よーし、軍歌も終った」

それからわたしの頭を指さして、いった。

「もう、それもいいだろう」

わたしは父の軍帽を頭に載せたままだったのである。わたしはそれを頭からおろし、正面から眺めた。本音をいえば、せめて星だけでも取って置きたかった。しかしついに、本音は吐けなかった。兄は、わたしから受け取った父の軍帽を、『陸軍』の最後の五、六冊とともに、燃えている穴に落とした。さらば、わたしの陸軍！　さらば、無知そのものであったわたしの夢！

しかし、わたしがそのとき、いわばダメ押しのような形で知らされたのは、わたしの知らないうちに何かが終った、ということだけではなかった。わたしが知らないうちに何かが終ったばかりでなく、今度はわたしが知らないうちに、何かがはじまっていたのである。いったい何がはじまったのだろう？

「お前、この歌知ってるか？」

兄はそういって、蜜柑箱に腰をおろしたまま、とつぜん朝鮮語で歌った。

「パンマンモック、トンマンサンヌ、イリボンヌムドラー！」

その朝鮮語の意味を、わたしはすぐに了解した。飯を喰って、糞をたれるばかりの、日本人野郎共！　そしてその節が、『パイノパイ』と、まったく同じだったのである。火事、火事と喧嘩騒ぎ、べらぼうめ、こんちくしょう、やっつけろ、五月の鯉の吹き流し。マンセー、マンセー、マンセグルセ、ヘボマツムクハ、コッピンドンサネ、ヘグキノッピツルゴ、ヘンジナヨラ！

わたしが生まれてはじめて聞いた『赤旗の歌』も、朝鮮語であった。その朝鮮語の歌詞をわたしはおぼえている。もちろん、自分勝手の、まことにいい加減な朝鮮語であるが、完全には忘れていない。誰に確かめてもみないが、意味ではなく音として耳に残っている。しかし、『歩兵の本領』とまったく同じ節で歌われる労働歌の歌詞は、どうしても朝鮮語で思い出すことができなかった。あるいは、はじめから知らなかったのだろうか？　そうともいえる。それとも二十年前までは他の歌詞のようにおぼえていたのだろうか？　そうかも知れない。しかしいずれにせよ、問題は朝鮮語ではなかった。問題は歌詞だ。『歩兵の本領』とまったく同じ節で歌われる歌の文句が、万朶の桜か襟の色から聞け万国の労働者に、とつぜん変ったということだった。変ったのではなく、それははじめからあったのかも知れない。たぶん、わたしが永興小学校の運動会で騎馬戦に夢中になっているころ、すでに労働歌もあったのだろう。しかし、わたしにとっては、変ったという他はないのである。

また、変ったのは、とつぜん変ったのではなく、いわば当然であり、必然であったのかも知れない。しかしわたしには、やはりとつぜんだったのである。

「パンマンモック、トンマンサンヌ、イリボンヌムドラー！」

あのとき兄の口から出てきたこの朝鮮語が歌であり、それは『パイノパイ』とまったく同じ節であったことが、とつぜんでなかったといえようか。そしてそのとき『歩兵の本領』もまた、とつぜん労働歌に変っていたに違いないのである。何故だろうか？　もちろん、わからなかった。わからないから、とつぜんなのだ。なにしろ、わたしが知らないうちにとつぜん何かが終ったのであり、そして今度は早くも、わたしが知らないうちにとつぜん何かがはじまっていたのである。

それは、お前、決してとつぜんではなくて当然だよ。お前はまだあのとき元山中学一年の餓鬼だった。そのお前に、当然のことがとつぜんだと考えられたのは、まったく当然過ぎるくらい当然のことではないかね。しかしお前、だからといっていつまでも餓鬼のふりをして生きてゆくわけにはゆかんよ。お前、年は幾つになったのかね？　少なくとも、そろそろ年のことを考えても悪くはない年だろう。とつぜん、とつぜんを濫発しておどろいたような顔をしていられる年じゃあないのではないかね。そんな顔で、大人は欺されんよ。

これは誰の声だろうか？　兄の声？　あるいは母だろうか？　それとも、誰か見知らぬ他人だろうか？　いずれにせよ、確かにあのときわたしは、餓鬼であった。いや、兄さん、わたしはおっしゃる通りの餓鬼でした。しかしあのとき中学一年生の餓鬼であったことは、果してわたしの罪でしょうか？　罪ではなくて、たぶん運命というものでしょう。これはもう、いわば常識です。したがって、少なくともあのときまでのわたしの「とつぜん」には、罪はないことになるわけです。

問題はですから、それから先のことでしょう。餓鬼ではなくなったわたしの「とつぜん」です。最早や餓鬼とはいえない年を喰っているにもかかわらず、とつぜん、とつぜんを濫発しておどろいたような顔をしているといわれる、わたしの「とつぜん」が問題ということです。これは、何かわたしの欠陥でしょうか？　脳髄の問題でしょうか？　そうかも知れません。実際、わたしにもどこかに罪がなければならないのだとすれば、それは、あのとき中学一年の餓鬼であったというわたしの運命にではなく、その後のわたしの脳髄にあったという他はありません。なにしろわたしの「とつぜん」は、ある日とつぜんこのわたしの脳髄にへばりついて、離れなくなってしまったからです。

実際、昭和七年にわたしが生まれて以来、とつぜんでなかったことが何かあったでしょうか？　いつも何かがとつぜんはじまり、とつぜん終り、とつぜん変らなかったでしょうか？　あるいは兄さんには、とつぜんではなかったかも知れません。また、兄さん以外の誰かにも、それらはとつぜんではなく、当然であったかも知れません。誰か、とはいったい誰でしょう？　もちろん、わたし以外の他人です。そのような誰かを、わたしも何人かは知っています。顔も名前も知っているものもあります。その誰かや、兄さんにとっては、当然過ぎるくらい当然であったことが、わたしには「とつぜん」であったわけです。いや、あったばかりでなく、たぶんこの先も、わたしが死ぬまでは続くでしょう。

すでに四十年間は続いて来ました。しかし、わたしは決して、「とつぜん」「とつぜん」を濫発しておどろいたような顔をしているわけではありません。これだけは、はっきりお断りして置きます。むしろ正反対に近いでしょう。つまり、こういうことです。昭和七年にわたしが生まれてから生きながらえて来たこの四十年の間というもの、とつぜんであることが最早や当然のことのようになっているわけです。とつぜんの方が、当然なのです。したがってわたしも、当然のことにいちいちおどろいてはいられないわけです。いちいち大騒ぎをしてはいられません。何が起っても、おどろいてなどはいられません。実際、何が起るかわからないのです。そしてすべてのことは、とつぜん起るわけです。あたかもとつぜん起ることが最早や当然ででもあるかのごとく、とつぜん起るのです！　そしてわたしが知っているのは、その「とつぜん」が、誰かにはきわめて当然の結果と考えられるだろう、ということです。その誰かにとっては、まるで自分の掌を指すように、とつぜん起る何ごとかの原因や理由が明らかなのでしょう。大人を欺そうなどとは、滅相もないことです。ただわたしは、こういいたいのです。たぶんわたしの「とつぜん」論は、わたしが死ぬまで続くでしょう。しかし同時に、わたしの「とつぜん」はとつぜんなのではなく、当然過ぎるくらい当然のことなのだ、と考えている誰かわたし以外の他人も、間違いなく存在するでしょう。『アカハタ』を読むものもあり、空手をおぼえるものもあり、そして法律家になる誰かも、いるわけです。

それにしても、いったいいつからこんなものがわたしの脳髄にへばりついてしまったのでしょう？　なにしろ、とつぜんのことですからはっきりとはわかりませんが、もちろん、昨日今日のことではありません。やはりあのときからでしょうか？　わたしが元山中学一年生の餓鬼だったときです。いや、兄さん、兄さんの声がきこえます。餓鬼だったころの話は、もう止せ！　しかし兄さん、もう少しです。あのときに無知であることを運命づけられた哀れな弟を持ったと思って、勘弁して下さい。

ところで、とつぜんですが、兄さんはソール・ベローを知っていますか？　アメリカに住み、英語で書いているユダヤ人の小説家です。もちろん知らなくても結構ですが、彼がこんなことを書いています。宇野利泰というひとが翻訳した『ハーツォグ』という小説の一節です。

《過去への執着――死者をいとおしむ心！　モーゼスはこの誘惑におちいるまいと自戒した。それが、彼の性格の最も脆弱な部分と知っていたからだ。彼には抑鬱《よくうつ》症的傾向があった。この症状の患者は、幼時の記憶を克服することができない――当時、経験した肉体上の苦痛でさえも。もちろん彼は、これに対する健康法を知らぬわけではなかったが、ややともすれば、人生の一章に目がむかう。ページを閉じるだけの力がそなわっていないのだ。そこでまたしても思い出す。あれは一九二三年のこと、セント・アンでの冬の日――シポーラ叔母さんの家の台所だった。――》

しかし兄さん、わたしはソール・ベローではありません。当然のことながら、ユダヤ人でもありません。そしてわたしが、餓鬼だったときの話を持ち出すのは、彼が書いたモーゼスというユダヤ人のように、抑鬱症的傾向からではないのです。彼は、幼時の記憶を克服することのできない原因が、その症状であることをよく知っています。原因ばかりではなく、それに対する健康法さえ知っている人間です。つまり、知識人ということでしょう。実際、そのユダヤ人はどこかの大学で歴史だか人類学だかを教えていました。要するにアメリカという文明社会の中でも、平均以上に知識を持っている人間の一人です。持っているだけでなく、彼は未来の知識人であるところのアメリカの大学生たちに、貯えた知識を与えることによって生きて来た男です。

幼時の記憶を克服することの出来ない原因を、抑鬱症的傾向に求めなければならないのも、そのためでしょう。もちろんそれは、何が何でも抑鬱症でなければならない、というわけのものではありません。たまたま彼が、二人の子供まであるにもかかわらず妻と離婚をし、大学の教職も辞めてしまうことになった、いわば適応できなくなった人間であるために考えられた、抑鬱症でしょう。ここにも、充分な裏付けはなされているわけです。

彼が知っていなければならないことは、幼時の記憶を克服することの出来ない原因だけではありません。アイゼンハゥワー大統領のホワイトハウスにおける演説の内容も、同時に知っていなければなりません。なにしろ彼は知識人だからです。知識人であるからには、そのいずれをも知っていることが、当然というわけでしょう。あるいは彼は、女たちが何故とつぜんパンタロンをはき、一斉に背伸びをしたような靴をはいて歩きはじめたのか、その原因まで知っているかも知れません。大学生たちがとつぜんヘルメットをかぶり、タオルで覆面をしたのは、何故か？　彼らのヘルメットが何色かに分かれているのは、何故か？　ハイジャックが起るのは、何故か？　あの男が総理大臣になれないのは、何故か？　ある日とつぜん戦争がはじまるのは、何故か？　またある日、とつぜん戦争が終るのは、何故か？　ポルノ映画が流行するのは、何故か？あの男がこの男よりも女にモテないのは、何故か？　あの男よりもこの男の本が売れるのは、何故か？

たぶん彼ならば、ここに並べたてたすべての「何故？」に答えられることでしょう。それらの原因、理由のすべてを彼ならば知っているはずです。もし、一つや二つ知らないものが混っていたとしても、何らかの方法をもって、やがて知ることでしょう。少なくとも、それを知る方法を知っているはずの知識人だからです。とにかく、彼の幼時の記憶は、とつぜんあらわれるのではありません。ちゃんと明らかな原因によってあらわれるのであり、彼はそれが自分の抑鬱症的傾向であることをよく知っている知識人でした。

しかしわたしはソール・ベローが書いたような男ではありません。それはわたしがユダヤ人ではないからではなく、大学の教師ではないからでもありません。また、抑鬱症的傾向の持ち主ではないからでもありません。ある日とつぜん、わたしの脳髄に何か得体の知れないものがへばりついてしまったからです。したがって、わたしが中学一年生の餓鬼だったあのときの話を持ち出すのは、抑鬱症的傾向のためではなく、とつぜんなのです。つまり、何故だか、原因がわからないわけです。やはりこれは、わたしの脳髄の欠陥でしょうか？　それとも、わたしの脳髄に加えられた、何かの罰なのでしょうか？　そして、もしあのときわたしが無知そのものの餓鬼であったことが、わたしの罪であったのであれば、その罪に対する罰ということになるのでしょう。罪と罰というわけです。しかしあのとき、陸軍幼年学校を最大の夢として夢みていた、無知そのものの元山中学一年生であったことが、わたしの罪ではないのであれば、わたしの脳髄もそのために罰を受けたわけではないことになります。それでは、これはいったい何なのでしょうか？　ある日とつぜん、得体の知れないものにへばりつかれ、「とつぜん」を濫発することになったわたしの脳髄を、何と名づければよいでしょう？　運命？　やはり、そうとしか呼びようはないのかも知れません。実際、罪でもなければ、罰でもないのです。なにしろ、あのときのわたしは罪を犯すほどの知識も、罰を受ける資格も持たされていない一人の餓鬼に過ぎなかったからです。捕えられた罪人に飼われていた、罰される資格さえ持たない犬ころ同然です。そして兄さん、わたしはそのような自分の運命を恥じています。何故でしょうか？　わかりません。誰に対してでしょうか？　それもわかりません。何とも不思議な屈辱感です。あのときの自分が、罰される資格さえ持たない無知そのものの犬ころ同然であったという屈辱感です。何という滑稽きわまる屈辱感であることか！

　兄さんに、このわたしの滑稽さが通じるでしょうか？　ある日からわたしはずっと幼年学校に憧れていました。ところがある日とつぜん、幼年学校は消えてなくなりました。何故でしょうか？　あのときのわたしには、わかりませんでした。そして暫く経ったある日、あれは間違いだった、というわけです。間違いであったという理由も、新制高校の教科書民主主義で教わりました。しかし、そのときわたしに幼年学校を憎むことが出来たでしょうか？

　すでに幼年学校へ入学していたのであれば、話は少し変って来るでしょう。わたしはあの翌年には、是非とも入るつもりでした。入っていたか、入っていなかったか。僅かに一歩の距離です。そして、この一歩、この一歳の距離がまことに微妙なのです。もし入っていたならば、幻滅ということもなかったとは断言できないからです。また、夢と現実との矛盾とやらも、あるいは体験させられることになったかも知れません。あるいはさらに、大日本帝国陸軍の目的そのものに疑問を抱いたり、嫌悪したり、憎悪したり、批判したりすることにならなかったとは断言できません。またその結果として、大日本帝国陸軍の組織から脱落したり、処罰されたり、あるいは永久に葬られることになったかも知れません。しかしわたしは、陸軍幼年学校の制服をついに着ることが出来ませんでした。制服も校門も、専ら『陸軍』の表紙とグラビヤ写真で眺めただけでした。そして、来年こそは！　と憧れていたとき、ある日とつぜん、その校門はすうーっと、あたかも冗談か嘘でもあったかのように、消えて無くなってしまったわけです。そして、あれは間違いでありました、というわけでした。つまり、きみは間違った憧れを抱いていたのだ、というわけです。そして、新制高校の教科書民主主義は、わたしに新しい、間違っていない憧れのサンプルを示しました。すなわち、……いや、もうそれを並べるのは止して置きましょう。

それらの新しいサンプルに対して、わたしがまことに不明快きわまる、あいまいな人間でしかなかったことは、誰よりも兄さんが一番よく知っているはずです。わたしは新制高校というものも、ほとんどいやになっていました。それでは何故やめなかったのかね？　と兄さんはいうでしょうが、やめなかったのは、学校をやめてまでやりたいと思うほどのものもなかったからです。田舎の高校は程度が低いというのでもありません。また実際に、そんなことはなかったでしょう。新制高校は、どこだって新制高校なのです。ただ一つだけつまらないエピソードをお話しすれば、ある日のことわたしは社会科の民主主義の教師から、職員室に呼び出されました。彼はわたしの組主任でした。呼び出されたのは、わたしが国語の教師に提出した「白い鳥」という下手くそな作文のためです。ある日ペンキの中に落ちて全身真白になって戻って来た一羽の鳥を、黒い鳥たちが裁判にかける。白い鳥は果して本物の鳥であるのか、どうか？　裁判の結果、多数決で白い鳥は存在しないということに決り、黒い鳥たちは一羽の白い鳥を処刑したという、まことにたわいない作り話なのでしたが、組主任の社会科教師は、それを民主主義の基本たる多数決を否定した危険思想だというわけです。

社会科の教師は、わたしにどんな書物を読んでいるのか、たずねました。しかし、納得のゆくような書物は、出て来なかったはずです。兄さんが知っている通り、特攻隊帰りの桶屋の長男や、予科練帰りのシジミ屋の息子や、ピンポン選手だった下駄屋の美人や、九大生と恋仲だった煙草屋の娘たちがやっていた読書会に、わたしは一度顔を出したきり行かなくなっていたからです。しかしわたしが、組主任だった社会科の教師を憎まなかったのは、あのたわいもない作文の「危険思想」のために、彼がわたしを処分しなかったからではありません。誤解されたわたし自身が、何ともあいまいなものに思われて来て仕方がなかったからです。もちろんわたしは、「危険思想」などの持ち主ではありませんでした。しかしそれでは、わたしとはいったい何だろうか？

まあ、ざっとそんなわけです。とつぜん話しはじめたことが思いがけず長くなりました。何かがこれで兄さんに通じたでしょうか？　何か？　例えば、……どうも、ずいぶんながながと続けたにもかかわらず、そこから特に強調したかった点をいざ要約するとなると、まことに困難なようです。下手をすると、要約するつもりが、まったく同じことを繰り返す結果になり兼ねません。いや、実際そうする他、方法はないでしょう。なにしろ、ついつい長くなったのは、要するに要約できなかったからです。要約はやめます。何が兄さんに通じたか？　そして何が通じなかったかを確かめることも、やめて置きます。

ところで兄さん、とつぜんですが、わたしがお寺の坊主になりたいと考えていたのを、知っていますか？そして、筑前の田舎町の禅寺の三男坊と二人で、町はずれの長い橋を渡って向う側の、村の女郎屋へ出かけて行ったことを、知っていますか？

9

それにしてもわたしは、また何と脇道にそれてしまったことか！　いったいどこで脱線してしまったのだろう？　確か『歩兵の本領』あたりからだ。祖母がバチを当てている三味線の伴奏で、わたしが駈け出したところだった。大脱線は、『歩兵の本領』のせいである。なにしろ、祖母がバチを当てている三味線は『歩兵の本領』であったにもかかわらず、歌詞だけがとつぜん、同じ節の労働歌に変ったからだ。

しかし、大脱線はしたが、三味線の伴奏であたかも本物の二等兵のように駈け出したわたしは、二等兵のアルバイトには遅刻しなかった。築地の映画会社はまだ出来たてのビルらしかった。確か、四、五人のものたちと一緒にエレベーターに乗ったようだ。案内された広い部屋には、すでに五、六人のアルバイトの二等兵たちが控えていた。会議室らしい。大きなテーブルが四隅に片寄せてあり、案内者のうしろからわたしたちがドアを入ると、二、三人のものが腰をおろしていたテーブルからとび降りた。早くも二等兵の心境だったのかも知れない。アルバイトの二等兵は、全員十二、三名だったろうか？　わたしたちは、陸軍二等兵の戦闘帽、軍服、ゲートル、軍靴一式を案内者から支給された。すべて新品である。本物だろうか？　まさか！　おそらく小道具として作られた贋物だろう。しかし、いずれにせよ、頭のてっぺんから足の先まで、二等兵になるのは生まれてはじめてだった。

着がえながらわたしは、たぶんいろいろと何かを考えたり、思い出したり、感じたりしたことだろう。なにしろ、それは確かに奇妙な体験と呼んでさしつかえないものだったからだ。映画俳優にでもならない以上、一生に二度も三度も、というわけにはゆくまい。しかしわたしは、その奇妙な体験を、いわゆるいかにも奇妙な感覚でもって表現してみたいなどとは考えない。事実、着がえはじめるや否や、とつぜん便意を催したり、嘔吐感に襲われたりということもなかった。ただ、わたしの願いは、次のことだった。支給された二等兵の軍服がダブダブでありませんように！　幸運にも二等兵の軍服は、五尺四寸のわたしの体にぴったりだった。もちろん、偶然だろう。支給された軍靴も、十文半の足にぴったりだった。これも、偶然に違いなかった。しかし、支給された二等兵の軍服が偶然にもぴったりというのは、どういうことだろう？　やはりわたしの体格は、旧陸軍歩兵向きに出来上っているということだろうか？

「お前は、子供のときから兵隊になりたがりよったとやけん、よかやないか」

しかし、わたしが憧れていたのは二等兵ではない。せめて、星二つの一等兵になりたいと憧れるような二等兵ではなかった。わたしは、兄のことばを否定しようとした。しかし結果は、正反対になった。

「あの時お前が取ったとは、おもちゃの剣ばい」

左様、わたしが憧れていたのは将校なのだ。それも、一年志願などの急造将校ではない。陸軍幼年学校を経て士官学校を卒業したものだけがなることの出来る正規の将校であった。兄のいう通り、わたしはあのときの物取り行事で、おもちゃの鉄砲ではなく、おもちゃの剣を取ったはずである。いや、物取り行事などはどうでもよろしい。あんな子供欺しにもならない年寄りの遊びに、こだわっていないのはもちろんである。それに第一、何よりもこの軍服は贋物ではないか。たかが映画の宣伝用小道具なのだ。そしてわたしは、その映画宣伝のために日当何百円かで雇われたアルバイトの二等兵に過ぎない。日当三百五十円？　それともニコヨン並みだっただろうか？　ニコヨンすなわち二百四十円の日雇い労働である。

しかし、わたしは本当に二等兵にこだわっていなかっただろうか？　まったくこだわっていなかったと断言できるだろうか？　わたしはゲートルを巻くとき、不安をおぼえた。なにしろ元山中学以来、はじめてだったからだ。巻き方を忘れてはいないだろうか？　ところが、これも難なく巻けた。それどころか、他人の脚の分まで巻いてやったのである。

「うまいもんだな」

と、隣にいた男にいわれたからだ。どこの学生だろうか？ ずいぶん背の高い男だ。五尺七、八寸くらいだろうか？ にもかかわらず、いかにも丙種合格という感じだ。軍服の袖からは手首の上二寸ばかりがまる出しになっている。ズボンの方も、軍靴と裾の間に細い脛が見えた。いかにも、いやいやながら召集されたいわゆるインテリ兵といった感じである。そしておどろいたことには、彼の足下には、ほどけてずり落ちてしまった兵児帯《へこおび》のように、ゲートルがのびていた。わざわざ、巻いてあるゲートルを、全部ほどいてから巻くつもりだったらしい。ゲートルの巻き方を知らない日本人が、早くも存在しはじめたのだろうか？ いったいこの男は、昭和何年に生まれたのだろう？ わたしは、彼の足下でのびてしまっているゲートルを、両手で一旦巻き取った。それから彼の細い脛に巻きはじめた。

「うまいもんだな」

と、インテリ丙種合格は、また同じことをいった。

「なるほど。そうか、トイレットペーパー式に巻いたまま、巻くわけか」

わたしはゲートルを巻く手を、ちょっと止めた。テーブルに腰をおろして片膝を立てている彼の脚は、床に立ったままその脚にゲートルを巻きつけているわたしのちょうど目の前にあった。したがって彼の声は、わたしの頭の真上あたりからきこえて来たわけだ。それはまあよい。ゲートルを巻きつける個所が彼の腕や首ではなく脚である以上、止むを得ない状態といわなければなるまい。しかし、巻いてあるゲートルを、ほどけた兵児帯のように足下にたらしてしまった男と、それを巻き取って、その脚に巻きつけてやっているわたしとが、同じ二等兵であってよいものだろうか？ しかし結局、わたしは彼の両脚にゲートルを巻き終った。

「うまいもんだな」

と、インテリ丙種合格は、テーブルから脚を床におろしながら、三度同じことをいった。

「服も体にぴったりだし、本物そっくりだよ」

本物そっくり？　まさか！　しかし、この「まさか！」はいったい何だろう？　もちろんわたしは、こんな贋物の二等兵などにこだわってはいない。実際、映画の小道具に過ぎないではないか。茶番だ。仮装だ。日当三百五十円也の仮装行列なのだ。にもかかわらず、わたしはわたしよりも三、四寸は背の高いインテリ丙種合格に腹を立てた。まことに情ない話であるが、わたしはインテリ丙種合格から不当にも軽蔑された本物の二等兵そっくりだったわけだ。何という滑稽な錯覚だろう！　そして何という滑稽な矛盾だろうか！　しかしそのときわたしは、インテリ丙種合格を、いったいどのように扱うべきだったろうか？　ゲートルの巻き方を知らない彼を、もう一度テーブルに腰かけさせ、巻きつけてやったゲートルを黙って彼の両脚から剝ぎ取ってやるべきだったろうか？　そして、もと通りに、ほどけてずり落ちた兵児帯のように彼の足下にたらしてやるのである。それとも、空手一発だろうか？　古賀弟の早起き練習を見物しながらおぼえてしまった、右手の拳突き一発である。

しかし実際には、何事も起らなかった。やがて映画会社の案内者があらわれ、二等兵たちはその前に整列したが、インテリ丙種合格のゲートルは、ほどけた兵児帯のように足下にたれてはいなかった。五尺七、八寸の彼は一列横隊の最右翼だった。わたしは、左から三番目に並んだ。案内者は整列した二等兵の前に立って、注意事項を説明した。

「えーわたしは、分隊長の高橋伍長です。こうして背広を着ているのはわたしだけですが、分隊長の高橋伍長ということで記憶して下さい。その方が、間違いなくてよいでしょう。ところで、この高橋分隊は、二等兵十二名によって構成されております。そこで、これを便宜上、三つの班に分け、それぞれに班長をもうけます。十二名ですから、一班四名ずつ。各班はそれぞれ自主性と責任をもって最後まで落伍者、脱落者の出ないよう、お互いに励まし合い、助け合って下さい。自分の班のものに、何か異状が発見された場合はただちに班長に連絡。班長はただちにこの高橋伍長まで報告して下さい。こういうと、いかにも固苦しいようですが、作業は実に簡単なものです。大学生である皆さんには、あるいは単純過ぎて物足りないくらいのものでしょう。たぶんこの中では、わたしだけが本物の軍隊体験者であると思います。軍隊でもわたしは伍長でした。しかしもちろん、本物の軍隊のつもりで皆さんを扱うようなことは、致しません。その点はじゅうぶん安心していただいて結構です。それでは、班分けをやりましょう。右端から番号をかけ、一番、五番、九番の方は、一歩前へ出て下さい。その三名が班長になりますから、間違わないよう名前と顔をおぼえて下さい。わたしの体験からいっても、同じ二等兵の襟章をつけたものは、なかなか見分けがつきにくいものです。では、番号！」

高橋分隊は、まず浅草へ出動した。それから池袋へ移動し、最後に上野へ到着したのである。移動はすべて都電だった。何番線と何番線に乗ったことになるのだろうか？　あるいはどこかでバスに乗ったかも知れない。しかし国電は利用しなかったようだ。移動するときは、第一班の班長である五尺七、八寸のインテリ丙種合格を先頭に、一列縦隊で歩いた。作業は、高橋伍長がいった通り、まことに単純なものだった。なにしろ二等兵に要求されていたものは、演技ではなくて仮装だったからだ。

映画館の入口の左右には、仮装した十二名の二等兵たちよりも背の高い、伴淳とアチャコのボール紙人形が立っていた。その前に、火たたきを持って、ずらりと一列横隊に並ぶだけだった。高橋伍長は、これも彼が説明のときにいった通り、火たたきの持ち方までは口を出さなかった。火たたきを、三八式歩兵銃に見立てて気をつけの姿勢をしようと、あるいは木銃に見立てて銃剣術の構えをとろうと、それは各二等兵の自由に委せた。したがって中には、第一班の班長のように、火たたきの柄を逆さに持って、縄の部分で箒のように地面をはいているものもいたのである。ただひとつの義務は、歌に合わせた捧げ銃であった。星の降る夜に褌一つ、鳥毛逆立て捧げ銃！

しかし第一班の班長とわたしとの間に何ごとも起らなかったのは、彼もわたしも、まったく同じ星一つの軍服を着せられた二等兵だったからだろうか？　それもあったかも知れない。わたしは、ほどけた兵児帯のように足下にたれさがっていたゲートルを、彼の脚に巻きつけてやり、結局それをほどいてもと通りにはしなかった。空手一発も見舞わなかった。何故だろうか？　高橋伍長が本物の軍隊で体験したという、誰が誰とも見分けがつかない、赤ベタに黄色い星一つの二等兵の軍服のせいだろうか？　確かにそれもあっただろう。しかし、やはりあの声のせいだ。

「お前は、子供のときから兵隊になりたがりよったとやけん、よかやないか」

そして、もうひとつ。

「バカらしか、ち！」

しかし、その二等兵のアルバイトに、わたしはあのカーキ色の旧陸軍歩兵の外套を着て出かけたのだろうか？　映画館のベルは、まだ鳴り続けていた。そしてわたしの眼の前には脇毛の女子高校生のポスターがあった。顎をあげ、腰を捻って上半身をのけぞらせ、肘を曲げている。これは演技だろうか？　それとも仮装だろうか？　たぶん、ポーズということになるのだろう。わたしは、彼女のポスターの前に、一列横隊に並んだ十二名のセーラー服を着た仮装者の姿を想像してみた。それから、切符売場の旧式眼覚時計をのぞき、映画館の前を離れた。ちょうど一時だ。急いで久家に電話をかけなければならない。わたしは、信号を渡ってふたたび電話の家の方へ歩きはじめた。しかし、あの伴淳、アチャコの二等兵物語は、果して二十年前の映画だっただろうか？　このとつぜんの疑問が、わたしの足どりを早くした。なにしろそれは、あの外套とも大いにかかわりのあることだったからだ。あるいは久家はおぼえているかも知れない。電話をして、まずそのことを確かめてみよう。

「やあ、さっき電話くれたんだって？」

「ああ。昼めしは済んだかね？」

「いま済んだところだ。あんたは？」

「それがまだなんだ。ちょっと食いはぐれちゃってね」

「そうか。そりゃ悪かったな。午前中に電話くれてりゃあな、一緒に食えたんだが。惜しかったな」

「まあ、昼飯くらいどうでもいいさ」

「しかし、なかなか会えんからなあ。どのくらいになるかな？」

「あんたの結婚式以来じゃないか？」

「まさか！　いや、やっぱりそうか」

久家の結婚は、いわゆる晩婚に属するだろう。二年か三年前だった。彼はわたしと同年であるから、三十七か八、あるいはすでに九になっていたのかも知れない。特にそうならなければならない理由は、なかったらしい。わたしもべつにたずねてはみなかった。なにしろ彼は、大学にも四年がかりで入学していたからである。一橋大学の入学試験に三回連続落第した。そして四度目に合格した。あるいは結婚もその調子だったのかも知れない。結婚のいきさつも詳しくはきかなかったが、相手は関西方面の某私立大学総長の姪に当るらしい。待てば海路の日和あり。実際、それは久家にぴったりのことばだった。もちろん彼にも執念がなかったはずはない。どこ吹く風などというわけにはゆかなかったはずだ。そうでなければ、同じ大学を四度も受験するわけにはゆくまい。しかし久家の場合には、やはり下駄ばきで歩いているという感じがあった。そして実際、彼には日和下駄がまことによく似合った。

蕨の石田家の長男も、下駄のよく似合う真面目な浦高生だった。ただ彼によく似合ったのは、あくまでも勤勉で、実用的な下駄だ。書生下駄である。しかし旧制高校生式の高下駄ではない。たぶんふつうの下駄なのである。ただ彼がはくと、いかにもそれが書生下駄というふうに見えたわけだ。それが久家の場合は、少し違った。第一に下駄そのものが上等だった。なにしろそれは、禅寺にお布施の一つとしてあげられるものだったからだ。幅が広く、角に丸味を帯びていて、軽そうだった。材質は何だったのだろう？　とにかく中学生や高校生のはく下駄ではなかった。鼻緒も渋いネズミ色だ。盆、暮れに必ず一年分の下駄を供える下駄屋が、檀家にあるらしかった。

通っていた県立中学が新制高校ということになり、校内には旧制高校生を真似た高下駄が流行しはじめてからも、久家は高下駄をはかなかった。お布施の上等の日和下駄をはいて、いつもゆっくり歩いていた。それはいかにも、はいている下駄にふさわしい歩き方だった。せかせか急ぐのには似合わない下駄である。たぶん下駄の歯は、前後左右いずれにも偏することなく、まんべんなく平均に磨り減っていたことだろう。

しかしそれにしても、禅寺の息子が何故、一橋大学などを受験するのだろう？　三男坊だからだろうか？　彼の兄は、二人とも仏教大学を卒業していた。しかし二人とも寺には住んでいなかった。何か事情があったのかも知れないが、わたしにはまことにもったいないような気がした。久家は何故、坊主になろうとしないのだろう？　もし吾妻のおじさんの話が、法学部ではなく、仏教大学へ入るのなら自分が面倒を見てやろうじゃないか、というものであったならば、あるいはわたしはその申入れに応じていたかも知れないからである。

もちろんわたしは、久家のはいていたお布施の下駄に憧れたわけではない。また、仏教というものに特別な関心を寄せていたわけでもなかった。決して「危険思想」の持ち主でなかったのと同様、わたしは仏教思想といったものにも決して首を突込んではいなかった。それらしい本も読まなかった。お経といえば、それこそ餓鬼の時分に丸暗記してしまった、キミョウムリョウジュニョライ、ナムフカシギコウ、ホウゾウボサツインニンジ、ザイセジザイオウブツショウ、くらいのものだ。この浄土真宗の経文を、いまでもほとんど暗誦できるのは、たぶん死んだ祖母のお蔭だろう。小学校六年生まで、毎朝わたしは座敷の仏壇へ祖母のお供をさせられた。三角形に飯を盛り上げた真鍮の器を、両手に持って行くのである。お経を唱える祖母の声は、いたるところできこえた。三味線か、さもなければお経だった。しかし祖母は、だからといって仏教一途の信仰ではなかった。天照皇大神宮はもちろんであるが、その他に祖母の居間には金光教の神棚まであったからだ。この金光教の大祭にも、わたしは一、二度、祖母に連れられて行った。大祭は、汽車で三時間ほどの咸興の本部でおこなわれた。そこで見た太鼓や、きいた笛は、いわば絵本か何かで見たことのある聚楽台の小型版といった感じだ。つまり、要するにわたしは、特別に仏教的な環境に育った人間ではない。天照皇大神宮も仏壇も金光様も、一緒くたに拝んでいた日本人としては、まことに平凡な環境に育ったのである。

したがって、筑前の田舎町の高校生であったわたしが坊主になりたいと考えたのは、あくまでもわたし一人の自分勝手な憧れだった。憧れ？　左様、まことに空想的な憧れだった。なにしろわたしは、悟りをひらきたいと考えていたからだ。わたしの憧れは決して大僧正の地位ではなかった。いってみれば、観自在菩薩的な、眼に憧れていたのである。何故だろうか？　筑前の田舎町の高校生であったわたしも、人並みに厭世的になっていたことは確かだった。ニキビ高校生の厭世主義？　確かにそうだ。もちろん、一通りのことは考えたようだ。永遠、不変ということ。仏教は後進国の思想なり、などという俗人輩とはつき合わないこと。実際、思想などはどうでもよかった。わざわざ学んで身につけようとも考えなかった。わたしが思想を見放したのではない。わたしは自分が、いかなる思想からも見放された人間であるとしか思えなかったのである。少なくとも、わたしのためにある思想などというものは、考えられなかった。何故だかわからないがそうとしか考えられなかったのである。とにかく、俗人輩を無視することだ。俗人輩とかかわりを持たぬことだ。しかし、そのような隠遁生活は果して可能だろうか？　衣食住はもちろん、それこそ下駄も必要だろう。わたしが禅寺の三男坊を羨ましく思ったのは、あるいはそのためだったのかも知れない。

しかしわたしが、観自在菩薩の眼に憧れたのは、大佐の娘のせいでもあった。あの女を何故、無視することが出来ないのだろう？　何故、大佐の娘の前を真赤にならずに通ることが出来ないのだろうか？　観自在菩薩！　観自在菩薩!!　わたしは文庫本の般若心経二百六十二文字を何度か読み返した。しかし、大佐の娘の前における赤面症を克服することは出来なかった。わたしが中尉の息子だからだろうか？　まさか！　しかしそれでは、わたしが引揚げ者だからだろうか？　観自在菩薩！　観自在菩薩!!　大佐の娘が何だ!!!　彼女だって、配給の大豆カスと芋雑炊《いもぞうすい》から成り立っているのではないか。彼女だって、夕には白骨となる人間ではないか。この美しい衣裳をまとった三人の美女、あーら不思議、美女たちは一瞬にして裸体となる！　そして更に、あーら不思議、美女たちは一瞬にして白骨となる！　これは誰の声だろう？　まだ餓鬼だったわたしの耳にきこえてきたサーカスの呼び込みの声だった。小屋掛けテントの前の幔幕には、一番左端に和服を着けた三人の女が描かれていた。その三人の美女たちが、幔幕の中央では、裸体となって立っており、更に、右端へ移動すると、理科教室の模型のような白骨となっているわけだった。X線というものを当てるとそうなるらしかった。あーら不思議、大佐の娘は一瞬にして裸体となる！　そして更に、一瞬にして白骨となる！　しかしついに、わたしが憧れた観自在菩薩の眼は、X光線にはなってくれなかったようだ。

久家の住んでいた禅寺の境内には、楠の巨木があった。それから、一角に幼稚園が作られていた。幼稚園の隣には小さなトタン葺きの一軒があり、保母の家族が住んでいた。そこの娘が、わたしや久家と高校の同級生だった。わたしたちが通っていた旧制中学は、同じ町の旧制高女と合併して、新制高校になっていたわけだ。禅寺の境内の幼稚園の隣に住んでいた娘は、母親にそっくりだった。小柄で色白で、器量は十人並み以上だ。しかし、久家は、彼女にはまったく無関心なようすだった。何故だろうか？　その鷹揚さが、またわたしには癪のタネだった。

月に一度、例の下駄ばきで集金に廻るのが久家の務めらしかった。寺の周囲は寺の所有地で、毎月地代を集めて廻るのである。小料理店、化粧品店、魚屋、床屋、煙草屋などがあったが、境内の幼稚園の隣に住んでいる保母のところは、無料らしかった。戦争未亡人であること。寺の幼稚園の保母であること。それが無料の理由だったようだ。保母の娘である同級生に久家がまったく無関心であったのは、あるいはそのためだろうか？　彼女の器量は十人並み以上だった。しかしその顔は明らかに筑前土着の顔ではなかった。

一方、久家の顔は明らかに土着であった。土着の中での選良の部類に属していた。背もわたしより三寸は高く、実際そのまま一生墨染めをまとわせるのは、いささか気の毒ではあるまいかと考えられたくらいだ。しかし彼が彼女に無関心であるのは、寺の境内の粗末なトタン屋根の下に住んでいるヨソ者の娘を蔑視しているためでは、決してなかったようだ。高校生ばなれした上等の下駄をはいていた彼は、さすが坊主の息子らしく、まことにお辞儀の仕方がうまかった。相手に、本当にお辞儀をされたと思わせるような、丁寧なお辞儀である。頭のさげ惜しみをしないお辞儀だった。おそらくそれは、境内に住んでいた戦争未亡人母娘に対しても、同様だったことだろう。したがって、戦争未亡人の母親にしてみれば、彼と自分の娘との間に何ごとかが起ることを、秘かに期待したのかも知れない。そしてそこで何ごとかが起れば、物語である。もちろん、そのような物語も結構だろう。しかし、禅寺の境内では何かローマンスらしきものは生まれなかったようだ。高校を卒業すると久家はさっさと東京へ出かけて行った。そして、仏教大学を卒業したにもかかわらず、どういうわけか東京でそば屋を開業している長男のところへ寄宿して、まことに気のながい浪人暮しをはじめたのである。

それとも、彼が境内に住んでいる同級生に無関心であったのは、彼女がヨソ者の戦争未亡人の娘だからではなくて、観自在菩薩の眼のせいだろうか？　お布施の下駄は、ダテにはいていたのではなかったのだろうか？　まさか！　そんなことはあるまいが、わたしにはとにかく、兄のやっているそば屋で、店番をしたり、出前の手伝いをしたりしながら、気のながい浪人暮しをはじめた久家がまことに羨ましい存在であった。何というもったいないことをする男だろう。しかし、だからといってわたしは、自分からすすんで仏教大学へ入ろうとは考えなかった。まことに矛盾した話であるが、実際にそうだったのである。

「ところで、このごろはどうかね？」

「ああ。まあ相変らずというところだな」

「でも結構忙しいんだろう？」

「まあ、な。日曜、祭日というものもないわけだからね、こっちには」

「こっちは、だんだんバカになるばかりだよ。このところ、小説なんて、じぇんじぇん読まないからね」

「ハッハッハッハ！」

「え？　何だい？」

「相変らず、じぇんじぇんだけは変らんからさ」

「そうか。これぱっかしは、直らんね」

「そりゃあそうだろう。それぱっかしは、ついにおれはマスターできなかったんだから」

「ところで今日は？　上野で何かあったのかね？」

「いや、べつに。ついでじゃなくて、わざわざ出て来たんだ」

「わざわざ？」

「ああ。とつぜん、昔の外套のことを思い出してね。あんたにもちょっとたずねたいと思って」

「外套？」

「あ、そうだ。その前に、あの映画、あの二等兵物語という映画はいつごろだったかなあ？」

「おい、おい。そんなことでわざわざ今日は出て来たのかい？」

「あの、伴淳、アチャコの二等兵物だよ。あんたあの映画見なかったかね？」

「そういえば、そういう映画があったようだな」

「確か、昭和二十七、八年ごろ、つまりおれたちがこっちへ出て来た翌年ごろじゃないかと思ったんだがね。それとも、もう少しあとだったかなあ？」

「そんなことなら、映画会社へ電話すればすぐわかるんじゃないの？」

「あ、そうか。なるほど、そうだな。しかしまあそれはいいんだが、それだけじゃないんだ。その映画が上映されたころだな、おれはあの兵隊外套を着ていたか、どうか。それがむしろ問題なんだがね」

「兵隊外套？」

「ああ。昔の、ほら、おれがこっちへ出て来るときに着ていた、陸軍歩兵用の、カーキ色の外套だよ。あれをおれが着ていたのを、最後にあんたが見たのは、いつごろだろうね？」

「何だか、どうも、ややこしそうな話だな」

「やっぱり、そうかな」

「だって、それは、いったいいつごろの話だ？」

「そうだな、まあ一応、二十年前だろうな」

「おい、おい！」

「いや、実はそのことで、今日とつぜんだったんだが、蕨へ行って来たわけだよ」

「蕨？」

「ああ。あの昔の下宿だよ。すっかり変っちゃったねえ、蕨も。石田さんの家もぜんぜん変っちゃってね、あんたも泊ったことのあるあの三畳間はもう影も形もなかった。なにしろあのとき高校二年生だった息子に、三人も子供がいるんだからな。何もかもすっかり変っちゃうのは当然なんだが、おれがあの外套のことをたずねたら、やはりおばさんにすっかり勘違いされちゃってね。まったく滑稽な勘違いなんだが、すんでのところで、あんたが犯人にされそうになったよ。もっとも、そのおばさんの勘違いのお蔭で、こうやって上野へ来ることになったわけだけどね。あ、もしもし、もしもし……そうか、よし、もう一度すぐに掛け直すから、ちょっとそのまま待ってくれよ」

10

上野にいたのは結局、四十分くらいだった。そのうち約半分は、駅の近くのそば屋で昼食にカレーライスを食べた時間である。真黄色いそば屋のカレーライスだ。久家には会うことが出来なかった。忙しくて外出は無理だということだった。わたしは電話の家から、三分間で切れる十円電話を、三度かけ直した。こんなことなら、わざわざ上野まで出かけて来るより、蕨から市外電話をかけた方が便利だったかも知れない。蕨郵便局から申込めば、何十分でも通話することが出来たはずだ。しかし、結局はやはりそれも無理だったかも知れない。久家は、何だかずいぶん忙しそうだったからだ。最初の三分間は、それほどでもないようだったが、二度目にかけたときから、どことなく落ちつかないようすが受話器を通して感じられた。三度目になると、彼はもう、ほとんど口を利かなかった。話をするのはほとんどわたしの方で、久家はときどき、「え?」とか「ふーん」とか応答する程度だったようだ。あるいは急ぎの客に待たれていたのかも知れない。それとも、わたしの電話をききながら、何か急ぎの書類でも読んでいたのだろうか? いずれも、大いにあり得ることだ。

二等兵物語のことは結局、確かめられなかった。二十年前か、十七、八年前か? しかしいずれにせよ、そのあたりの映画だろう。そして、そのいずれにせよ、久家はまだ浪人ちゅうか、せいぜい四度目の受験に合格するかしないかのところだったわけだ。いかに下駄ばきの彼にしても、伴淳、アチャコどころではなかったのだろう。それにしても、映画会社に問い合わせた方がよい、という返事にはいささか面喰《めんくら》った。ちょうど、石田のおばさんが警察を持ち出したときと同じくらいの面喰い方だ。あれが銀行員らしい考え方というものだろうか？　最近では小説などぜんぜん読まないといっていたが、銀行員らしい考え方はあるいはそのせいであるのかも知れない。

もちろん久家の場合は、外套をさん付けで呼ぶようなことはなかった。内藤さんなら知っているが外套さん、とは変った名前だ、といった石田さんのおばさんのような勘違いはしなかったのである。彼は、その代り、わたしのことをしきりに心配していたようだ。あの心配の仕方も、銀行員らしい考え方というものだろうか？　内藤と外套の混乱はさすがに見られなかったが、久家の考え方はどうやら、外套よりも赤木の方を心配しているように受け取れたのである。

「今日は本当にすまん。何しろわれわれの生活は予定、予定だもんだからね。今度は是非、前の日あたりに電話もらいたいなあ。とつじょんでさえなければ、何としてでも会う時間を作って置くからさ」

「いや、こちらこそ、とつぜんで悪かったよ」

「それで、これからどこへ行く予定かね？」

「予定？」

「うん。今夜八時ごろになれば、約束を少し早目に切り上げて会えないことはないと思うけど」

「八時ねえ。いま、一時過ぎだな。さあて、これからどこへ行けばよいかなあ」

「そうか。でも、いまから八時まで待たせちゃ悪いよな。やはり今度にしよう。今日はもう帰るんだろう？」

「家へ？」

「だって、予定なしで八時までは、無理だろう。それに無駄だしね」

「しかし、そうはいかんよ。四時に中村質店のおばさんに会わなきゃならんのでね」

「え？」

「でなきゃあ、何のために早起きしたのか、それこそ無駄になっちゃうからな」

「早起き？」

「そうだよ。おれが今朝とつぜん早起きしたのは、あの外套のためなんだからさ」

「ふーん」

「しかし、四時まではちょっとあるな。ま、そこらへんで昼飯でも食いながら考えてみよう」

川向うの亀戸三丁目へ行ってみようとわたしが考えたのは、真黄色いそば屋のカレーライスを食べながらだった。あの黄色のせいだろうか？　確かに、わたしの失われた外套はカレーライス色だった。そしてそのカレーライスは、二十年前に川向うで何度か食べた、そば屋のカレーライスと同じ色だ。わたしは川向うで、何度そのカレーライスを食べたのだろう？　カレーライス色の外套を着て、川向うへ何度出かけて行ったのだろうか？


わたしは上野駅のホームで、山手線の電車を一台やり過ごした。秋葉原へ行き、総武線で亀戸へ出かけるのには、山手線よりも京浜東北線の方がふさわしかった。亀戸駅も変っていた。駅前には幾つかのビルが出来て、喫茶店、スナック、中華料理店などの看板が階毎に出されている。しかし、蕨駅前ほどの変り方ではなかった。駅前の道路は少し広くなったのだろうか？　それともそう見えるのは昼間のせいだろうか？

わたしは駅前の通りを右へ、亀戸天神通りへ向って歩きはじめた。この道も長い道だ。しかしわたしは、その道で退屈したことはたぶんなかっただろう。わたしはその長い道を一人で歩きながら、ヨウコさんを求めていたはずだからである。もちろんヨウコさんは亀戸三丁目にはいなかった。したがってわたしが歩きながら求めていたのは、亀戸三丁目のヨウコさんだった。今夜は、亀戸三丁目のヨウコさんにめぐり会うことが出来るだろうか？

亀戸三丁目へ出かける前のわたしが知っていた唯一人の女は、ヨウコさんだった。そしてわたしにヨウコさんの存在を教えたのは、禅寺の三男坊の久家だった。わたしが彼に教わったのは、ヨウコさんと将棋である。将棋の方は、中学二年生のときだった。そのときまでわたしは、将棋といえば挾み将棋と朝鮮将棋しか知らなかった。わたしの父は専ら囲碁打ちで、将棋はささなかった。六角形の駒を動かす朝鮮将棋をわたしに教えたのは、店で働いていた張だった。挾み将棋は、曽祖父から教わった。曽祖父の部屋は、金光教を祠っている祖母の居間の隣で、オンドル間であったが奥の三畳分くらいが床の間の倍くらいの高さになっており、そこだけ畳が敷いてあった。曽祖父はそこにふとんを敷き、枕元に一升瓶を置いて、一日じゅう寝たり起きたりしていた。八十八で死ぬまで、五、六年はそうだったようだ。

「それ、挾んで、ちょい！」

と曽祖父は、わたしを相手に挾み将棋をさした。

「それ、挾んで、ちょい！」

と、わたしも曽祖父の口真似をした。

「あいた、あいた、あいた！」

これは自分の駒が左右あるいは上下から挾み撃ちに合って、取られたときの声だった。

「それ、挾んで、ちょい！」

「あいた、あいた、あいた！」

「挾むつもりが、挾まれた！」

わたしが久家から本将棋を教わったのは、禅寺の本堂とは別棟にある彼の勉強部屋だった。わたしが将棋を知らないというと、彼は信じられないという顔をした。

「ほんとかいね？」

「ほんとばい」

「しかし、じぇんじぇん知らんわけじゃなかろう？」

「ほんとに、ぜんぜん知らんよ」

「ほう！　中学二年まで、将棋のさし方ばじぇんじぇん知らんもんが、おるとかいね」

たぶん、そのような人間は筑前の田舎町にはいなかったのだろう。夏には木製の涼み台が家毎に出された。そして涼み台では、まず浴衣がけの男が将棋盤を挾んで向い合っていた。中学校の教室の机の蓋の裏も将棋盤だった。開閉用の蝶番《ちょうつがい》をこわし、ナイフで線を彫り込んだものだ。小学生も将棋をさした。わたしは将棋をおぼえたかった。なにしろ筑前の田舎町においては、中学二年になっても将棋のさし方を知らないような人間は存在しないことになっていたからである。

わたしにとって将棋は、土着のシンボルだった。それをマスターすることなしに、土着との同化はあり得なかった。わたしは久家から将棋を教わった。そしてそのルールと幾つかの勝法を習得することが出来た。しかし、自慢ではないが、わたしはいまだかつて、一度も勝ったことがない。いまだかつて、わたしよりも下手な相手に出会ったことがないのである。これはいったいどういうことだろうか？　もちろん才能の問題であろう。また努力、研究そして意志の問題でもあるだろう。確かにわたしには、それらすべてのものが欠如していたようだ。ちょうど、わたしが習得した筑前ことばに、肝腎な筑前訛りが欠けていたように、欠如していたのである。「バッテン」「タイ」「ゲナ」はマスターできた。しかし「センセイ」を「シェンシェイ」、「ゼンゼン」を「ジェンジェン」と発音する筑前訛りだけは、習得できなかった。つまりわたしが習得することの出来たものは、「チクゼン」ことばに過ぎないのであって、決して本物の「チクジェン」ことばではなかったわけだ。

当然といえば当然の話だった。そもそも習得したり、マスターしたりすることの不可能なものが、土着というものだろうからだ。もちろん将棋は、また別問題だろう。わたしはいまだかつて一度も将棋に勝てなかったことを、土着の問題にこじつけようとは考えていない。要するに才能が無かったのである。しかし、将棋に勝つために要求される才能以外の要素を、わたしが放棄してしまったのは、やはりたぶん、土着に対する絶望のせいだ。絶望？　左様、まことに滑稽な絶望である。おそらくわたしは、これから先もわたしより将棋の下手な相手にはめぐり会わないだろう。それ、挟んで、ちょい！　あいた、あいた、あいた！　挟むつもりが、挟まれた！

久家と一緒にヨウコさんのところへ出かけたのは、高校三年生の夏休み直前である。雨だった。わたしは番傘をさして、約束の午後六時に町はずれの長い橋の上へ出かけて行った。あたりはすでに薄暗かった。しかし油断は禁物である。橋の向う側は村で、そのまた向うも村だった。そして町はずれのこの長い橋は、それら二つの村から自転車やバスで通学するものたちが、町へ出入りする唯ひとつの通路である。いつ誰が通りかかるかわからなかった。もちろんいい訳はいろいろと考えて置いたが、もし女郎買いが発覚すれば一週間の停学だった。そして更に、そのあと二週間の罰当番だ。

「そんなにエネルギーがあり余っとるんなら」

というわけらしい。五月はじめの修学旅行のあと、わたしのクラスでも三名のものが二週間の罰当番をさせられていた。コウモリ傘をさした久家は、長い橋の真中あたりに立って、橋の下を見おろしていた。わたしたちは並んで歩きはじめた。わたしのズボンのポケットには五百円札が一枚入っていた。久家からきいた必要な金額は、三百円だった。しかし出来ることなら五百円持って行った方がよいのだ、と久家はいった。わたしは修学旅行の積み立て金の中から、その五百円を捻出《ねんしゅつ》していた。修学旅行へ行かなかったものは、夏休み前に積み立てた金を返してもらった。五百円は、確か高校の月謝と同額だった。

「バスよりも歩く方が安全やけんな」

と久家はいった。

「とにかく、酒だけはじぇったいに飲まんことやね。もし誰かに見つかっても、酒さえ飲んどらんやったら、証拠は無いわけやから」

それから久家は『仮面の告白』という小説を読んだか、とわたしにたずねた。わたしはその小説を読んでいなかった。

「あれは傑作ばい」

確かにそのころの久家は、盛んに小説を読んでいた。大学の方は、はじめから浪人する予定を立てていたのかも知れない。そういえば彼はわたしと同じ昭和七年生れだった。同級生たちよりも、一年年長である。わたしの場合は、北朝鮮からの引揚げのためだ。久家の場合は、病気らしい。小学校何年生かのときに、早くも一年留年したわけだった。しかし、それにしても彼は、いったいどこでヨウコさんの存在を知ったのだろう？　そこまではわたしにもわからなかった。わたしが久家からヨウコさんの話をきいたのは、修学旅行休みのときだった。わたしも久家も、修学旅行には行かなかった。なにしろ生意気のさかりだった。修学旅行などという幼稚な団体旅行に、どうして連いて行けようか！　わたしと久家は、田舎町の二軒の映画館を見物し終ると、あとは何となくぶらぶらと過ごした。酒場兼業のあいまい屋へ行って、こっそり酒を飲んだりもした。同じ町の中ではそこまでが限度だった。あいまい屋の二階へあがれば、たちまち発覚したに違いあるまい。

しかしわたしが、あいまい屋の二階へあがらなかったのは、そのためだけではなかった。町はずれの長い橋を渡って、向う側の村へ出かけたのは、発覚をおそれたからだけではない。わたしを決心させたのは、久家のことばだ。

「なかなかの、文学娼婦ばい」

また久家は、こうもいった。

「ああいう女を、じぇんじぇん文学と無縁の人間に紹介したくないからね」

久家とわたしは、長い橋を渡り終ると、バス通りを避け、左折して川土手伝いに歩いて行った。この川土手は黄櫨《はぜ》の木で有名らしい。町には黄櫨からロウを採るロウ屋が何軒もあった。

「あんた、この黄櫨にかぶれたことなかろう？」

「ないな」

「小学校のとき、これにかぶれんもんは、まずおらんね」

「将棋みたいなもんやな」

「とにかく痒い、痒い。顔から体から、真赤なぶつぶつだらけやもんな」

「おれも、いっちょ、かぶれてみるかな」

「もう、だめばい。大人はかぶれんらしい」

「どうして？」

「おれも、どうしてかと思いよるんやけど」

川土手の黄櫨の葉は、真夏を過ぎると真赤に染まった。それは確かに、独特の眺めだった。しかし、大人は何故かぶれないのだろう？　わたしは歩きながら、黄櫨の葉を一枚ちぎり取った。その汁を顔に塗っても、最早やわたしの顔は大佐の娘とすれ違うときのように真赤にはならないだろうか？

「おい、おい、やめとけ、やめとけ」

と久家はいった。もちろんわたしも、試してみようとは考えなかった。わたしがヨウコさんのところへ出かけて行くのは、大佐の娘のせいでもあったからだ。観自在菩薩！　観自在菩薩!!　大佐の娘が何だ!!!　しかし彼女の前におけるわたしの赤面症は、般若心経二百六十二文字では治らなかった。文学娼婦だったら治してくれるだろうか？

黄櫨並木のある川土手を、四、五百メートルも歩いただろうか？　やがてそこから右へ降りると、小さな部落だった。部落の農家は決り切ったように竹藪に囲まれていた。部落を抜けると田圃だった。しかし道は、畔道にしては広い農道で、小型トラックくらいは走れる程度の道幅である。雨は小降りのまま続いていた。下駄ばきの足が草で濡れた。久家は、例の上等の日和下駄ではなくて、ゴム長をはいている。わたしたちは農道をどのくらい歩いただろうか？　千メートル？　たぶんそのくらいのものだろう。やがて前方に大きな楠の木が見えた。そしてその下に麦藁ぶきの一軒家が見えた。

近づくと麦藁ぶきの家は意外に大きく、二階建てだった。しかし、格子戸をくぐって中へ入ると、そこはやはり農家ふうの広い土間になっている。久家はわたしをそこに待たせて、一人で上り框のところまで行き、奥の方へ声をかけた。女が出てきた。ヨウコさんだろうか？　しかしそうではなかったようだ。女将らしい。久家はその女と何やらことばを交わし終ると、わたしの立っているところへ戻って来た。そして真面目な顔で、いった。

「あんた、運がよかったばい」

「どうして？」

「ヨウコさんは、今日はあんたが口あけげなばい」

「口あけ？」

「あんたが初めての客ちゅうことたい」

「それで、金は？」

「そうやな、おれがおかみさんに渡してやろうか？　よし、その方がよかろう」

「五百円でええとかね？」

「よか、よか。おれがおかみさんにうまく話ばしとくけん、心配いらんよ」

「それで、あんたは？」

「おれか？　おれは今日はあんたの案内役やけん、心配せんでよか、ち」

わたしはズボンのポケットから五百円札を取り出し、皺を伸ばして久家に渡した。それから雑巾で足をふいて、二階へあがった。雑巾を持って来たのは、おかみさんでも、ヨウコさんでもなく、女中らしかった。わたしを二階の部屋へ案内し、番茶を運んで来たのも彼女だった。

わたしがヨウコさんと二人で二階の部屋にいたのは、どのくらいの時間だろうか？　たぶん二十分か三十分くらいだろう。そしてこの二十分か三十分間の出来事は、百万言にも価すると同時に、誰にも一言も語る必要を認めない、あくまでもわたし一個人の無言の体験として済ませることも出来るのである。つまりわたしはこの二十分ないしは三十分間の出来事に関して、完全に沈黙する権利を持っているわけだ。しかし同時に、沈黙の裏側から不思議な、理由のわからない自白の衝動がわたしをうながしていることも事実だった。そしてその両者の勢力には、にわかに優劣をつけ難かった。沈黙は必ずしも金ならず、雄弁は必ずしも銀ならず。強いていえば、自白は矛であり、沈黙は盾という関係であろう。矛盾、撞着《どうちゃく》である。

しかしだからといって、万事休すというわけではない。『ヰタ・セクスアリス』ではこうなっている。

《お上が立つ。僕は附いて廊下へ出る。女中がそこに待っていて、僕を別間へ連れて行く。見たこともない芸者がいる。座敷で呼ばせるのとは種《たね》が違うと見える。少し書きにくい。僕は、衣帯を解かずとは、貞女が看病をする時の事に限らないということを、この時教えられたのである。

今度は事実を曲げずに書かれる。その後も待合には行ったが、待合の待合たることを経験したのは、これを始の終であった。

数日の間、例の不安が意識の奥の方にあった。しかし、幸に何事もなかった》

この《僕》は、まさか森鷗外そのひとではあるまい。部分的にはそうであっても、全体ではないだろう。いずれにせよ、《僕》は大学を出て、ドイツへの留学試験に合格し、辞令が下りるのを待ちながら、法律本の翻訳などをして暮している青年である。その青年の生まれてはじめての性的体験の場面である。

それにしても、《少し書きにくい》とは、さすが！　という他はない。そのすぐあとの《僕は、――》以下の三行ばかりも見事なものだ。しかしわたしの場合は、やはり少し違う。当然といえば当然の話だろう。もちろんわたしは、『ヰタ・セクスアリス』の《僕》が、《衣帯を解か》ない《貞女の看病》を体験する少し前、吉原の待合で芸者を相手にやったように、ヨウコさんとふとんの上で腕相撲を取ってきたわけではない。また、寺島町七丁目六十何番地かのどぶ際の家へ出かけて行った『濹東綺譚』の《わたくし》のように、《お雪さん》を相手に長火鉢の傍でぽつんぽつんと世間話をしたり、二階の窓際に立って団扇《うちわ》で静かにあおいだりしたわけでもなかった。ヨウコさんの身の上話もきかなかったし、一緒に氷白玉も食べなかった。

久家がいった通り、ヨウコさんは確かに「文学娼婦」だった。彼女の口からは、ポー、リルケ、ランボーの名が出たのである。いや、出たというより、わたしが無理矢理、引きずり出したというべきだろう。久家のことばが頭全体にこびりついて、わたしはまるで文学演習か文学の他流試合にでも臨んだような、文学餓鬼になっていたに違いないのである。思いがけず、手間取って、時間に迫られたのもそのためだろう。

「余り緊張しないでちょうだい」

ヨウコさんは、《衣帯を解かず》というところまではゆかなかった。しかし結果としてはわたしも《貞女の看病》を受けたことになるのかも知れない。結局わたしは、余り緊張し過ぎてはいけない病人のように、仰向けの姿勢になっていたからである。わたしが二階から降りて来ると、ゴム長をはいた久家は、コウモリ傘を杖にして上り框に腰をおろしていた。

わたしたちは、来たときと同じ道を歩いて川土手へ出た。雨はあがっていた。

「まさか、下で待っとるとは思わんかったよ」

「今日は、おれは案内役やからな。で、どうやった?」

「ああ。あんたからきいた通りやった」

わたしは《貞女の看病》のことは内緒にした。久家は帰る途、ヨウコさんの身の上をわたしにきかせた。彼女は、満州からの引揚げ者で、年は二十七か八というところらしい。つまり敗戦のときは、二十歳前後だったわけだ。彼女もソ連兵に襲われたのだろうか? 襲われなかったとは、断言できない。

「ヤポンスキー・マダム、ダワイ!」

「チャッスイ、ダワイ!」

ヤポンスキー・マダムは日本人女性だ。チャッスイは時計だ。そして、ダワイ! は命令形で、出せ、よこせの意味である。これが、生まれてはじめてきいたロシア語だった。プーシキンのプの字、ゴーゴリのゴの字、ドストエフスキーのドの字もまだ知らなかったわたしがきいた、最初のロシア語であった。町角には、運動会の入場門を大型にしたようなアーチが作られていた。アーチにはレーニン、スターリン、金日成の巨大な肖像が掲げられ、それら三つの肖像は無数の赤の小旗で囲まれていた。アーチの下を、マンドリン銃をぶらさげたソ連兵を満載した軍用トラックが疾走した。そのトラックのガソリンの臭い! 竜興江では、坊主頭のソ連兵たちが金色の毛を光らせて、フリチンで水浴びをしていた。わたしがそのとき知っていたロシア人の名前は、ピョートルとニコライだけだった。もちろんピョートルといっても、あの大帝ではない。ニコライといっても、ゴーゴリではない。二人はわたしの家へ、メリケン粉と砂糖を買いに来ていた白系ロシア人だった。彼らはロシア語ではなく、片言の日本語で買い物をした。

ヨウコさんはあのときすでに、プーシキン、ゴーゴリ、ドストエフスキーを知っていただろうか？　わたしはそのことを彼女にたずねてみたいような気もした。そしてわたしは自分勝手に、彼女の返答を想像してみた。

「わたしは知っていました。しかし、あの丸坊主の彼らは、おそらく知らなかったのでしょう」

ヨウコさんの顔は、明らかに土着のものではなかった。久家のいた禅寺の境内の小さなトタンぶきの家にいた同級生の女とはどこも似てはいなかったが、分類すれば、やはり土着には属さない顔といえるだろう。麦藁ぶきの家のおかみさんとも、女中とも違った顔だ。顔だけでなく、全体が青白く、細かった。そして確かに、久家がいった通り「文学娼婦」だった。

しかしわたしは藁ぶきの家の二階で、ヨウコさんと文学をして来たわけではない。その証拠にわたしと久家は、電車に乗って病院へ出かけた。麦藁ぶきの家へ出かけてから、一週間くらいあとだろうか？『ヰタ・セクスアリス』の《僕》と同じ《例の不安》のためである。そして《幸に何事もなかった》ところも、《僕》の場合と同じだった。ただ違っていたのは、《例の不安》が《僕》の場合は《意識の奥の方》にあったのに対して、わたしの場合は、ちょっと痛むような気がした。

「行ってみようか？」

と久家がいった。

「ばってん、あんたは、関係なかろうもん？」

「それが、あるとたい」

と久家はにが笑いをした。あの翌日、彼はヨウコさんのところへ出かけて行ったらしい。二人は久留米方面行きの電車に乗った。町の中の病院では発覚するおそれがあったからだ。わたしたちは、次の駅で電車を降りた。もう少し遠くへ出かけるつもりであったが、電車の窓から久家が電柱に取りつけられた「花柳病」

の看板を見つけたからである。しかし病院はなかなか見つからなかった。わたしたちは、電柱に注意しながら汗をふきふき村の中を捜し廻った。かんかん照りの日中だった。すでに学校は夏休みに入っていたのだろう。久家が見つけた看板は、この村の病院のものではないのではないだろうか？　しかしどこかの農家でたずねてみるわけにもゆかない。また、幸か不幸か誰にも行き会わなかった。真夏の農家では、ちょうど昼寝の時間だったのかも知れない。「花柳病」の看板は、裏返しになって倒れていた。発見したのはわたしである。持ちあげてのぞくと、ブリキ板に書かれた文字はすでに剝げかけていた。しかし、門構えの家はやはり病院だった。わたしたちは植込みのある庭を通り、玄関の外から声をかけた。あらわれたのは、細い銀縁眼鏡をかけた小柄な老院長だ。そしてわたしたちは、診察室に二人並んで麦藁ぶきの家の二階における体験を自白した。いや、懺悔したというべきかも知れない。少なくともわたしの場合はそうだった。わたしは何ものかの前にまったく無力であるわたし自身を自覚した。そして、そのように殊勝であり得た自分に、ある満足をおぼえた。禅寺の三男坊である久家の場合は、どうだったのだろうか？

「二人とも、じぇんじぇん心配はいらん」

と老院長は、洗った手をタオルで拭きながら、いった。

「しかし、同じ女とはちょいと変っとるね。どっちが先やったかね？」

「はあ……」

「まあ、どっちみち、兄弟には違いなかたい」

「はあ……」

「しかし、素魔羅はいかんばい。素魔羅は」

わたしと久家は一週間の停学も二週間の罰当番も喰わず、無事に卒業することが出来た。しかし、赤面症に対するヨウコさんの効能の方は不明だった。般若心経か、文学娼婦か？　結局わたしにはわからないままだった。あの麦藁ぶきの家へ出かけてからあと、わたしは一度も大佐の娘とすれ違わなかったからだ。学校の中でも、町の中でも、わたしは彼女の顔を見ないように努めた。向うから歩いて来る場合には、脇道へそれた。脇道が無い場合は、恥をしのんで廻れ右をした。

わたしが一人だけでヨウコさんのところへ出かけて行ったのは、その翌年の夏だった。わたしは蕨から筑前の田舎町へ二週間ほどのつもりで帰って来た。大学生でも勤め人でもないわたしであるから、夏休みというのも当らないが、結局わたしは、二週間のつもりを十日足らずで切り上げて蕨へ戻った。たぶん、ヨウコさんに会えなかったためだろう。久家は町に帰って来なかったようだ。ヨウコさんは久留米に行った、ということだった。麦藁ぶきの家へわたしが行ったのは、はじめてのときとちょうど同じくらいの時刻である。もちろん見計らって行ったわけだ。上り框にあらわれたのは、おかみさんでもなく、雑巾と番茶を運んで来た女中でもなかった。おそらくヨウコさんと同僚だった女だろう。

「久留米？」

「そう。久留米の材木屋さんとこへ、行かっしゃったとですよ」

「材木屋に……」

「そうやねえ、今日でまる三月くらいでっしょかね」

町はずれの長い橋を渡って、わたしが麦藁ぶきの家へ出かけて行ったのは、それが二度目で最後だった。もちろんわたしは、ヨウコさんの消息をきいただけで、その家を出て来た。上り框にあらわれた女が、わたしを引き留めなかったのを不思議だとも感じなかった。わたしがはじめて川向うの亀戸三丁目へ出かけて行ったのは、それからどのくらいあとだろうか？　わかっているのは、亀戸駅前から輪タクに乗ったことだ。そしてわたしは、あたかも「久留米の材木屋」を捜しに出かけでもするかのように、亀戸三丁目へ出かけて行ったのである。

輪タクは百円だった。そして、あとにも先にも輪タクに乗ったのは、その一度きりだ。あとは亀戸駅前から一人で歩いた。輪タクはいつごろ廃止になったのだろう？　亀戸三丁目の娼婦街とともになくなったのかも知れない。わたしは亀戸駅からのながい道を、古賀弟と一緒に歩いたことはなかった。久家とも一緒に歩いたことはなかった。わたしが彼のところへ出かけて、泊ったこともあった。久家は蕨の三畳間に何度か遊びに来て、ふとん代りに蚊帳《かや》をかぶって泊ったこともあった。わたしが彼のところへ出かけて、泊ったこともあった。久家の兄がやっていたそば屋は、池上線戸越銀座で下車して、駅前の商店街を第二京浜国道の方へ入ったあたりだった。兄夫婦はそば屋の裏の家に住み、店の二階は久家と使用人の夫婦が使っていた。久家の部屋は四畳半で、わたしの三畳間とは格段の差である。しかも勉強机の上には、緑色のマジック・アイという新しい仕掛つきのラジオが置かれていた。下宿に自分だけのラジオを持っているなど、いわば特権階級のようなものだった。問題はただ第二京浜国道を疾走する長距離トラックの騒音だけのようであったが、久家には久家で別の悩みがあったらしい。

「トラックよりも、隣ばい」

使用人夫婦の声を消すために、ラジオは決してぜいたく品ではなく、必需品だというわけである。

「あんたの部屋の方が、よっぽどよかばい」

「毎晩かね？」

「だいたい、そうやな」

わたしは久家の兄の店で天丼をごちそうになり、その晩は久家の部屋に泊った。久家はラジオをつけっ放しにしていた。本音をいえば、ラジオをちょっと消してみたかった。しかし、ついに本音は吐けなかった。そして不思議なことは、ヨウコさんの話が出なかったことだ。その晩だけではなかった。蕨の三畳間でも、やはり出なかった。わたしは「久留米の材木屋」の話を、久家にしなかった。彼は知らないのだろうか？まさか、そんなことはあるまい。あるいは彼も、やはりヨウコさんを捜し求めて、どこかへ出かけて行くのだろうか？　わたしは、亀戸三丁目のことを彼に話さなかった。何故だろう？　わたしにもよくわからなかった。久家がヨウコさんを捜しに出かけるのは、どこの街だろうか？　それとも、一橋大学の受験に文学娼婦は、最早や無用のものとなったのだろうか？

　わたしは四つ角で立ち止った。信号を渡って、左へ折れれば亀戸天神の鳥居がある。そこを右へ折れ込むと三丁目だった。わたしは信号を待っていた。そのとき、ぷうーんと炒り豆のにおいがしてきた。二十年前と同じにおいだ。振り返ると、やはり二十年前と同じ店構えの豆屋だった。わたしは五、六歩あと戻りをして、角の豆屋の店先に立った。間口は三間くらいだろうか？　ガラス蓋をした木箱にいろいろな炒り豆が並べられている。一合枡で計って売るのである。わたしは亀戸三丁目へ出かけるとき、何度かこの店で皮つきの南京豆を一合買った。馬鹿の一つおぼえで、南京豆こそは最も金のかからない栄養補給源だと信じ込んでいた。確かに生卵より、腹の足しにもなった。しかしわたしは、南京豆をぽりぽりやりながら三丁目界隈を物色するほど、その街に慣れてはいなかった。ぽりぽりやれるのは、せいぜい天神様の鳥居あたりまでだろう。残りはポケットに仕舞い込んでいたはずである。

　ある晩わたしは、その南京豆を女と二人で食べた。懐の加減でそれだけの時間をとることが出来たのだろう。女の部屋はヨウコさんがいた麦藁ぶきの家の二階とは、ぜんぜん違っていた。六畳間ではなく四畳半であり、テーブルはなくて、折りたたみ式になった脚のついた、小さな朱塗りの卓袱台《ちゃぶだい》だった。食事用には小さ過ぎる。もちろん食事用ではなくて、そこに載っていたのは番茶の湯飲みだけだ。その隣に、こんどは紅色の小さな鏡台が置かれており、壁には白樺細工の状差しがあった。ただし郵便物は入っていない。そして畳の上には、『平凡』とか『明星』といった雑誌が二、三冊転がっている。亀戸三丁目では、どの女の部屋もだいたいそんなところだった。雑誌が、どういうわけか月遅れであることも、女たちの部屋では似通っていたのである。

女は紅色の鏡台の抽き出しから写真を出して来て、わたしに見せた。生まれてはじめて見る写真だった。十枚くらいあっただろうか？　わたしは起きあがって、窓のところに吊されていた上着のポケットから南京豆の紙袋を取り出し、枕元に置いた。そしてまたふとんにもぐり込み、亀のように首を出して一枚一枚、写真を眺めた。女は枕元にぺたんと横坐りに坐って、くすくす笑いながら、南京豆を摘《つま》んだ。写真はいずれも手札型だった。この女はどの客にでも同じ写真を見せるのだろうか？　そして写真の真似をするのだろうか？　しかし、必ずしもそうではなかったようだ。

「欲しい？」

と女は、南京豆を摘んだ指で皮を落しながら、いった。

「欲しけりゃあ、一枚だけあげようか？」

「しかし、あんたのじゃないからな」

「若いのに、ずいぶんお世辞がうまいわね」

「お世辞じゃないよ。こんなことははじめてだからね」

「じゃあ、また来てよ」

「ああ」

「また、新しい写真入ったら見せてあげるから」

「べつに写真を見に来るわけじゃないよ」

「バカねえ。そんなこと当り前じゃない」

しかしわたしは、ふたたび彼女のところへは出かけなかった。翌日になって、とつぜん我慢の出来ない痒みをおぼえた。便所へ入ってみてもわからない。銭湯へ行って石鹼でこすってみても痒みは止らなかった。わたしはあの、老院長の忠告だけは厳守していた。素魔羅はいかんばい、素魔羅は。したがってそれ以外の原因となると、わたしには見当がつかなかった。三日目にわたしは、ついにたまりかねて病院へ出かけた。電車で赤羽まで行って職業別の電話帳をめくり、性病科を捜した。病院は赤羽で間に合った。三畳間へ帰り着き、石田家の長男に広辞林を借りて引いてみると、次のように書いてあった。〔動〕蝨《しらみ》の一種、黄灰色又は灰白色、細小にして方形、陰部に寄生し、時として腋窩《えきか》・鬢・眉に及ぶ。わたしはもらって来た真黒い軟膏を、いわれた通り三日間塗り続けた。その間、どういうわけか、女から見せられた写真のことも、女のことも、まったく思い出さなかった。わたしが、一緒に南京豆を食べた女を思い出したのは、四日目、待ちに待った銭湯が開くや否や、まだ誰もいないタイル張りの洗い場の蛇口の前で、三日間塗り続けた真黒いものを、一気に洗い落とした直後である。

「あの、もとの亀戸三丁目は、この先でしたね」

とわたしは、炒ったそら豆の紙袋を受け取りながら、いった。油で揚げて塩をまぶしたのではなく、ただ炒っただけのそら豆の方である。南京豆にしなかったのは、べつだんあのときの体験のせいとは限らない。最近のわたしは、ほとんど南京豆は食べなくなっていた。ビールなどのつまみ程度だ。それも特べつに愛好しているわけではなかった。まことに現金な話であるが、南京豆を最も金のかからない栄養の補給源として考える必要がなくなっていたのである。現在のわたしの胃袋に、南京豆は最早や少々しつこ過ぎた。

「もとの三丁目は、いまも三丁目ですよ」

と豆屋の主人らしい男は答えた。彼は二十年前もこの店で炒り豆を売っていたのだろうか？　五十がらみの年輩である。しかし、もちろん彼の顔に見おぼえはなかった。

「ああ、そうですか」

「昔の花柳界のことでしょう？」

「ええ、そうです」

「それなら、こう渡って」

「天神様の鳥居の先を」

「そう、そう、右へ入ったあたりが三丁目だね」

わたしは亀戸三丁目界隈を、どのくらい歩いてみただろうか？　時間にすれば三十分くらいのものであろう。わたしは帰り途にもう一度、角の豆屋の主人に声をかけた。

「さっき、三丁目の道をきいたものですよ」

「あ、あそこはもう何にもなくなったね」

「ほんとにさびれちゃってるけど、どうしてですかね？」

「そうだねえ、トルコは錦糸町、小岩だね。吉原もそうらしいが、三丁目は地盤沈下でね、ダメなんだね」

「なるほど、地盤沈下ですか」

「そう、地盤沈下だね」

およそ三十分間歩きまわってみて、昔のそれとわかった家は僅かに四、五軒だった。その四、五軒にしても壁の剝げかけた薄桃色のタイルの目か、あるいは玄関脇の円柱だけが辛うじて名残りをとどめていたに過ぎない。連れ込み旅館やあいまい酒場などへのいわゆる転業ぶりも、まったく見られなかった。わたしは一軒をのぞいて見た。見おぼえのあるタイル壁が、壁の上部に残されていたからであるが、薄暗い室内には何かの機械が据えられていて、夫婦らしい中年の男女が作業服を着てゆっくりと手足を動かしていた。

女たちのいた家の特徴は、何といっても入口にあった。もちろんわたしが知っているのは、『濹東綺譚』のお雪さんが内側から顔だけを見せていたような、いわゆるのぞき窓式の構造ではない。タイルか、あるいは贋タイルの壁に縦長のガラス窓が幾つかついており、その窓の数が店の規模をあらわしていた。入口にはタイルの目を形どった円または角の柱があり、そこに女がもたれかかって、通りがかりの男たちに煙草の火を貸してくれなどと声をかけている姿も、形通りではあるが、しばしば見受けられたものだ。左様、女たちのいた家は、大は大なりに、小は小なりに、いずれも形通りだったのである。

その形は最早や亀戸三丁目のどこにも見られなかった。もちろん見当らなかった。南京豆を摘みながら、写真を眺めているわたしの枕元でくすくす笑いをしていた女のいた家も、わたしがのぞき見をしたような小さな薄暗い町工場となり、ある家は、あたかも過ぎ去った何ごとかを目隠しするように小さなブロック塀をこしらえた、アパートであった。足まかせに歩いていたわたしは、川端に出た。しかし川の名前をわたしは知らなかった。川に沿って歩くと、栗原橋の袂に来た。この橋の名も、わたしは知らなかった。書かれているのを見てわかったのである。川沿いにある竜眼寺、長寿寺。いずれもわたしは知らなかった。寺名だけは、何かで見るか聞くかしたようでもあったが、この川端で通りかかるとは思わなかった。なにしろこの界隈を昼間歩きまわったのは、はじめてだったからだ。二十年前のわたしは、コップ何杯かの安酒に酔って暗くなってから亀戸三丁目にあらわれ、京浜東北線の最終電車に間に合うべく、急ぎ足でこの地をあとにしていたのである。

川の水面に浮んでいる丸太を見ながら歩いて来ると、天神橋の袂に来た。目をあげると前方に、十何階建てかの高層アパートが見えた。たぶん、亀戸二丁目の公団住宅だろう。あの高層住宅の九階に住んでいる知人は、誰だっただろうか？　富岡？　辻井？　それとも久家だっただろうか？　あるいは、七階が富岡で、九階が久家だったかも知れない。しかしわたしは、その橋の袂に立ち止ったまま、何が何でも前方に見える高層アパートに住んでいる知人を確かめようとしたわけではなかった。わたしの巡礼は、天神橋の袂が結願の地ではないのである。ふたたび蕨まで引き返し、四時に中村質店へ到着しなければならない。彼は昔の彼ならず。わたしは独言をいいながら、前方の高層アパートに向って左へ折れると、豆屋のある交叉点の方向へ歩きはじめた。一合の炒ったそら豆は、結局、外套のポケットの中で手つかずのままだった。

11

　中村質店のおばさんとの二十年ぶりの対面は、ほぼわたしの想像通りだった。顔も体つきもほぼ想像通りであった。丸顔で、小太りである。石田家のおばさんとは対照的に、皺の出来にくい顔なのだろう。しかし何にもまして想像通りであったのは、彼女の声だった。

「あら、おにいさん！」

　そして、この彼女の一言は、あっという間に二十年の時間というものをわたしに無視させてしまったのである。

「今日は上野へお出かけだったそうですね」

「さようなんですよ、おにいさん。末の娘がね、一週間ほど前にお産をしましてねえ。それでね、ちょっと」

「わたしも実は、上野まで行って来たところですよ」

「何だか、そうなんですってねえ。上野の銀行へ行かれたとか、嫁からききましたわ」

「はあ、昔の友だちがいるもんですから」

「おにいさん、そのお友だちというのは、以前の？　ほら、何とかいった人」

「久家ですか？」

「さあて、ねえ。ほら何でもかんでも、おす！　って頭をさげたおにいさんですよ」

「ああ、古賀さんですか！」

「古賀さんていいましたかね。しかし、立派になったもんだわね。以前には、よくねえ、おにいさんと一緒にうちへねえ、来てたもんだったけどねえ」

「はあ。いや……」

「よくおぼえてますよ、いまでも。なんせ、うちへ蚊帳《かや》をかついで来たのは、おにいさんたちくらいだものねえ」

「どうも先ほどは、失礼致しました」

と、中村質店の長男の嫁がお茶を持って来た。

「お母さん、こんなところじゃなく、奥へあがっていただいたら、どうか知ら？」

「いや、いや、もうここで本当に結構なんです」

と、わたしは上り框に腰をおろしたまま答えた。

「あ、おにいさん、先ほどはごていねいにお土産いただいたそうで、済みませんねえ」

「五時過ぎには、主人も戻って来ると思いますから、ゆっくりして行って下さいませんか」

「はあ、いや……」

「昔の思い出話も、いろいろとねえ。あたしもうかがわせていただきたいし」

「あら、おにいさん、うちの伜を知ってましたか？」

「北海道のお話は、おばさんからよくおききしましたよ」

「そうでしたかねえ。そうそう、もう二十年前になるわけだわ、伜が北海道の帝大に行ってる時分といえばねえ。ホッ、ホッ、ホッ、あたしももう孫が五人ですよ、おにいさん」

「さっき、石田さんところへもお邪魔して来たんですが、あそこのおばさんは、ええと、お孫さんが七人だといってましたよ」

「そうですか。あそこの総領は、確か三人だわね、子供は」

「ところでおばさん、さっきの蚊帳の話ですが、どういうふうにおぼえてらっしゃいます？」

「そうだわねえ、色は濃い緑じゃなかったか知ら？」

「ええ、そうです、そうです！」

「それでいて、ねえ、何でもえらく重たい蚊帳だったわ」

確かに重い蚊帳だった。わたしはおどろいた。いかに商売柄とはいえ、おどろくに値いする記憶力ではないか。それとも、これは蕨の土地柄のせいだろうか？　なにしろ蚊の多い町だったからだ。古賀弟の説によるとそれは、どぶ川と標高のせいだった。

「とにかく、標高二メートルちゅう所やけんね」

あるいはそうかも知れなかった。どぶ川も確かにあった。川というより、石鹸を解かしたような色の水溜り、といった方がよいかも知れない。蚊帳を送ってもらったのは、何月ごろだろう？　五月だろうか、六月だろうか？　とにかくわたしが、夏に二週間ほどの予定で九州へ帰る前だったのは確かだ。母が送ってくれた蚊帳は新品ではなかった。重かったのは材質のせいだろう。ざらざらした手触りで、顔を当てるとツンと植物性のにおいがした。大きさは四畳半用らしかった。したがって三畳間では、ちょうど吊り手一つ分が余分になって下に垂れた。吊ると、三畳間全体がテントの内部といった感じだ。小さな坐り机も、アルマイトのお碗を電球にかぶせたような旧式電気スタンドを載せたまま、すっぽりと中に入ってしまった。

その蚊帳をわたしが中村質店へかつぎ込んだのはいつごろだろうか？　おばさんの記憶によれば、そのときわたしは古賀弟と一緒だったらしいが、たぶん八月か九月だろう。わたしには、蚊いぶしをした記憶が残っているからである。つまり蚊帳は、まだ必要な時期に中村質店へ運び込まれたわけだ。蕨では、梅雨前から蚊帳を吊った。そして、夏休みが終っても、まだ吊っていた。ただし、わたしの場合は別である。

わたしに蚊いぶしをすすめたのは、古賀弟だった。彼は古賀兄の台所用の七輪をわたしの部屋の前へ運んで来た。七輪にはすでに丸めた新聞紙が詰め込まれ、どこで集めて来たのか青々とした松葉が枝ごと載っている。破れ団扇《うちわ》も揃っていた。

「おす！　先輩、これで三十分もやればイチコロばい」

しかし、この蚊いぶしは不成功に終った。上り口の土間に七輪を置き、格子のはまった北向きの窓を締め切って団扇で十二、三分も煽《あお》いだだろうか？　はじめは発案者である古賀弟が煽ぎ、次にわたしが代ったのであるが、我慢できるのは三分間が限度だった。つまり、息を止めていられる時間を一回一分として、その三回分である。ゴホン！　ゴホン！　と咳き込みながら古賀弟がとび出して来る。わたしが代る。わたしも同じくゴホン！　ゴホン！　でとび出す。それを二人で二度ずつ繰り返したわけだ。それから七輪を土間に置いたまま、外側から雨戸のような戸を締め切り、わたしたちは井戸端へ行って顔を洗った。そのあと三十分くらい表で待っただろうか？　古賀弟は、その間に空手練習をやった。わたしは、すでに薄暗くなった庭先に立ってそれを見物しながら、下駄ばきの足の甲を何度も蚊に喰われた。それは止むを得ないことだ。したがって問題はそのあとだった。結局わたしは、その晩のほとんどを破れ団扇で蚊を追いながら、石田家の庭先で過ごすことになったからである。松葉いぶしでいぶし出されたのは、わたし自身だった。とても三畳間にはいられなかった。

「どういうわけですかねえ、あの日のことは、とってもよくおぼえているわ」

「そうですか」

「あの、おす！　のおにいさんと一緒に蚊帳をかついでみえたのが、夕食のあとくらいじゃなかったか知ら？」

「そうでしたかね」

「そいでね、二、三時間後には、うちの前をいいご機嫌で帰って来るお二人さんの、大きな下駄の音が響き渡ったんですよ」

「わたしと古賀さんの？」

「そうですよ。何か歌を歌っていたのは、あのおにいさんの方でしたかね？　まったくあのときは、笑っちゃったわねえ。うちから真直ぐお二人で駅前にでも出かけたんでしょう、ってね」

「そうですか。そんなことも、あったかも知れませんな」

たぶんわたしたちは、おばさんの記憶通り中村質店から蕨駅前の飲み屋小路に直行して、暑気払いの焼酎でも飲んだのだろう。中村質店におけるあの重たい蚊帳の値段は幾らだったのだろう？　カーキ色の旧陸軍歩兵の外套よりも高かったのだろうか？　いや、そんなことはあるまい。

「どうだったんでしょうかね、おばさん？」

「え？」

「あの外套と蚊帳と、どっちが高かったんでしょうかね？」

「外套ですって？」

「おばさんが、八百円の値段をつけてくれたわたしの外套ですよ」

「八百円の外套ですか、おにいさんの？」

と中村質店の女主人は、上り框に脱いであるわたしの外套に目をやった。

「八百円の外套ねえ」

「いや、わたしの外套といっても、この外套じゃありませんよ」

「なかなかいい外套じゃあありませんか、おにいさん」

「そうですか。そりゃあ、どうも」

「イギリス物のウールだわね」

と彼女は、わたしの外套に指先で触れながらいった。

「ええ、まあ」

「本当に、なかなかいい物だわよ、おにいさん」

と彼女は、今度はわたしの外套に手を伸ばして、膝に載せた。

「いや、おばさんにそういってもらえるとは、有難いですな」

「色柄もねえ、上品だし、おにいさんの年ごろにはぴったりだわよ」

「そうですかね。じゃあおばさん、例えばこの外套だと、いま幾らくらい貸してもらえるんです？」

「いまですって？」

「いや、もちろん、例えばの話です」

「そうだわねえ、いまねえ」

彼女は、外套の袖を膝の上で左右に開いた。そして、裾の方を畳の上へぱらりと広げた。すると不思議なことに、わたしの外套はたちまち、いかにも質草らしく見えはじめたのである。

「確かにおにいさん、布地もいいし、色柄も悪くないわよ。ただねえ、形がねえ、ちょっとこれじゃあ古いわね」

「はあ」

「この襟ですよ。襟の恰好がねえ、いまの好みじゃないですからね」

そういって彼女は、外套の襟の折り返しを指先でなぞって見せた。

「なるほどねえ、襟の形か」

「そいでおにいさん、おにいさんとしてはどのくらいお入り用なんです？」

「そうですねえ、例えばですねえ、そうだなあ、一応五千円ということにして置きましょうか」

「五千円⁉」

「いや、もちろん例えばの話ですよ」

「失礼ですけどおにいさん、五千円は無理じゃないか知ら」

「そうかなあ」

「だって、おにいさん、ほら」

　中村質店の女主人は、そういってわたしの外套の襟首のあたりを両手で掴み、くるりと裏返しにしてしまった。外套の襟首の裏側には、薄黒く脂がしみ込んでいた。わたしの脂だ。

「それから、この肘もね、だいぶ抜けちゃってるわね」

「ふうん」

「それから、このお尻のところ」

　と彼女は、まるで鯵《あじ》の干物でもひっくり返すように、わたしの外套の背中を見せた。

「もうだいぶ毛がすれちゃってますよ。着てる分にはね、そうはっきりとはわかんないものだけどね」

「しかし、おばさん、あれから二十年経っているんですよ」

「二十年？」

「いや、この外套はそんなに着ていませんよ、もちろん。この外套のことじゃあなくて、これはまだ、そうですね、確か下の娘が生まれてからあとに買ったんだから、娘は五歳か。幼稚園の年長組ですからね。したがってこの外套の場合は、まだ四年くらいにしかならないものですよ、おばさん」

「四年着れば立派だわよ、おにいさん」

「ま、そりゃあ、そうでしょうが」

「確かにこれはイギリス物ですよ。だから四年もったわけなのよね。しかしねえ、おにいさん、ほら」

と中村質店の女主人は、まるでペトローヴィチのように、いった。ペトローヴィチ？　左様、アカーキー・アカーキエヴィチがぼろぼろになった外套の修繕を頼みに行った、片目で痘痕面《あばた》で酔っ払いの仕立屋である。《――ペトローヴィチの住まいへ通じている階段をよじのぼってゆきながら――いや、真実をつたえる必要があるが、――その階段というのは、ふつうの水や洗い流しの汚水でびしょびしょになっているし、みなさんもご承知のように、ペテルブルグの家々のあらゆる裏階段といえば、目を突き刺すようなアルコールの臭いがすっかりしみこんでいるが、――その階段をよじのぼってゆきながら、アカーキー・アカーキエヴィチは、もうペトローヴィチが、つくろい賃をどのくらいふっかけてくるであろうかと、それを考え、そして、二ルーブル以上はださないぞと、肚の中で決めたのであった。――》

しかし、ペトローヴィチは、藁をも摑みたいようなアカーキー・アカーキエヴィチの頼みをすげなく断ってしまうのである。その場面は、こうだった。

《「なにかご用ですかい？」とペトローヴィチは言い、そう言うと同時に、たったひとつしかないその目で、彼の制服をすっかり、襟からはじめて袖口、背中、裾、ボタン穴にいたるまでじろじろながめまわした。それらは彼にとってたいへんなじみのふかいものだった、というのは、それはみんな彼が親しく手がけたものだったからで、そうしてじろじろながめまわすのは、仕立屋仲間の習慣で、彼も人に会うとまず第一にそれをやるのである。

「いや、じつはそのう、ペトローヴィチ……外套なんだがね、羅紗が……ほれ、わかるだろう、ほかのところはどこもまったくじょうぶなんだがねえ……ちょっと挨がかかっているので古物のように見えるが、新しいんだよ。ただひととところ少々そのう……背中のところと、それから肩のところが、ちょっとそのう、すり切れているだけなんだ。いや、こっちの肩のところも、ちょっとばかり……わかるね、ただそれだけなんだがね。なあに、たいして手間はとらせやしないよ……」

ペトローヴィチはカポートを取りあげ、まずそれをテーブルの上にひろげて、しばらくじっとながめていたが、首をふって、窓のほうへ片手を差しのばし、まるい形をした煙草のケースを取ろうとした。その煙草ケースにはある将軍の肖像がついていたが――それがだれを描いたものであるかは、とんと見当がつかなかった、というのは、顔に当るところは指で穴があけられていて、そのあとに四角な小さな紙切れがはられていたからだ。ペトローヴィチは嗅ぎ煙草を一服やると、カポートを両手でひろげ、それを明るいほうへむけて調べたあと、また首をふった。それからこんどはそれを裏返してみて、もう一度首をふった。ふたたび紙がはられた将軍のついた蓋をあけて煙草をひとつまみ鼻のところへ持ってゆき、それから蓋をしめて、煙草のケースをしまい、やがてこう言ったものである。

「いや、こいつはもうつくろいはききませんや。どうもひどい御召物《おめしもの》ですなあ！」

アカーキー・アカーキエヴィチは、この言葉をきいて心臓がどきりとした。

「どうしてだめなんだね、ペトローヴィチ？」と、まるで子供がものをねだるときのような声で、彼は言った。

「だって肩のところがちょっとすり切れているだけじゃないか。きみのところにはなにか端っ切れみたいなものがあるだろう……」

「端っ切れは見つかりましょうさ、いや見つかりますがね」と、ペトローヴィチは、言った。「しかし、これじゃあ、とてもぬいつけられませんね。なにしろすっかりひどくなっているからね。針がさわってごらんなさい――すぐ切れっちまいまさあ」

「切れたら切れたで、すぐまたおまえさんが、つぎを当ててくれればいいさ」

「つぎの当てようがありませんやね。また当てようにも当てる場所がない。なにしろ地がひどくまいっちまってるから。羅紗といったって、こりゃあ名ばかりでさ。ちょっと風でも吹きゃあ、ばらばらに吹っとんでしまう」

「そう言わずに、まあやってみてくれんかね。なんだって、こんなに、まったく、そのう！　……」

「だめですね」と、ペトローヴィチは、きっぱり言った。「どうにも手がつけられないでさ。すっかり、いたんでますからね。そろそろ冬の寒い時がやってくるが、いかがなものでしょう、こいつでひとつ、脚巻き《ゲートル》でもおつくりになっちゃあ、靴下だけじゃあ暖まりませんからね。この脚巻きってやつあ、ドイツ人めが、すこしでもよけいに金を儲けようと思って考えだしたもんですがね（ペトローヴィチは、機会あるごとに、好んでドイツ人の悪口を言うのであった）、ところで、外套のほうですがね、ひとつ新調なさったらどうですね」

「新調」という言葉を聞くと、アカーキー・アカーキエヴィチは、もう目がくらくらっとして、部屋のなかにあるものがなにもかもすっかり、こんがらかってしまった。彼の目にはっきり見えていたものはただひとつ、ペトローヴィチの煙草のケースの蓋の上に描かれた紙をはった将軍の顔だけだった。――》

もちろん、中村質店の女主人はペトローヴィチではない。痘痕面ではなく、つやつやした、ほとんど皺のない丸顔だった。片眼どころか、大きいという程ではないが両眼ともぱっちりとした丸い眼である。にもかかわらず彼女が、とつぜんペトローヴィチに見えたのは何故だろう？　わたしの外套を扱う、彼女の手さばきのせいだろうか？　実際彼女の手さばきは、自由自在だった。そして、その両眼は、たとえ小さな縫い目のほころびといえども、絶対に見落すことはないのである。

「ほら、おにいさん、見てごらんなさい」

と彼女は、わたしの外套の一番上のボタンの穴に、右手の人差し指をくぐらせながらいった。

「このボタンと、もう一つ下のボタンね。この二つが一番かけはずしが激しいんですよ。マフラーをつけたり、はずしたり。それから着たままで内ポケットからお財布だの何だのを引っ張り出したりしますでしょうが。おにいさんの場合もそうですよ」

「なるほどねえ」

「ですから、ほら、この二つの穴のかがりはすっかりほころびちゃってますでしょう。穴だけじゃありませんよ、やはり無理がいってますからね。そうなると、穴のまわりの地もいたんじゃってるわけですわね」

「なるほど、なるほど、おばさんのおっしゃることはまことに、いちいちもっともです。なかなかそこまでは気がつきませんよ。しかしですね……二十年前の八百円は現在の、少なくとも八千円には相当するんじゃありませんか。いや、わたしはそちらの方にはまったくうとい人間なんですけどね、しかし、常識として、比率はそんなもんじゃないでしょうかね、おばさん」

「二十年前の八百円が、いま八千円ですって？」

「ええ、もちろん大ざっぱな比較ですがね」

「そんなもんじゃありませんよ、おにいさん」

「え？」

「しかしねえ、それは物によりけりってことだわね。外套とかオーバー類はまた別の話ですよ」

「でも、わたしがいまお話したのは、外套の例ですよ。しかもわたしの外套の場合です」

「なにしろ、この手の外套やオーバーをぜんぜん着なくなっちゃったでしょう。何も、ただ流行遅れっていうだけじゃありませんよ。若い人たちはもう車、車だし、ビルは暖房だし。それに、確かに近年は冬が暖かくなったわよね。あたしなんかも長生きしてみて、本当にそう思いますよ。でも、どうしてなんでしょうねえ、おにいさん？」

「いや、いや、おばさんなんて、まだお若いですよ」

「でも、二十年なんて、考えてみりゃあ、あっという間の出来事みたいな気もするわねえ」

「しかし、おばさんは、二十年前のぼくの外套のことは忘れてしまっているようですよ」

「おにいさんの？」

「そうですよ。とにかくおばさんが、八百円の値段をつけてくれた外套なんですからね」

「二十年前に、八百円ねえ？」

「そうです。間違いなく八百円でした。ちょうど石田さんところの部屋代と同じだったですからね、絶対に間違いはないはずです」

「二十年前にうちで八百円でお預りしたというと、おにいさん、そりゃあずいぶんいい外套ですね」

「いや、そんなことはありませんよ」

「そうですかあ……」

　と中村質店の女主人は、膝の上にひろげていたわたしの外套をたたみはじめた。それはどことなく、ながびいた話合いにもかかわらず、質屋の女主人と客との間で結局値段の折合いがつかなかったときの場面に似ていた。客はこの外套で何とか五千円を貸してもらいたかった。一方、女主人は無理だという。その間およそ三十分も両者の攻防は続いただろうか？　そしてついに物別れである。女主人は膝の上で外套をたたみはじめた。おにいさん、考え直すんならいまですよ。よござんすか？　たぶん他家へ廻ってみても、四千円以上は無理だと思いますがねえ。どうです、おにいさん、やっぱり二、三軒持って廻ってみますか？　それとも、うちでお預り致しましょうか？　この寒いのに、表を歩き廻るのは、骨折り損だと思いますがねえ。

　しかし、そのとき、とつぜん思いがけない事が起った。中村質店の女主人が、わたしの外套の裾を手前の膝の上へ折りたたんだときだ。外套のポケットから、炒ったそら豆が二、三粒、畳の上へ転がり落ちて来たのである。

「あら！」

と、おばさんは声をあげた。そして、畳の上に転がり落ちたそら豆の一粒を拾いあげた。しかし、とつぜん転がり出て来たのは二、三粒の炒ったそら豆だけではなかったようだ。

「おにいさん、思い出しましたよ！」

「え？」

「ほら、八百円！　八百円の外套ですよ」

「八百円ですって？」

「そうですよ」

「しかし、まさか、二十年前の外套と同じ八百円ってことはないでしょう、おばさん。しかも、あのときの八百円の奴は陸軍歩兵の外套ですよ、おばさん」

「そう、そう！　確かおにいさんのは、カーキ色のね、昔の兵隊さんの外套だったわ」

「ええ、そうです、そうです」

「しかし、本当に不思議だわねえ。おにいさん、この豆のお蔭ですよ。この豆がころころっと転がり落ちたでしょう。そうしたら、おにいさん、本当に不思議な話みたいだけど、そのおにいさんの、二十年前の兵隊さんの外套のポケットからねえ、いつかピーナツがころころっと転がり出して来たことがあったの。それをね、とつぜん思い出したんですよ」

「ピーナツ？」

「そう、南京豆ですよ」

「皮つきの？」

「そうねえ、そう、そう、皮つきの南京豆だったわよ、きっと。ポケットの底の方にカスがたまっていたわね」

しかし、中村質店のおばさんの記憶もそこまでであった。カーキ色の旧陸軍歩兵の外套のポケットから、一粒の皮つき南京豆が転がり出てきたのは、果して二十年前のいつだったのだろう？　わたしはたずねてみたが、わからなかったのである。わかっているのは、その豆の出所だけだ。二十年前にカーキ色の旧陸軍歩兵の外套のポケットから転がり出した皮つき南京豆も、二十年後に英国製外套のポケットから転がり落ちた炒ったそら豆も、あの信号の手前の豆屋で買ったものであることは、いうまでもあるまい。しかし、南京豆が果して、あの晩の南京豆の残りの一粒であったか、どうか？　それはわからなかった。また、それに、中村質店のおばさんがわたしの兵隊外套を扱ったのは、それが最後であったのかどうかも、わからないわけだった。

わたしは、中村質店の蔵にかけられた大きな南京錠を見ていた。質店の外側から見ると、この蔵は格子戸のある質店の建物とは別棟に見える。しかし、蔵には店の内部からも出入り出来るようになっているのである。わたしは上り框から右手に見える、大きな南京錠の下りた部厚い鉄扉の向う側の、薄暗い蔵の内部を想像してみた。わたしのカーキ色の外套は、何度あの蔵の中へ持ち込まれたのだろう？　そして最後に持ち込まれたのは、いつだろうか？　しかし、あの蔵の中に、最早やわたしのカーキ色の外套が無いことは、確からしかった。少なくとも中村質店の帳面の上では存在しなかった。いや、中村質店のおばさんの話では、二十年前の物品を記録した帳面自体が、すでに存在しなかった。つまり、九州筑前の田舎町から早起き鳥試験受験のために上京するわたしが着用して来た、旧陸軍歩兵のカーキ色外套は、中村質店の蔵の中にはもちろん、いかなる記録の中にも最早や存在しなかったのである。そして、ポケットの底にたまっていた南京豆の皮だけが、中村質店の女主人の記憶の底に、かすかにとどまったわけだった。

実際、わたしの外套は、それ以上でもなければ、それ以下でもなかったという他はあるまい。そのことは、わたしが発した最後の質問に対する、中村質店の女主人の返事からも明らかであろう。

「それではおばさん、最後に一つだけおたずねしたいんですがね」

とわたしは、畳の上に転げ落ちた二、三粒の炒ったそら豆を拾いあげ、掌で転がしているおばさんに、たずねた。

「二十年前の話なんですけどね、あのときのわたしの兵隊外套が、例えば駅前の飲み屋とか、何か、とにかくどこかで、誰かに盗まれたといったような話はきいたことありませんか？」

「おにいさんの、あの兵隊さんの外套が？」

「ええ、そうです。例えば、あるとき、このわたしが直接おばさんにそんな話をした、というようなことはなかったですか？」

「だって、おにいさんが自分で話したのなら、自分でおぼえているでしょうに」

「ええ、それはそうなんですがね、わたし自身がすっかり忘れちゃってることを、おばさんがおぼえていることだって、あるわけですからね。ほら、さっきの、ポケットの底にたまっていた南京豆の皮！　ああいうことも、実際にあったわけですから」

「しかし、おにいさん、そりゃあ無理というものですよ」

「無理？　いや、確かにご無理なお願いかも知れません。なにしろ、二十年前の話ですからね。しかし、南京豆の皮、あれです。あれ式の記憶が、何か……」

「だってねえ、おにいさん。記憶も何も、第一ねえ、わざわざ選りに選って、あの兵隊外套を盗む人はいないんじゃないか知らねえ？」

そういうと、中村質店の女主人は、声を出して笑いはじめた。上下とも前歯が二本ずつ、大きく欠けているのが見えた。

わたしが中村質店の格子戸を出たのは、それから二、三分後であった。別れの挨拶を済ませたあと、わたしは外套のポケットから炒ったそら豆の紙袋を取り出し、こっそり上り框へ置き土産にして来た。

12

わたしが山川との待合せの場所をお茶の水の橋の上と決めたのは、大した意味があるわけではなかった。ある日のこと、山川とわたしはお茶の水で会い損ねた。たぶん、一月くらい前になるだろう。わたしのまことに単純な錯覚のせいで、喫茶店を間違えたのである。わたしは約束の時間よりもほぼ一時間早く、国電お茶の水駅に到着した。待合せの時間は午後六時だっただろうか？　そうであったのであれば、わたしは五時ごろお茶の水に到着して、山川と待合せをすることになっている喫茶店の前を、約束の時間よりもほぼ一時間早く、通り過ぎたわけだ。

たまたまその喫茶店の前を、通りかかったのではない。わざわざ廻り道をしたわけでもないが、喫茶店タイガーはわたしの行ったことのない店だった。したがって、山川の電話によればたぶんこのあたりであろうと見当をつけながら歩いていると、余り見当違いではないあたりにタイガーの看板が見えたのである。看板は縦長で、黒と黄色のまだらだった。そこに片仮名でタイガーと大きく縦に書かれている。なるほど、とわたしは納得した。山川は仕事の打合せなどにもそこを利用しているらしいが、これならば初対面の相手と待合せても安全だろう。なにしろ喫茶店の多い通りだった。しかし、この看板なら間違いはあるまい。しかもその上、不思議に混まないという。

お茶の水界隈の喫茶店が、どこもかしこも大学生たちで混雑しているということくらいは、わたしも見たり聞いたりして知っていた。実際混んでいるのである。そして混雑するのは当然であろうと考えられた。にもかかわらず、タイガーだけがすいているというのは何故だろう？　理由は山川にもわからないらしい。もちろんわたしにもわからなかったが、それはべつに差し支えのないことだった。実際、もし混み合っていたところで、差し支えはなかったのである。わたしは山川と何かの打合せのために会うわけではない。もちろん珈琲とか紅茶を飲みながら、漫然と世間話をしようというのでもない。また大学生たちのように、ただ何となくそこで暇を潰そうというわけでもなかった。要するにわたしは喫茶店で、山川と長い時間ゆっくりと向い合っていなければならないような用事は何も持ってはいなかったのである。

わたしは喫茶店タイガーの看板の下を通り過ぎた。そして、喫茶店が軒を並べている通りを、大学生たちとぶつかり合いながらすれ違って、お茶の水駅の正面出口の方へ歩いて行った。わたしは、山川が電話でいった通りお茶の水駅のニコライ堂側の出口から出て来たわけだったからだ。正面出口の方へ廻ったわたしは、こんどは橋の方へ歩きはじめた。しかし、べつに待合せまでの約一時間を、どこでどうやって潰すという当ては何もなかった。わたしはぶらぶらと橋を渡った。そして、立ち止っている一塊りの人びとと一緒に信号を待ち、交叉点を渡った。一緒に渡った人びとのほとんどは、向い側の地下鉄お茶の水駅の階段を駈け降りて行った。湯島天神へ行ってみようか？　わたしがそう思いついたのは、交叉点を渡ったあと右の方へ歩いて行き、もう一つの橋へ出る左手の階段を昇りはじめたときだった。たぶん、一時間あればゆっくり往復できるだろう。

わたしは湯島天神へ一度だけ出かけたことがあった。一年くらい前だろうか？　そのときもいわば偶然のようなものだった。十何年も前から、その近くで知人の一人が小中学生向けの小さな出版社をやっており、一度訪ねてみようと考えながら、わたしは訪ねて行かなかった。ところがあるとき、北千住から新しく開通した地下鉄に乗っていると、三つ目だか四つ目の駅が、湯島天神前だったのである。わたしは思いついて下車して、十何年ぶりかで知人に会い、二人で湯島天神へ出かけて泉鏡花の筆塚も見物した。あるいはわたしは、北千住からではなくて、逆にその地下鉄で北千住の方へ帰る途中だったのかも知れない。しかしいずれにせよ、湯島天神へ出かけたのはわざわざではなく、たまたま通りかかってのことだった。その知人にも、それ以来会っていない。また彼とわたしの関係も、ここで取り立てていうほどの間柄ではなかった。

したがってわたしが、湯島天神へ行ってみようと考えついたのは、その知人のせいではなかった。また、どうしてももう一度、鏡花の筆塚が見たいというわけでもなかった。鏡花の筆塚の真正面には、出来たての新型高層住宅が銀色に光っていた。十何階？　あるいは二十何階だっただろうか？　銀色の新型高層住宅は、湯島天神の丘の上に立っている筆塚よりも、高く見えた。これはケシカラヌことだろうか？　もちろん湯島は、湯島天神だけの湯島ではない。鏡花だけの湯島ではない。銀色に光る新型高層住宅の湯島でもあり、新しく開通した地下鉄の湯島でもあるわけだろう。そしてそれは、何も鏡花の筆塚と湯島との場合に限ったことではないわけだった。

わたしが湯島天神へ行ってみようと考えたのは、山川との待合せの時間までのおよそ一時間を潰すのに、そこまでの往復はちょうど手頃だろうと考えたからだ。しかし、湯島天神の境内や、そこに立っている筆塚をぜんぜん見たくないというわけでもなかった。場合によっては、おみくじの一つも引いてみたいと考えたほどだ。筆塚に限らず、わたしはいわゆる名所旧跡というものを、毛嫌いするという人間ではない。日光へ行けば東照宮が見たい。東照宮へ行けば日暮しの門が見たいし、左甚五郎の眠り猫も見たい。そして実際、わたしは団体客にもまれて石段からうしろへ押し倒されそうになりながら、つま先立ってそれらの絵葉書でなじみ深い建物や彫刻を見物して来た。有名な華厳の滝は、音だけ聞いて帰って来た。生憎くの曇天で滝は見えません。しかしこの方角が華厳の滝でございます。バスガイドは、あたかも滝が見えない責任の半分は自分にあるのだ、とでもいうように、そう説明した。もちろん、彼女の口調は、形通りのものであった。曇天で滝が見えないのは、べつにその日が初めてではなかったはずだからである。つまり彼女は、教えられた通り、忠実に説明したわけだ。滝が見えない責任の半分は曇天であるが、残りの半分はバスガイド自身にある！　少なくとも観光客たちには、その責任感を伝達させるのが彼女たちの任務であることを、教えられていたのだろう。わたしにも、それは通じた。たぶん他の客たちにも通じたのだろう。滝が見えないのは、何もあんたのせいじゃない。音だけを聞いて、濃霧の奥に滝を想像するのもまた一興ではなかろうか。人びとはたぶん腹の中でそう納得しつつ、バスガイドに引率されて滝見の場所をあとにしたはずである。

　小諸へ行けば、小諸城址で名高い懐古園が見たい。藤村記念館ものぞいてみたいし、『千曲川のスケッチ』に出てくる矢場も見物したのだった。もちろん展望台から千曲川も眺めた。眼下の千曲川は中部電力のダムになっており、中洲に出来ている遊子苑の文字よりも、中部電力の四文字の方が大きく誰の目にも入って来ることになっていたが、それは湯島における鏡花の筆塚と、銀色に光る高層住宅との関係と同様であろう。

　洋の東西を問わず、わたしは各国の歴史にまことにうとい人間である。自慢にはならないが、日本の場合も例外ではない。歴史小説類にもきわめて不案内である。築城はもちろん、刀剣甲冑《かっちゅう》の類に関しても、ほとんど無知同然だった。小諸藩の何たるかも知らないし、日光東照宮の場合も同様である。にもかかわらず、わたしがそういった場所を故意に無視することが出来ないのは、何故だろう？　常識的ということだろうか？　それとも田舎者ということだろうか？　たぶん、そういうこともあるのだろう。いずれにせよ、おそらくわたしは、例えばモスクワでは、どこよりもまずノヴォ・ジェーヴチー寺院裏のゴーゴリの墓へ出かけて行きたがる人間に違いないのである。また、レニングラードでは何よりもまず、ネフスキー大通りを見物したがる人間といえるだろう。ネフスキー大通りとは切っても切れないネヴァ河も渡ってみたい。そして、あのイサーキエフスキー橋の上にも立ってみたい。ゴーゴリの『鼻』の中で床屋のヤーコヴレヴィチが、ぼろ布に包んだ八等官コワリョーフの鼻をようやくの思いでネヴァ河へ捨てることのできた、あのイサーキエフスキー橋である。橋といえば、アカーキー・アカーキエヴィチの幽霊が出没して通行人の外套を剝ぎ取るという噂が最初に立ったのは、カリンキン橋の近くであった。また、アカーキーの幽霊が最後に暗闇の中へ姿を消して行った場所は、オブーホフ橋であった。

　もちろん、そのような場所にまったく興味を示さない人間もいるはずである。興味を示さないばかりか、軽蔑する人間がいたとしても、べつに不思議とはいえないだろう。レニングラードにしろ、モスクワにしろ、あるいは日光にしろ、小諸にしろ、見物したくないものを見物しないことは、当然の権利であるし、名所旧跡などというものは絵葉書で眺めれば充分なのだ、と考えることも自由だろう。実際、絵葉書はそういう考え方をする人びとのために、大量生産されているのかも知れないわけだ。そして、そのような考え方をする人間が、絵葉書の数と同じくらいに増加すれば、たぶん名所旧跡といわれる場所も、もう少し混雑せずに済む理屈である。しかし、事実は正反対であって、日光も小諸も見物人は増加の一途をたどっているらしい。したがって、名所旧跡といわれる場所に興味を示さない人間は、やはり少数者ということになるわけである。

　わたしは、そのような少数者に対して、実はかすかな憧れに似たものを抱いている。憧れ？　いや、興味というべきかも知れない。すなわち、自分が興味を抱かない場所に興味を抱く人間たちを軽蔑することの出来る人間に対する興味である。いい換えればそれは、次のような疑問形の興味だ。自分だけは軽蔑されていないと信じ込むことが果して可能なものだろうか？　もしそうすることが可能ならば、やはりわたしはそのような幸福なる少数者に憧れるべきであるのかも知れない。しかしたぶん、そのような形でわたしが憧れる少数者は、存在不可能だろう。なにしろ、わたしに誰かを軽蔑することが出来る以上、誰かにだってわたしを軽蔑することが出来ないとは断言出来ないはずだからである。そしてその、逆もまた真なり、だからである。

　しかし、この場合、他人のことは本当はどうでもよいのかも知れない。要するに、名所旧跡に関する歴史的知識にきわめてうとい人間であるばかりでなく、知識を得るための努力さえしようとしない人間であるにもかかわらず、名所旧跡というものを故意に無視することが出来ないのは何故だろう？　もちろん、名所旧跡を求めて群がる大多数の他人のことではなくて、わたし自身の場合だ。それは何故だろうか？　たぶんそれは、矛盾のためだ。日光東照宮の日暮しの門へ向う石段の途中で、紫色の旗を立てた団体客の背中に押し戻されながら、将棋倒しの恐怖をおぼえたとき、一人残らず肩からカメラを吊している団体客たちをわたしが軽蔑しなかったとはいえないからである。わたしは危くつま先立ちになり、土俵際に押し込まれた力士のように弓なりになってこらえながら、わたしをそのような姿勢に追い込んでいる団体客たちの背中を、わたしは軽蔑した。何という滑稽な軽蔑だろうか！

また、小諸懐古園の展望台では、望遠鏡の前に並んで順番を待っているわたしの前へ、自分の子供を割り込ませて十円玉を入れさせた母親をわたしは軽蔑した。しかしわたしは、結局その軽蔑すべき母親と息子のあとから十円玉を投入して、絵葉書そっくりの浅間山や千曲川の向う岸を、望遠鏡でのぞいたのである。何という矛盾だらけの軽蔑だろうか！

そして、わたしがいわゆる名所旧跡と呼ばれる場所を、そのように軽蔑すべき大多数の人びとともに見物しているのは、おそらくその滑稽きわまる矛盾のために他ならないのだった。そのような場所を故意に無視することの出来る人間に対して、かすかな憧れに似たものをおぼえたのは、たぶんわたしが、彼らの態度の中にはわたしのような、滑稽きわまる矛盾を発見出来なかったためであろう。矛盾の無い生き方に、かすかな憧れに似たものを抱いたのである。しかしもちろん、わたしが彼らになることは出来ない。そして、名所旧跡と呼ばれる場所へ出かける度に、わたしはそのことを痛感させられた。あるいは、わたしが名所旧跡というものを無視することが出来ないのは、そこが、そのようなわたし自身の矛盾を痛感するのに、まことに恰好な場所であったためだ、とさえいえるかも知れないのである。

それにしても、湯島天神境内に立っている鏡花の筆塚を、名所旧跡呼ばわりするのは、いささか大袈裟に過ぎないだろうか？　たぶん、大袈裟過ぎるのだろう。しかし、大袈裟であろうと、大袈裟でなかろうと、わたしがそこへ向って歩きはじめていたことだけは確かだった。そして出来ることなら、おみくじの一つも引いてみようと考えてみたのも、事実だ。その証拠にわたしは、歩きながら鼻唄さえ歌いはじめたようだった。湯島通れば思い出す、おつたちからの心意気。しかし、結局わたしはその日、湯島天神へは行かぬままお茶の水へ引き返して来た。わたしは、東京医科歯科大学の裏側から、湯島天神の方角へ坂をのぼって行ったつもりであったにもかかわらず、いつの間にかホテル街に迷い込んでしまったらしい。自動開閉式ドアつきのモーテル。宇宙船型回転式ダブルベッド。その他その他の看板のまわりを、もちろん当てもなく歩き廻っているうちに、そろそろ山川との待合せ時間が来てしまったわけだ。

しかしわたしは、湯島天神へ到着出来なかったばかりでなく、山川にも会い損ったのである。国電お茶の水駅の正面出口側まで引き返したわたしは、左に折れた。そして、さっき歩いて来た喫茶店通りを、タイガーの看板めざして歩いて行った。黒と黄色のまだらに染め分けされた縦長の看板は、あらためて探す必要もなく、目の前にあった。わたしは入った。山川の姿は見えなかった。時計は約束の六時にあと五、六分だった。店内は、すいているというほどではなかった。しかしわたしは、入口から離れた窓際の、二人用の小テーブルを一人占めすることが出来た。わたしはトマトジュースを注文して、そこで山川を待つことにした。わたしはその席が気に入った。窓からは国電お茶の水駅のプラットホームを眺めおろすことが出来たのである。この席でならば少しくらい待たされても、確かに腹は立たないだろう。

トマトジュースを飲み終ったわたしは、ちょっと考えて、ウイスキーの水割りを注文した。実際、そうしたくなるような席だった。お茶の水駅のプラットホームを眺めおろしながら、わたしは水割りウイスキーを二杯飲んだ。腹が立ちはじめたのは、三杯目のお代りをしたころだろう。もちろん山川があらわれないからである。わたしは、三杯目の水割りを飲み終ると、席を立った。時計は七時をちょっと廻っていた。ドアを出たわたしは、左上方にタイガーの看板を確認した。しかし、喫茶店タイガーの入口は、その看板の真下になっていた。わたしはその一つ手前のドアから出て来たことになるのである。わたしは、大急ぎでタイガーのドアを開いた。山川の姿は見えなかった。わたしはウエイトレスの一人にたずねた。

「すみません。一人で誰かを待っているような客はいませんでしたか？」

「さあ」

「客は、男です。ちょうど、このぼくと同じくらいの背恰好で」

「何時ごろでしょう？」

「六時ごろから、一人で来ていたと思いますが」

「あそこの席にいたひとか知ら……」

「あの窓際の？」

「ええ、そうです」

「灰皿が吸がらで山盛りになっていたんじゃないですか？」

「そうだわね、やっぱり、あの席にいたお客さんじゃないかと思いますけど」

「そうそう、ウイスキーの水割りを注文したかも知れません」

「さあ……マスター、ちょっと」

「いらっしゃいませ」

「いや、ぼくじゃあないんです」

「あ、失礼しました。いま出て行かれた方ですね？」

「はあ？」

「あの窓際で、水割り飲んだお客さんのことらしいわよ」

「そうです。何時ごろ帰りましたか？」

「その方なら、確か、たったいまし方じゃなかったかな。お客さんと入れ違いくらい」

わたしが山川とお茶の水の橋の上で待合せることにしたのは、ざっとそんなことがあったからだった。わたしの錯覚は、タイガーの看板のせいだ。あの看板が余りにも目立ち過ぎるためだった。約束の一時間ほど前、山川から電話で教えられた通り、ニコライ堂側の出口から出て来て正面出口の方へ歩いて行きながらわたしは、すぐにその看板を発見した。発見したばかりでなく、その下を通り過ぎたとき、黒と黄色のまだらに染め分けられた縦長の看板は、不思議な強烈さでわたしの眼底にこびりついたものと見える。湯島界隈から戻ったわたしは、こんどは反対に正面出口側からニコライ堂側出口へ向って歩いて行った。そして、眼底にこびりついていたらしい虎色の看板を見上げながら、手前の店のドアを開いたわけだった。まことに平凡な錯覚である。そしてわたしが、こうしてお茶の水の橋の上で山川を待っている理由は、それ以上でもなければ、それ以下でもなかった。

ところでわたしは、わたしと山川との関係について誰かに答えなければならないだろうか？　あるいはそうしなければならないのかも知れない。

わたしは彼と、いつどのようにして出会ったのか？　わたしと彼との利害関係は、いかなるものであるのか？　それとも、そのような関係は無いのか？　彼は何故、離婚者となっているのか？　また彼の離婚は、過去および現在のわたしといかなる関係を有するものであるのか？　過去および現在における彼の生活はいかなるものであるのか？　そしていったい山川とは何者であるのか？

わたしは右の七つの疑問符に対して、ほとんど充分に答えることが出来る。まず、最初の疑問符に対する答えは、「忘れた」あるいは「思い出せない」であり、第二、第三の答えは、いずれも「ナシ」である。しかし、第四以下、第七までの疑問符に答えるためには、このあと少なくとも一時間近くこの橋の上に立っていなければならないだろう。然るに時計はすでに、約束の六時ちょうどである。したがって、彼が何か、およそ一月前のわたしのような錯覚でも起さない限り、この先更に一時間近くわたしがこの橋の上に立っていることにはならないわけだ。もちろん彼が、とつぜん錯覚にとらわれないとは断言できない。あのタイガーの場合のごとく、はっきりと確認したことがすなわち錯覚の原因となることもあったからだ。

それとも、何かを錯覚しているのは、またもやこのわたしの方だろうか？　まさか！　そんなことはあるまい。もちろん絶対にあり得ないとは断言できないが、しかし、そうではない限り、たぶん彼はやがて間もなくこの橋の上に姿をあらわすだろう。そしてそうなれば、第四以下第七までの疑問符に対するわたしの解答は、はじまらないのが当然だった。はじまらないばかりではない。更に新しく追加が必要となるはずである。彼が深夜しばしば、実際かかっては迷惑な時間に電話をかけてくるのは、何かが終るかはじまるかした証拠だったからだ。

「では、委細は面談ということで」

これが彼の、いつもの電話の切り方だった。果して何かが終ったのか？　あるいは何かがはじまったのか？　もちろん委細は会ってみなければわからなかった。わかっているのは、女の話だということだった。とにかくもう一度、何が何でも結婚してみせるぞ！　山川がいうところの委細を、わたしなりに可能な限り短いことばで要約すれば、そういうことだった。つまり彼の眼は、少なくとも女性に関する限り、未来に向っていたのである。わたしはこれまでに、そのような彼の未来にかかわりを持つことになるかも知れない女性を、四人は知っていた。四人？　あるいは五人だったかも知れない。いずれにせよわたしは今夜、山川とともに彼女の部屋へ出かけることになるであろう。なにしろ山川はわたしを、彼の未来にかかわりを持つことになるかも知れない女性の部屋へ次々に案内するのが常だったのである。どこで酒を飲んだ場合も、そこがいわば終着の駅だった。そしてほとんどの場合、わたしたちはそこで最後の酒を飲み、夜が明けることもあったわけだ。

　したがって、このわたしなどよりは彼の方が、小説の主人公としては遥かに適していたかも知れないのである。またそうしてはならないという理由は、どこにもなかった。にもかかわらず、わたしがこの橋の上で山川の存在を忘れ果てていたのは何故だろう？　それはたぶん、彼が二十年前のわたしとは、まったく無関係な人間だったからだ。つまり彼は、ある日とつぜん早起きをして家をとび出して行ったわたしと、無関係な人間だった。九州筑前の田舎町とも無関係だ。早起き鳥試験とも、蕨とも、古賀兄弟とも、久家とも、大佐の娘とも、ヨウコさんとも、無関係の人間だった。もちろんわたしの、カーキ色の旧陸軍歩兵用外套とも無関係である。要するに彼は、二十年前のわたしとはまったく無関係であったために、とつぜんの早起きからはじまったわたしの一日巡礼とも無関係な人間だった。左様、ある日のことわたしは、二十年前のわたしとも、とつぜんの早起きによってはじまったわたしの一日巡礼とも、まったく無関係な一人の男を、お茶の水の橋の上で待っていたのである。失われた外套の行方を求めて歩き廻ったのも、わたしだった。山川を待っているのも、わたしだった。そのような、ある日だったのである。

　この橋の向うにもう一つ橋があって、ドームのようだ。あの橋は、何橋だろうか？　その上のあたりに点《とも》った青赤のネオンは、当然のことながら暗い水面ににじんでいた。橋の上もすでに薄暗かった。わたしは外套のポケットに両手を入れて、左右に歩き過ぎる通行人たちを見ていた。しかし、カーキ色の外套は誰も着ていなかった。もちろん山川が着て来るはずもなかった。


（完）

※作中に引用したゴーゴリの文章は、すべて横田瑞穂訳を使用させていただいた。また、引用した『朝鮮北境警備の歌』は星野四郎、『歩兵の本領』は加藤明勝の作詞による。

初出❖単行本『挾み撃ち』一九七三年、書き下ろし、河出書房新社刊
底本❖講談社文芸文庫『挾み撃ち』一九九八年四月一〇日第一刷発行

多岐祐介　方法の解説

奥泉光×いとうせいこう　文芸漫談『挾み撃ち』を読む

平岡篤頼　行き場のない土着

蓮實重彥　『挾み撃ち』または模倣の創意

方法の解読——後藤明生『挾み撃ち』

多岐祐介

今日、お集まりの皆さんは、あらかじめテキストとしてお示ししておきました、後藤明生氏の『挾み撃ち』（河出書房新社）を、お読みかと思いますが、いかがでしたか？　面白かったですか？　よく理解できましたでしょうか？

後藤明生という作家は、きわめて特徴のはっきりした作家で、ある意味では、現在の小説がたち至っている局面というものを考えるのに、格好の手掛りになる作家と言えるのですが、にもかかわらず、読者がうっかりしていると、その本質、本当の面白さからはぐれてしまいかねない、ある種不思議な要素をもっている作家であるといえます。不思議、と今申しましたが、これは後藤氏自身が、不思議な人なのではありません。後藤氏は、氏自身にとって、しごく当然ともいえるいきさつで、作風を押し進めてきているのですが、それが作品として読者の前に提出されたとき、読者が小説というものに漠然と期待しているのとは違った形式として現れることがおうおうにしてあるものだから、読者は面喰らってしまうんですね。つまり、後藤氏流に言えば、後藤明生その人が不思議なのじゃなくて、後藤氏と読者との「関係」に不思議なところがあるのです。したがって、今日は、『挾み撃ち』を読みながら、後藤氏の作風を、皆さんとご一緒に理解して、ぼくと皆さんとの間で、後藤氏に対する共通認識を、もちたいんです。

このことは、そう難しい作業ではありません。後藤氏は、小説作品の中ででも、エッセイ類においてはなおさら、自身の小説作法について、また着想の契機について、平気で語っていますから、ぼくらはそれを丁寧に読んで、つなぎ合せていけば、よいのです。じつは、それだけでは肝心な、微妙な点が不十分なのですが、さしあたり皆さんにとっては、そこはよいでしょう。それは、ぼくがやりますから。

『挾み撃ち』は後藤氏にとって最初の、書き下し長篇です。氏の最初と二冊めの短篇集『私的生活』『笑い地獄』が、一九六九年七月に同時に出て、それから四年後の七三年の夏から秋へかけて、新聞連載小説『四十歳のオブローモフ』と書き下し『挾み撃ち』が、連続して出たのでした。当時『挾み撃ち』を読んで、そう思い、今回再読して、またもそう感じたのですが、この作品を、それまでの後藤氏の思索のありったけをぶち込んだ、文字どおり初期代表作と称《よ》んでさしつかえないと思います。

どういう物語かというと、四十歳を目前にした、口振りからしてどうやら作家と思われる男が、ある日突然、二十年前の自分の外套の行くえが気掛りになります。その外套は、旧陸軍歩兵用のカーキ色のもので、彼は十九歳の春、それを着て、郷里の九州筑前から、大学受験に上京したのでした。埼玉県の蕨（わらび）に下宿してからも、その外套は、確かに手許にあって、それを質入れして友達と焼酎を飲みに行った記憶もあるのです。しかしいつの頃からか、その外套は、手許にないのです。別に、そんなものなくたって、今や不自由しないわけですが、はっきり処分した自覚もないのに、いつの間にかなくなっていることが、彼には気掛りでなりません。いったい、いつあの外套を自分は紛失したのだろう、たとえ自分の記憶からは脱落していても、当時の自分を知る人の中に、もしや外套紛失のいきさつを覚えている人がいるやもしれぬ、というわけで、彼は丸一日を潰す覚悟で、いわば外套行くえ探しの巡礼に出ます。

まず訪れたのは、蕨の下宿先。行ってみると、当時の大家は健在でしたが、家は改築されていて、彼が昔住んだ部屋は、なくなっていました。一別以来の話に花が咲いたのではありますが、当然のことながら、大家のおかみさんは、旧陸軍歩兵用の外套など、覚えてはいませんでした。同様にして、彼はその一日、当時外套を何度も質入れした質屋の女主人に会ったり、当時外套を着て一緒に遊び歩いた、今は銀行員の友人に電話をしたりするのですが、誰に当たっても、外套の行くえについては、要領を得ません。それどころか、彼がそんな昔のボロ外套の行くえを確かめたがっている真剣な気持を、少しも察してはもらえません。結局は、丸一日、足を棒にしたあげく、外套についてのなんの情報も得られないままに、夕刻（この時点が一篇の書き出しで、全体はこの時からの回想になっています）、知人との待ち合わせのために、お茶の水橋の中央付近に、むなしく佇んでいるのです。

以上が、『挾み撃ち』の外枠です。いかがですか、皆さん。こう要約してしまうと、なんだ、それだけの話か、とても長篇小説のネタになるだけのボリュームじゃないな、と思われたのではありませんか？　まさしく、そのとおりです。しかし以上の外枠の中に、外套や旧友をきっかけに、ちょっと昔のことやうんと昔のことが、まるで子だくさんの家のおもちゃ箱のように、ごちゃごちゃ折り重なって詰め込まれてあるのです。主人公の行動から視れば、一日の出来事ですが、彼の脳裡を掠《かす》めよぎったこととしては、四十年の出来事なのです。こう言い換えてもよいでしょう。『挾み撃ち』は、四十年という長い時間を、一日という短い時間に封じ込めた、いわば蛙が蛇を呑み込んだような時間構造になっている小説なのだ、と。当然のことながら、主人公の一日の経過を刻明に辿っただけでは、一篇の眼目をお伝えすることはできません。

後藤氏には『小説――いかに読み、いかに書くか』（講談社現代新書）という、実作分析によるすぐれた日本近代小説史の本がありますが、その中で田山花袋の『蒲団』の粗筋を紹介しながら、小さく割注して、

荒スジを紹介しなければ、この小説の意味はなくなるところに、この小説の特徴の一つがある。

と書いています。なんで後藤氏が、こんなことを書くのでしょうか？　それは、氏自身の小説が、『蒲団』とは逆に、粗筋を紹介してもなんの意味もない小説であること、しかもそれが後藤氏を取巻く現在の小説の

局面だということを言っているのです。

では、粗筋を辿ることに意味がないとすれば、ぼくらは『挾み撃ち』を、どう読んでいったらよいのでしょう？　以下、この作品の特色を順に指摘しながら、一篇の眼目に触れてまいりましょう。

まず、語り口に注目してください。これまでに皆さんが、教養として読んでこられた、いわゆる近代古典と称ばれる、多くの日本近代小説と、なんとなく違うなあ、と思われませんか？　少なくとも、さっきの田山花袋や、徳田秋声とは、ずいぶん違いますね。芥川龍之介とも違う。現代の小説のおおかたとも違う。そうです。『挾み撃ち』は、描写、つまり写すという技法ではなく、語るという技法で描かれた、語り口調小説なのです。近代古典中では、宇野浩二の『蔵の中』を思い浮べていただけばよいでしょう。実際、後藤氏のエッセイ類に眼を通しますと、氏が宇野浩二という大先輩に、なみなみならぬ興味を、若い頃から抱いていたことが判ります。もちろん『挾み撃ち』は『蔵の中』ほどには、書き言葉の格を覆した体裁をとってはおりません。語尾もデスマス調ではなく、デアル調です。しかし文章を作っていく姿勢が、写す姿勢ではなく、語る姿勢になっているものですから、随所に語り言葉の特性が顔を覗かせています。

なぜ、こういう口調になったのでしょう。作者の好み、作者の生理的文章感覚。もちろん、そうしたものもあるでしょう。が、そればかりではありません。この口調は、作品の本質とおおいに関係があるのです。ふたつのことを考えてみましょう。

ひとつは、文明批評的な観点からの、写す文体に対する諦念が、後藤氏にはあるのです。作中に、こんなくだりがあります。永井荷風の『墨東綺譚』には、白髭橋、吾妻橋、駒形橋、源森橋などが出てきます。主人公も読者も、それらの橋を当然のことのように知っていることとして、描写が進行します。たとえ東京在住者でなく、それらの橋を一度も視たことがない者でも、吾妻橋と駒形橋が、ある日突然入れ換えることもあるなどとは、夢にも思わない。それらはいずれも、しっかりと名を持ち、他と区別された、確かな存在としての橋であるわけです。ゴーゴリの『鼻』で、朝食のパンの中から出てきた八等官コワリョーフの鼻を、床屋のワーコヴレヴィッチがボロ布に包んで捨てに行く橋は、ネヴァ河にかかるイサーキエフスキー橋であって、ペテルブルグの「ある橋」ではないわけです。

実はわたしも、ああいうふうに橋や横丁や路地の名前を書いてみたいものだ。自分の小説の至るところに、あのような名前を散りばめてみたいと願わずにはいられないのである。

しかし現実には、わたしは自分がその上に立っている橋の名前さえわからない有様だった。（中略）荷風の橋は、もう書けないのである。少なくともわたしには、それを模倣する資格がない。川ばかりでなく、名前もつけられない無数の橋が、東京じゅうに氾濫したのである。

あるいはこれは、超都市東京に限った事態だと、おっしゃるかたもありましょう。他の地方都市では、街の地形と、その地形を生きるための設備との悉くに名前がつけられ、その名を付近の誰もが知っていて怪しまない、すこやかな暮らしが、今も息づいているのかもしれません。でも、ここで言われているのは、単に橋だけの問題ではありません。橋は象徴なのです。街の、もっと言えば風景の、具体性から疎外されている自分を意識せざるをえないと、後藤氏は書いているのです。これを風景ばかりか、人間関係を含めて、現代の日本人をとり巻く機構、制度のおしなべてにまで敷衍して考えれば、生粋の都会っ子も地方出身者もない、都市生活者も農村生活者もない、全体的な現代の状況といえるのではないでしょうか。そうした状況下で、つまり風景の具体性から切り離されて、生かされている自分にとって、その風景を、その自分を、写していく文体は、すでになんともむなしいものに感じられるのは、当然のことではないでしょうか。

『挾み撃ち』が、語り口調で書かれている理由は、ほかにないでしょうか？　写す文体への諦念という、消極的理由のほかに、この文体を採用したもっと積極的な理由がありそうです。ぼくは、この文体に後藤氏が求めたのは、時間をすみやかに往き来する、自由な運動性であったろうと考えます。さっき申しましたように、この小説では、四十年が一日に罐詰めにされています。記述されることがらは、現在から過去へ、大過去へ、また現在へ戻ったかと思うと大過去へと、めまぐるしく変化します。しかもそれらは、芝居の書割や映画のカットバックのように、なにかのきっかけか合図で截然《さいぜん》と転換するというようなものではありません。現在を語ることが、過去の記憶を呼び醒まし、過去を語ることは、現在の彼の一要素を語っていることなのです。人間の時間というものは、積み上げたカルタを一枚一枚めくっていくように変化するものではなく、初めと終わりとでまったく表情の異る一本の金太郎飴のように、前後と切り離せぬ連続体として、連続しながら変わっていくのだと、後藤氏は言いたげです。また後藤氏は、エッセイの中でしばしば、作家の脱皮成長ということに触れ、人間の変化はA↓B↓Cと変わるのではなく、A↓（A＋B）↓（AB＋C）と変わっていくのだと説いています。同じことですね。極論すれば、いかに過去を語っても、大過去を語っても、それはつまり、現在の彼を語っていることになるのではないか、という考え方です。小説の形式としていえば、現在と過去とに区別をつけず、どちらも等しく現在の彼を表現する材料と見做す考え方から出てきた形式です。こういう書き方をする場合、小説の真の主人公はカーキ色の外套そのものとも言えるのであって、読者には、外套だけが、質量のある確かな「物」と見えていればよかったのではないでしょうか。むしろそれ以外の細部は、個々の「物」であるよりは、外套の周囲を走馬燈のように廻り行き、総体をもって現在の彼を表現するものであればよかったのではないでしょうか。つまり、語り口調は、現在・過去・大過去を自由に往来する運動性の獲得と同時に、余計な「物」のリアリティーを消去する装置でもあったと考えられます。俳句という様式が、「物」を直視し、「物」だけを在らしめて、その「物」を抉《えぐ》り出してきた視線を消去することで自己確立したのとは、ちょうど逆に、後藤氏の饒舌な語り体は、「物」を消して、その「物」を視詰める視線だけを、現在の表現として残したとも言えそうです。

さて、粗筋を辿っただけでは理解できない小説『挾み撃ち』の、第一の特色として、語り口調の文体について考えてみましたが、第二の特色は、なんでしょうか。それは、この小説が、どのように始まっているか、という問題なのです。この小説の書き出しは、こうです。お手許に持ってらっしゃるかた、どうぞ、巻頭のページをお開きください。

ある日のことである。わたしはとつぜん一羽の鳥を思い出した。（傍点多岐）

ここですでに、後藤氏は、この小説の様式を宣言しているのですね。つまり、「思い出した」からこそ、この小説が始まったのです。どのように思い出したのか？　特別な日に因んで思い出したのでも、特定の季節に寄せて思い出したのでもありません。それが一昨日でも、明後日でも、かまわなかったところの「ある日」思い出したのです。なにかのきっかけや、理由があって思い出したのではなく、「とつぜん」思い出したのです。裏を返せば、この小説は、思い出しさえしなければ、始まらなかった小説です。一羽の鳥を思い出し、外套を思い出したがために、そしてその外套の行くえを突き止めようなどと思い起ったがために、始まってしまった小説なのです。

ぼくはなにを言い出そうとしているのでしょうか。皆さん、カフカの『変身』という小説を、ご存じでしょう。今世紀の小説の、一典型ともいうべき小説ですから、まだお読みでないかたは、ぜひご一読ください。ところで、『変身』の第一行めは、どうなっていたでしょうか。思い出してみてください。

　ある朝、グレゴール・ザムザが気がかりな夢から目ざめたとき、自分がベッドの上で一匹の巨大な毒虫に変わってしまっているのに気づいた。（原田義人訳、傍点多岐）

いかがです。『挾み撃ち』の書き出しと、似ていませんか。この書き出しを、さらに凝縮すると、「ある朝、グレゴールは、気づいた」ということになりますね。つまり、気づいたために、始まってしまった物語なのです。「ある朝、グレゴールは、変身してしまった」という文章にはなっていない点に注意しておいてください。

　毒虫とはなんでしょう。諸説紛々あるようですが、決めることはできません。甲虫と理解する説が以前はありましたが、カフカの他の小説に甲虫が出てくるための混同でしょう。作品を読むと、グレゴールは仰向けの状態から起き上がれなかったり、家族をうんと下から仰角で視上げたりしていますから、ちょうどゴキブリの馬鹿でかいようなものを想像すべきかもしれませんが、それは読者の勝手というもので、じつは、どんな具体的な虫をも想像しないのが、正解に近いと思われます。というのは、ある版元が『変身』の絵入り本を企画した際に、どんな虫を描こうかとカフカに相談したところ、カフカは挿画をことわっているからです。カフカにしてみれば、この毒虫は、特定の昆虫の形によって表せるようなものではない、ということなのでしょう。つまり、「毒虫」というなにか、なのです。ちょうどサミュエル・ベケットの『ゴドーを待ちながら』で、ゴドーとは何かと喧しい中で、ゴドーとは救済とも終末とも、神とも死とも解釈できそうな、しかしゴドーと称ばれるなにか、であるのと同様でしょう。

　では、毒虫が特定の昆虫ではなく、「毒虫」という抽象だとすると、『変身』の書き出しは、どのようなことになるでしょうか。もう一度、読んでみてください。「ある朝、グレゴールは、気づいた」のでしたね。ではグレゴールはいつ毒虫になったのでしょうか？　その朝ですか？　前の晩ですか？　そんなこと、どこにも書いてありません。いつの間にか毒虫になっていたのです。ずっと以前から毒虫だったのかもしれない。いや、生まれてこのかた、ずっと毒虫だったのかもしれない。ただそれに気づかなかったから、平気で生きてきた。家族とも平和に暮らしてきた。ところが、ある朝、気がついたのです。気がついた人間の眼には、世界はこれまでと様相を一変します。そして、小説が始まるのです。

どういうことかというと、『変身』は、この世界がどのようであるかを描いた小説ではありません。この世界をどのように視たかを描いた小説です。長々しいから、前者を仮りに素朴実在論的小説、後者を仮りに認識論的小説と、ちょっと言葉が堅苦しくて申しわけありませんが、符諜で称ぶことにいたしましょう。言うまでもなく、わが『挾み撃ち』も、認識論的小説に属するわけです。後藤明生という作家が、どのように世界を視たか、という小説なのです。

『挾み撃ち』の認識論的小説たることを、鮮やかに表現している、もうひとつの部分を引きましょう。

いうまでもなく、橋というものはこちら側から向う側へ、あるいは向う側からこちら側へ渡るものだ。しかしその男が、とつぜん橋の中央附近で立ち止らないとは断言できない。(中略)あたかも、生まれてからこのかた、ただ歩き廻ることしか考えなかった人間が、とつぜん、人間には立ち止るということもできるのだ、と気づきでもしたかのように、……

誰しも、橋の上で立ち停まることはできますよ。でもそこには商店も駐車場もないし、立ち停まる必要がないわけだ。ところが、ある男が、そこで立ち停まってみた。さあ、彼の眼に、なにが見えたでしょうか。お笑いになってはいけません。なんの変哲もない風景だからって、馬鹿にしたもんじゃない。歩きながら、あるいは車の中からガラスに額をつけて視るのと、立ち停まって視るのとでは、違う風景が見えないとも限りません。

もう皆さん、お判りでしょう？　そうです。ここに書かれてるのは、もちろん風景の観賞法などではない。人生も橋を渡るに似ている、ということですよね。主人公は、人生という橋の中程、四十歳という地点で、ある一日、わけもなく立ち停まってみたのです。どう立ち停まったか？　いつの間にか紛失した旧陸軍歩兵用のカーキ色の外套の行くえを探す、という具合に、立ち停まったのでした。

では立ち停まった男の眼に、なにが見えたか？　その結果は？　ということに、話は当然なるわけですが、その話は、ちょいと待ってください。今日のお喋りの一番最後のところで、まとめて申しあげます。喋っているうちに忘れてしまうといけないから、皆さん、よく憶えておいてくださいね。

とりあえず今のところは、認識論的小説ということをご理解いただいて、この小説の第三番目の特色へと、話を移しましょう。


『挾み撃ち』は、私小説の伝統を内側から批判し、改革するという、後藤氏の小説理論を実行化した作品であるということができます。後藤氏流に言えば、私小説のパロディです。私小説の伝統については、王朝時代の歌物語や日記文学にまで溯って、このスタイルを日本人の感受性の宿命によるものとして肯定的に捉える考え方や、明治期に学んだヨーロッパ自然主義の誤解矮小化されたものとして批判的に捉える考え方など、諸説あります。その発生についてはともかく、その特性について、ここで大雑把に復習してみますと、主人公＝作者という設定を固定化することによって、主人公の情感や思索や行動のリアリティーを、生身の作者の肉体をもって保証するという事態が生じるわけで、この方向で十分に研鑽された作品は、それなりに切実な感銘を読者に与える成果となっています。その反面、描く視点がどうしても一方的になり、物語をあっちからもこっちからも眺める眼の運動性に乏しく、結果としてドラマチックな構造を表現するにはきわめて不向きな文体を形成してきたのです。かといって、私小説を嫌って、なんでも、どこでも視通せる〝神の眼〟を設定して、その視点から純然たる客観描写を試みると、なぜか失敗するか、さもなければ読者の深い感動の泉まで届かぬ、大衆的な佳作を産むのがせいぜいであったのです。もちろん例外もあるでしょう。また、なぜそうなってしまうかを考えることも、文学論の一大テーマであるわけですが、今日は勘弁してください。今のぼくには難問過ぎますし、本日のお話から脱線し過ぎます。

では、私小説の短所を克服する試みは、純然たる客観描写を目指す、いわば私小説を外から批判する方向以外では、為されなかったのでしょうか。私小説作家の陣営にあって、内側から私小説を改良する試みは、為されなかったのでしょうか。そんなことはないのです。昨年亡くなられた尾崎一雄氏は、しばしば不満げにこう言っておりました。「とかく外村繁や上林暁や尾崎を、私小説作家たち、などといっちゃ十把ひとからげにする者があるが、冗談じゃない、みんな一人々々違うんだから、よく読んで欲しいよ」と。まことにそのとおりで、このお三かただけでなく、みんな違うのです。どう違うか。その違いかたも千差万別で、ひとしなみには申せません。ただどの段階で、というか、どの次元で異るかを、理論的に踏まえておくことは、無駄ではありません。どう違うのだと思われますか、皆さん？　一人ひとりの暮らしぶりが違う、家族構成も交友も身辺に起きる事件も、総じて小説の材料が違うのでしょうか。なるほど。あるいは用字用語、文章のリズム、その他文体が違う。確かに。

しかしそれらはまだ、本質的な相違とは言えません。ではなにが異るかというと、主人公＝作者という私小説の仕掛けの中で、作者が主人公＝自分を相対化する手口が、それぞれ微妙に異るわけです。私小説と一口に言っても、作中の「私」と書き手自身との間には、その作家なりに工夫された距離があって、たとえ事実そのままを、身辺雑記風に書いたって、この距離は厳然と存在します。こう言い換えてもよろしいでしょう。自分を視る視線に、それぞれ工夫があるのだ、と。

なぜ、そんな工夫が必要だったのでしょうか？　小説が、読者に訴える力をもつためには、必ずどこかに、読者を下から視上げる仰角の視線を含まなければならぬことを、作家たちは知っていたからです。この「仰角の視線」という言葉を、少し下世話に嚙み砕いてご説明しましょう。

噺家さんはじめ、寄席芸人さんたちは、昔から小柄が良いとされてきました。なぜでしょうか？　クラブやキャバレーがマネージャーやボーイさんを雇う場合、もしその店が選考規準の厳しい店であれば、背の高い男は、彼がどんなに目端が利いていても、長身であるというだけの理由で、面接で落とされます。なぜでしょうか？　長身の芸人さんの頭がつっかえるほど、寄席の高座の天井が低いわけではないのですし、長身のボーイさんが邪魔になるほど、大きなシャンデリアがあるクラブばかりではありますまい。理由はひとつ、客にむかって、「ようこそ、毎度ご贔屓に」と言うその瞬間に、客を視下す視線になる男は、これらの世界では成功しないからです。逆の例もあります。相撲の新弟子検査は、規定以上の体格がないと、どんなに敏捷な運動神経の持ち主でも落とされます。女性の例では、歴史に残る小柄なストリッパーは、一人もいません。なぜでしょうか。人並はずれた豪快な土俵、華麗な舞台だからこそ、彼ら彼女らを、贔屓にする遊びが成立するのです。友達付合いしやすい力士を、お座敷へ呼ぶ旦那がいないように、いかにも女房タイプといった踊り子さんに、花をつける男はいないはずなんですよね。

ぼくはなにを言おうとしているのでしょうか。作家は、肉体が読者の眼前にさらけ出されるわけではないから、芸人さんやボーイさんや、力士や踊り子さんのような、体格の条件が不要です。だが作品は、読者の眼に直接触れるのですから、それぞれに想定される読者との関係に応じた体格を必要とするということなのです。たとえば、ギリシア悲劇の主人公たちを、思い出していただきたい。あるいはシェイクスピアの四大悲劇の主人公たちのうち、ハムレットはちょっとまずいが、オセローやマクベスやリアを思い起こしていただきたい。彼らはいずれも人並はずれて強いか、すぐれているかだ。その彼らでさえ転落するから、悲劇が見せ物になるのです。つまり、事の起こりの前には、彼らから視下ろされていたいのが、見物の潜在心理でしょう。いかにも強そうな、そして事実強いに違いない二人の力士が、土俵上で揉み合って、どちらかがスッテンコロリンといくから面白いので、自分でも勝てるかもしれない力士が、青筋立ててなにやったって、面白いものかっ。

幸か不幸か、近代小説に、英雄はいなくなっちまいました。これは日本に限った現象ではありません。近代におけるドラマの死という、これはこれで大きな問題で、関連図書もあるのですが、今はそんなことにかまっちゃいられない。要するに、今日問題なのは、力士やストリッパーではなく、噺家やボーイだということなんです。わが私小説にも、噺家さんやボーイさんのような、視線の工夫があるのですが、同時代に力士やストリッパーの視線をもつ文学が成立しなくなっているために、比較できません。比較できないからといって、私小説に、なんの視線の工夫もないと思っては間違いですよ、と申しあげたかったわけです。

私小説の名作と折紙をつけられるほどの作品なら、必ず作者が読者にそれとあからさまに感付かれぬ程度に、半歩身を退くか、軽く膝を屈するか、しているはずです。それによって主人公を滑稽化するか、孤独化するか、無力化するか、しているはずです。滑稽化した場合には、作者が自分の愚かさを剔抉《てっけつ》することをとおして、人間を表現する私小説になっているはずですし、無力化した場合には、煩悩や我欲が作者にはあっても主人公にはないかのようにして、主人公を自然の一点景と視做した心境小説になっているはずです。いずれにせよ、作者は（この場合は、作品は、と言っても同じなのですが）、心持ち低い視点から読者を視上げていることでしょう。読者は、主人公を、オイディプスやマクベスに対するときのように、仰ぎ視る必要はないはずです。自分と同じような主人公、ときには自分よりだらしないような主人公が、七転八倒する様を、身に詰まされながら読まされることでしょう。じつは作家が、そんな主人公を描くのにも、なみなみならぬ文学精神を要したという点を、作家は、隠していることが多いものです。

だいぶ前、亡くなった立原正秋氏が、『あだし野』という長篇を出したときの、中村光夫氏の書評だか時評だかの言葉が、記憶に残っています。この小説は、作者自身とおぼしき主人公が、自分に癌があることを知り、精神的に苦しみながらも、強い覚悟のようなものを切り拓いていくという、内容自体は深刻なものでした。ところが、主人公は女性に対しても、病気に対しても、強い精神力をもって相手を克服してしまい、けっして弱味を見せず、ついには唯我独尊のような境地へ行ってしまうのでした。中村氏は、言ったのです。私小説の伝統的手法の強さは、主人公を弱者と設定する点にあったので、それを強者にしてしまっては、もはやこれは私小説というものではなく、そして感動も薄い、と。私小説の理論的批判者であった中村氏の言葉だっただけに、興味を覚え、今も記憶しています。そして実際、『あだし野』のみならず、立原正秋氏の仕事には、生活覚悟と文学覚悟との間にけじめがついていない、「イイ気ナモノ小説」といった側面が、確かにありました。

さて、だいぶ回り道しましたが、ようやく『挾み撃ち』における後藤明生氏の小説理論、私小説伝統に対する内側からの批判・改革というところに、話が戻ります。「内側からの」と言いましたのは、わが『挾み撃ち』もまた、私小説仕立てになっているという意味です。主人公の名は赤木氏というのですが（むろん、ゴーゴリの『外套』のアカーキー・アカーキエヴィッチのもじりです。ついでに申せば「旧陸軍歩兵用のカ、ー、キ、色の外套」と幾度も長々しく繰返すのも、カーキ色がもじりになっているからです）作中での表記は「わたし」です。その生立ちも、昭和七年生まれであることから始まって、悉く後藤氏そっくりだといってよいでしょう。つまり一見私小説なのです。では、通常の私小説の考え方と、どこが違うのでしょうか。

「わたし」は、外套の行くえについて、手掛りになる証言を探して、まず、昔の下宿のおばさんに会います。一別以来の経過報告をし合って、懐かしがっているうちはよかったが、外套の件を持出すと、とたんに話がおかしくなります。先方は、まさかこちらが本気で、古ぼけた外套などを探しているとは、夢にも思いませんから。本気と知った後でも、どういう筋合で本気なのかは、見当もつきませんから。省略しながら、会話を引きましょう。


「そのクガさんというお友達も、古賀さんと同じように、いまの行く先がわからないんですかねえ？」

「いえ、行く先がわからなくなっているのは、外套なんです。……」

「ガイトウさん？　ずいぶん変ったお名前ですねえ。内藤さんならねえ……」

「ええ、いや、実はその外套は、人間ではなくて、……」

「あーら！……オーバーのことですかねえ？」

「……その外套、いやそのオーバーは、いったい、いつ、どこへ消えてなくなったのだろうと、とつぜん考えましてね」

「……どこかへなくなっちゃったわけですか？　……それは、いけませんねえ」

「いえ、もうその外套はいらないのです。……ただ、その外套が、いったい、いつごろ、どこで、どういうふうにして……」

「でも、ずいぶんと困った話ですねえ」

「いや、まったく、とりとめもない夢のような話で、本当は恥ずかしいんですが……」

「それで赤木さん、警察の方には届けたんですかねえ？」

「はあ？」

「もっともねえ、お友達じゃあ、相手が悪いですよねえ、赤木さん」

「いえ、あの……」（……原文）

「でも、まあその古賀さんの居所がわかるといいけどねえ」

といった具合です。……の所は、指定の一か所以外は、ぼくの省略ですし、行間にも省略がありますから、皆さん、原文をもう一度、味わっておいてください。

二十年前、その外套を着て、一緒に遊び回ったはずの、同郷の親友で、今は銀行員である久家に電話しても、また当時、一杯の焼酎のために問題の外套を幾度も出し入れした、中村質店の女主人に尋ねても、事情は似たり寄ったりの、ちぐはぐであったわけです。これらはいずれも、とても面白い会話なのですが、面白いだけではなく、とても重要な会話であるわけなんです。ここでまた、皆さんちょっと、考えてください。今、引用した会話の、どこが笑いを誘うのでしょうか？　主人公が、滑稽な問いかけをしているからでしょうか？　あるいは、主人公の問いかけの意味を理解できないほど、下宿のおばさんが愚かだからでしょうか？　いずれも違います。では、なぜおかしいのか。赤木氏は赤木氏で、おばさんはおばさんで、外套について身を乗り出して真剣に考えれば考えるほど、話が食い違っていく、両者の関係がおかしいのですね。久家や中村質店の女主人との関係においても、例は引用しませんが、同じです。作中の（そしてすでに引用した）譬喩をここで用いれば、赤木氏はある日、橋の中程で立ち停まって、風景を眺めた人間です。おばさんや久家や質屋のおかみは、目下のところ立ち停まることなど考えもせず、橋を渡っている人間です。それぞれの眼に見える風景が、異っているのですね。さきほど『変身』の書き出しに触れて申しましたように、外套の行くえを探す、などということを思い起ってしまったばかりに、周囲との関係が、ねじくれてしまったのです。

このことは、なにを表現しているか。あるいはなにを意味しているか。世の中には、けっして理解し合えない、「他者」というものがいるのだ、ということ。しかも人は、その「他者」と、てんでんばらばらに、相互不干渉に生きているわけではなくて、関係を保ちながら、さらに進んである場合には支え合って、生きているのだ、ということなのですね。この自分と他者との関係を、後藤氏は楕円の二つの焦点になぞらえています。そしてこの楕円という図形は、どうやら後藤氏の頭脳の深いところにこびりついていて、氏が人間関係を考え、世界の構造を考え、小説のスタイルを考える際に、必ずまっさきに思い浮べるモデル図形となっている様子です。

後藤氏のエッセイによれば、氏が楕円形のイメージをもったのは、武田泰淳氏の『司馬遷』の読書体験によるそうです。氏の青春をも、その後の文学姿勢をも決定づけたのは、ゴーゴリとの出会いでしょうが、そのゴーゴリのペテルブルグ時代の中篇小説についての論文を書いて、氏が早稲田大学露文科を卒業した頃は、世の中不景気で、これといった就職口もなく、しかたなく郷里筑前へ帰り、毎日図書館でドストエフスキー全集に読み耽っていたそうです。昭和三十二年のことといいます。ところが、出会いとはそうしたものなのでしょう、ある日ふと、愛読作家でもない武田氏の『司馬遷』を後藤氏は手にとり、「文字通り時間を忘れ」るのです。一足跳びに結論めいたところへ行きますが、後藤氏はこう書いています。

それまで円形（一つの中心）だとばかり思い込んでいたこの世界が、実は楕円形（二つの中心）であることを知った。すなわち、相対し互いに否定し合う他者同士が、同時に共存しているということ、それが他ならぬこのわれわれの生きている世界なのだ、ということである。（『「史記」を書いた男』）

ゴーゴリを読み、カフカを読み、ドストエフスキーを読み、どうしてもわからなかったことが『司馬遷』でわかった。もう少し正直にいえば、『司馬遷』を読んだあと、ゴーゴリもカフカもドストエフスキーも、はじめてわかった。自分流にわかった。（『憂愁幽思』）

いずれも『復習の時代』（福武書店）に収められたエッセイの一部分です。同じ本の別なところで、「わたしは本当の意味で、他者の存在というものを知らされた」とも、「「現実のきびしさ」を考える、わたしのよりどころとなった」とも、書かれています。どういうことかというと、生き難いこの世を、ああ、なんて生き難いんだろう、と嘆く方向ではなく、かつまた、こんなに生き難いのはけしからん、と怒る方向でもなく、否定し合う他者同士が共存する世の中だもの、生き難いのも無理からぬだろうじゃないか、と視通す方向で、後藤氏は人生の困難に漕ぎ出した、ということなのですね。そしてそう思い定めてみると、ゴーゴリその人、カフカその人、ドストエフスキーその人が、作品の背後で独り噛みしめていた孤独が、自分なりに見えてきた、と書かれているわけです。ここで表明されているのは、むろん、単なる小説論ではなく、世界観ですよね。

ところで皆さん、簡単に、ああそうか、と思わないでくださいね。武田泰淳氏の『司馬遷』という本は、一読たちまちゴーゴリ、カフカ、ドストエフスキーの真髄が解り、おまけに世界の楕円構造まで解ってしまう便利な本だ、などとは夢にも考えないようお願いします。これは飽くまでも、後藤氏が『司馬遷』を、そのように読み取ったのです。そう読み取ったについては、じつはそう読み取らざるをえない、後藤氏なりの下地が、それまでにあったからなんですよ。その点は、次の、『挾み撃ち』の第四の特色のお話をするときに、触れることにしましょう。

とにかく後藤氏は、世界や、人間関係の基本図形を楕円と理解しました。そのことは氏の小説の方法に、幾重にも色濃く影を落しています。第一に、内側からの私小説克服という、狙いの定めかたに表れています。つまり従来の私小説は視点が固定的で、世界が狭溢だ。かといって一気に純粋客観小説へ跳んでしまうと、日本の文学風土の中では、大衆小説化する危険がある。そこでどちらでもない、内側からの私小説批判という身の置きどころになります。第二に、その私小説批判のポイントが挙げられます。後藤氏はあるエッセイの中で、太宰治と坂口安吾を評して、自分の文学の責任を自分の肉体でとった、という意味のことを書いています。この点は、なにも戦後に活躍したいわゆる破滅型作家にのみ当て嵌るのではないので、私小説作家のおおかたが、そう言えるわけです。ところが現代では、作家もまた、社会のルールを遵守する一市民であるほかはなく、そうそう破滅型だったり、伊藤整氏の言われた「逃亡奴隷」であったりするわけにはいかなくなりました。つまり興味津々たる暮らしぶりを続ける作家自身を生き証文に、読者を面白がらせる小説を書くことは、不可能な時代になったわけです。かといって、私小説の「わたし」を狂言回し（目撃者やインタビュアー）にして、ある種のドキュメンタリー小説のように、素材の面白さを追求する方法も、後藤氏の採るところではないのです。で、作者の人柄も奇矯でない、周囲の人物も平凡、だったらそんな小説はつまらないじゃないか、と早合点してしまうと、後藤明生という作家と、はぐれてしまうのですね。さっき赤木氏と昔の大家の会話のところで触れたように、後藤氏は、主人公は平凡、相手役も平凡、でも二人の関係が頗《すこぶ》る面白い、と言っているわけです。文字どおり楕円的じゃあありませんか。

一人称で書いていく小説が、独善的なイイ気ナモノ小説とならぬように、私小説作家たちは、主人公＝自分を視る視点と視線に工夫を凝らしてきました。凝らしてはきたものの、後藤氏に言わせれば、それらの工夫は、主人公を唯一の中心とする円形構造の域を脱してはいないというわけです。それに対して、相容れない他者が同時存在し、時に依存し合ってもいる楕円構造として世界を認識することができれば、小説もまた、自己戯画化の方向でではなく、客観的関係のねじくれた面白さへの着目という方向で、リアリティーを獲得できるはずだというわけです。これが『挾み撃ち』の特色の三番めであるところの、内側からの私小説改革の試みと申しあげた問題なのです。

『挾み撃ち』の第四の特色、それは形式上の主題と真の主題とが、二重構造になっているということです。形式上の主題とは、なんでしょう。言うまでもなく「旧陸軍歩兵用のカーキ色の外套」の行くえを探す、ということです。ぼくもこれまで、これを主題としてお喋りを続けてまいりました。だが、そういってしまうと、『挾み撃ち』はあたかも寓意小説であるかのように聞こえかねません。皆さんのお一人お一人に、あなたにとっての「外套」とはなんですか、と問いかけている小説のようにも受け取られかねません。もちろんそう読んでも、いっこうかまいません。ただ、この小説にあっては、作者後藤氏にとっての「外套」とはなにかが、ほぼ推察できるように書かれています。「いつの間にか紛失した外套の行くえを探す」という、形式上の主題に対応する、真の主題をぼくなりの言葉にすれば、「作者の内面の喪失感を究明する」とでも言えましょうか。後藤氏の内部には、今の日本になにかなじみきれないという、不定形の不満があると思われます。その不満は、怒ってみたり、誰かを糾弾してみたりすることで表明できる種類のものではなく、ましてや自己反省してみてどうなるものでもないのでしょう。ただ時代と自分との接触に、理不尽で苛立たしいものがあることは確かなので、そのために故知れぬ喪失感を胸中に抱え込まざるをえないのだと想像されます。氏にとって表現とは、また思索とは（実際氏は日本の作家には例が少ないほど、「表現」と「思索」との間の距離の小さい作家といえます）、仮りに十分でなくとも、なんとか少しでもこの喪失感に形を与えて、認識しようという志に出発したに相違ありません。

では『挾み撃ち』の中で、氏の胸中の喪失感は、どのように表現を与えられ、認識されているでしょうか。およそ三つのレベルで、把握されていると思われます。第一は、文明史の側面から視た時代的な喪失感で、これはすでに荷風やゴーゴリの橋と『挾み撃ち』の橋とを比較しながら、申し述べましたね。ここでは省略します。

第二の喪失感は、東京で暮らす地方出身者を襲う、生活者としての喪失感とでも称びましょうか。単身上京した高校生が、東京でどんな学生生活を過ごし、卒業後どんな職に就き、どんな結婚をし、どんな家庭を築いたか、具体的には書かれていません。ただわずかに、外套探しなど思い起って早起きしたばかりに、計らずも家族の朝食に居合わせてしまった場面が、ごくあっさり描かれています。あとは生活の必要から、上京後十年間に十五回の引越しをした、その地名ともより駅が、一覧表のように列挙されるだけです。それよりもむしろ、赤木氏の悪戦苦闘ぶりは、次のように描かれています。

あのカーキ色の旧陸軍歩兵の外套を着て、九州筑前の田舎町から東京へ出て来て以来ずっと二十年の間、外套、外套、外套と考え続けてきた人間だった。たとえ真似であっても構わない。何としてでも、わたしの『外套』を書きたいものだと、考え続けて来た人間だった。（略）

にもかかわらず、わたしはあの外套の行方をどうしても思い出すことができない。というより、その行方不明となった外套の行方を、考えてみること自体を忘れていたのだった。いったいわたしは、いままで何を考えてきたのだろう？　もちろん生きている以上、さまざまなことを考えてはきた。あの外套の行方を考えることを忘れていたのは、たぶんそのためだろう。これは大いなる矛盾である。しかし、なにしろ外套、外套、外套と考えるだけでは、生きてゆくことができなかったからだ。当然のことだが、矛盾がわたしを生きながらえさせたのである。

ここは何度読み返しても、襟を正す気分にさせられますねえ。皆さんは、いかがでしょう。「外套」の語に、外套そのものと、文学への志との二様の意味をもたせながら、ここでなにが言われているのでしょうか。まず、この二十年間、志は常に作家たらんとするにあったこと。次に、にもかかわらず、暮らしは苦闘に満ち、文学一筋とはいかなかったこと。三番めに、志は常に文学にあったといいながら、それを第一義とできなかったというのは、矛盾ではないかと指摘されようし、なるほど矛盾でもあろうが、まさしくその矛盾が生活というものであった、ということ。そしてもし、文学第一義で押し通していれば、家族との暮らしも職場での立場も破産していたろうし、またもし、過不足ない生活人となりおおせていたら、今の自分は作家ではなかったろうから、文字どおり矛盾を持続的に抱え込み続けたことが、自分を生きながらえさせたのだ、ということなどがここに書かれているのです。そして「外套＝文学」と置き換えて、外套捜索譚を読み換えますと、『挾み撃ち』はどういう小説だということになりますか？　文学を失った文学者が、失った文学を求めてさすらう様を文学化した作品、ということになりましょう？　ま、しかしそこまで言わずとも、とりあえずここでは、赤木氏も後藤氏も、かたぎの生活人たらんがために、志に関する空隙を胸裡に抱え込んでいたことが、ご理解いただけるのではないかと思います。

第三の喪失感、じつはこれが最も読み落としてはならない点なのです。それは生立ちからくる思想的な喪失感です。赤木氏＝後藤氏は、昭和七年に北朝鮮永興に生まれました。満一歳の誕生日の行事に、算盤、物指、硯、ラッパその他多くの玩具や用具の中から、赤児がなにに手を出すかを視て、その児の将来を占うといった大人たちの遊びがあって、わが赤木氏は剣を取ったそうです。後年、陸軍の外套を着て上京する際に、兄から「お前は、子供のときから兵隊になりたがりよったとやけん、よかやないか」と冷やかされるのも、そんなことがあったからです。そればかりか、赤木氏は、元山中学一年生として敗戦を迎えた頃は、来年こそ陸軍幼年学校を受験しようと心に決めていた少年だったのでした。そして庭に掘られた大きな穴に、兄の手で、軍歌のレコードコレクションや父の軍帽が火にくべられていくのを、穴の縁に立って眺める中学一年生の自分を回想するたびに、赤木氏の頭には「さらば、わたしの陸軍！　さらば、無知そのものであったわたしの夢！」と、身を揉んでも揉み足りないような思いが掠めるのです。その後、一家は苦労に苦労を重ねて、本籍の九州筑前に引揚げてきました。彼は必死でその地に溶け込もうとしたのでしたが、結局「土着への絶望」に帰着するほかはなかったのです。象徴的な二つの挿話が語られます。「ほう！　中学二年まで、将棋のさし方ばじぇんじぇん知らんもんが、おるとかいね」と級友に嗤われながらも、ついに将棋が上達しなかったことと、「センセイ」を「シェンシェイ」、「ゼンゼン」を「ジェンジェン」と発音する生粋のチクジェン訛りが身につかなかったことです。高校生となった赤木氏は「人並みに厭世的に」なり、「悟りをひらきたいと考え」、「坊主になりたいと考え」たりもするのでした。彼にとって人生の局面とは、いつでもどこかから突然に襲いかかってきて、否応なく自分を巻き込み、翻弄していくものなのでした。彼は自らの思想形成について、こう語ります。

　わたしが思想を見放したのではない。わたしは自分が、いかなる思想からも見放された人間であるとしか思えなかったのである。少なくとも、わたしのためにある思想などというものは、考えられなかった。

　自分をこの世に結び着け、周囲の情勢に抗ってまで強い選択を強いるような原理を見出せないまま、自分は人生上の選択をしてこなければならなかった、ということなのでしょう。こうした内面風景の持ち主であったればこそ、昭和三十二年、作者二十五歳のとき、図書館でふと手にした武田泰淳氏の『司馬遷』が激しく体内に食い込み、楕円を形成したのでもあったでしょう。また四十歳を目前にして、橋の中程で立ち停まり、紛失した外套にこと寄せて、紛失した時間を確かめてみずにはいられぬ思いに駆り立てられるのでもありましょう。そして、世は楕円、という図形的世界観を武器に、世界がどうであるかではなく、世界をどう視るかという、認識論的小説へと向かわずにはいられなかったのではないでしょうか。

　いつの間にか紛失した外套を、ふと思い起って尋ね歩く、という物語は、それはそれでつまらなくはない寓話ではありますが、『挾み撃ち』は主題が二重構造になっていて、外套の紛失という事態は、赤木氏＝後藤氏の内面の喪失感を、象徴的に照らし出す道具立てにもなっているわけです。

さて、長々とお喋りしてまいりましたが、そろそろこの小説の幕切れについて、お話しなければなりません。ところで今日のお喋りの前半で、棚上げにしておいた問題がひとつ、ありましたね。お忘れではありませんね？　そうです。橋の中程で立ち停まった男の眼に、なにが見えたか、言い換えれば、一日足を棒にして外套についての証言を求め歩いた男の眼に、なにが見えたか、もう一度言い換えれば、四十歳を目前にして、自分の存在の根っ子を視詰めなおしてみようと計った作家の眼に、なにが見えたか、という問題です。

この問いには、簡明で皮肉な第一の答えと、その簡明さに含まれる、多少ややこしい第二の答えと、二段階に分けて答える必要があります。まず簡明で皮肉な答えから。男の眼に、なにが見えたか？　なにも見えなかったのです。つまり外套についての、なんの手掛りも得られなかったわけですから。いや、それだけならまだしも、小さな不安が思い浮んで、その不安を解決すべく思案するうちに、より大きな不安に捉えられてしまったのです。どうしてそんなことが言えるのでしょうか？　作者は、さりげなくヒントを書いてくれています。筑前で赤木氏が、曾祖父から挾み将棋を教わるくだりの、小さな会話です。

「それ、挾んで、ちょい！」
「あいた、あいた、あいた」
「挾むつもりが、挾まれた！」

頬笑ましい、のどかな会話ですね。でも、ここに恐ろしいことが、書かれてあるんです。お解りになりますか？「挾むつもりが、挾まれた！」これです。『挾み撃ち』一巻の結末を、この小さな会話が、暗示しているのです。赤本氏は一方で、四十年の半生のちょうど中程、十九の時の外套の記憶を、知人の証言を頼りに、時間を溯って突き止めようと苦心します。もう一方で、生まれてから十九歳の外套紛失までの時間を、下るように回想してくるわけです。つまり外套紛失（＝内的喪失感の実態）という過去を、現在と大過去とから、挾み撃とうとするわけですね。だが結果はどうだったか。丸一日たって、一向に埒があかぬ過去と、茫漠として捉ええぬ未来とに、挾み撃たれている自分を発見して、橋の中程で悄然と肩を落としているのです。

『挾み撃ち』は、思い出さなければ始まらなかった小説、思い出してしまったがために、始まってしまった小説だと、申しあげましたね。今や一歩進めて、こう言い換えてもよいでしょう。『挾み撃ち』は、思い出してしまったがために、より一層失ってしまった小説である、と。そう考えてみると、この小説は、気の滅入るような喜劇なのです。

さて、いよいよぼくのお喋りも、大詰めです。簡明さに含まれる、ややこしい方の答えをお話しなければなりません。本日のために、今回『挾み撃ち』を、やや丁寧に再読したわけなんですが、読後にかすかに意外な印象が残ったんです。お茶の水橋の中程に佇む赤木氏の孤独は、以前読んだときより強く伝わってきました。その後ろ姿はくたびれ果てていて、落魄《らくはく》の感さえ漂っているのです。ですが、そこに哀愁というような情感的な感じは、意外なほどないのですね。虚ろなままに、視る者の視線を吸い込むような向心力方向への力を、赤木氏の後ろ姿に、ぼくは感じました。存在のポテンシャルエネルギーとでも申しあげておきましょうか。

そんなことについて、あれこれ考えているうちに、コロンブスの卵みたいなことに気がついたんです。お笑いになってはいけない。それは、赤木氏と後藤氏とは違う、ということなのでした。当然です。が、私小説仕立ての作品では、ついうっかりすることがあるのですね。赤木氏は、外套探しを思い起った。その段階では、赤木氏を起用して後藤氏も、同じことを思い起っていたでしょう。同日夕刻、赤木氏はより深い不安に捉えられ、橋の上に佇む。だがそのとき、後藤氏は赤木氏と肩を並べて佇んでいるわけではないのですね。どこか遠くから、赤木氏の背中を視ているのです。つまり視点の工夫があるのですね。そして立ち尽くす赤木氏を描く後藤氏には、すでになにかが見えているのです。それが言い過ぎなら、なにかが見えてくるはずだという予感を感じ始めているのでしょう。そのなにか、とはなにか？

いま、過去、現在、未来について考える。言うまでもなく、過去はすでにあったところのものとしてあるのである。しかし、未来はいまだないものとしてあるのである。それを未来はいまだないものであるが故に、わからぬというひとは、すでにあったところの過去から、構造を感得していないのだ。（傍点原文）森敦『月山抄』22（『文藝』84・3）

後藤氏について書かれた文章ではないので、ちょいと唐突な感じを受けられるでしょうが、明らかに関連ある問題ですので、あえて引きました。ここで問題なのは、もちろん「構造」という熟語です。その含蓄の解析は、森敦論の文脈に譲るしかないのですが、どうやら推量できるのは、「構造」とは、後藤氏言うところの「方法」が、究極において露わにしたいと志向している普遍性のことではないでしょうか。ぼくはなにを言おうとしているのかといいますと、赤木氏は疲労困憊して俯き加減ですが、後藤氏はすでに未来を視据えて、「構造を感得して」いるとまでは言わないまでも、すでに眦《まなじり》には「方法」への自信すら読み取れるようにも思われました。少なくとも、「わたしのためにある思想」が見当たらないことに対する苛立ちが、この作家を襲うことは、もう生涯あるまいと想像されます。そして実際、後藤明生という作家は、その後一風変わった小説を次々と生み出していくのですが、それらの小説に、『挾み撃ち』で試され、確かめられた「方法」が、材料を換えながら貫かれているのを確認するのは、比較的容易です。現在も過去も、語り方しだいでは、すべて現在の表現たりうるという、後藤氏の方法は、また後藤氏なりのしかたによる、未来把握の方法でもあったわけです。先の森氏の引用文中の「構造」は、後藤氏のエッセイ類の用語では「楕円」「喜劇」などが相当します。ともあれ後藤氏は、物の視かたに、実作をとおしてとことん執着する、特徴のはっきりした作家であり、その小説理論は、現在の小説がたち至っている局面を暗示しているわけです。

初出❖雑誌「駱駝」第九号・一九八四年六月刊
出典❖単行本『批評果つる地平』旺史社（一九八五年二月刊）

文芸漫談『挾み撃ち』を読む

奥泉 光×いとうせいこう

奥泉　日本文学の傑作を読む「文芸漫談　シーズン3」の第二回目は、後藤明生『挾み撃ち』です。
いとう　今までの「文芸漫談」全シリーズを通して、最もマニアックなテクストかもしれませんね。
奥泉　かなり渋いです。しかし、こんなにお客さんが集まっていますよ。
いとう　坂口安吾や太宰治についてならわかりますが……。
奥泉　皆さん、さすがです。後藤明生について聞きに来たとは、お目が高いとしか言いようがありません。
いとう　僕も、やる気満々です。
奥泉　ある意味、今回は、いとうさんのための回でもありますからね。
いとう　そうなの？　じゃあ、早速……。
奥泉　いま現在、いとうさんも僕も近畿大学の教員ですが、後藤明生さんは晩年、近畿大学の文芸学部の学部長をされていました。一九九九年に亡くなってしまいますが、その後任で、小説の書き方を教える作家ということで、僕が雇われた。つまり大学教員になったのは、後藤さんとの縁だといえます。
いとう　僕の縁の方ですが、一九八八年に『ノーライフキング』という処女作を書いたとき、三人の知らない人から手紙をもらいました。一人は香山リカさん――この作品はラカンで読み解けるという内容だった。もう一人は『ノーライフキング』を書きながら、その存在をどこかで意識していた日野啓三さん。そして、後藤明生さんです。

奥泉　そうでしたか。

いとう　でも、後藤さんからのは、文藝家協会に入りませんかという手紙だった（笑）。直接お会いしたのは、ずいぶん後で、近畿大学に講演で呼ばれたときです。

奥泉　僕も近大で雇われる前に呼ばれたことがあります。学部長室に挨拶に行ったら、後藤さんが初対面でいきなり、「奥泉さんはハチに刺されたことがありますか？」ときくんですよね。

いとう　さすが後藤明生（笑）。

奥泉　「いや、刺されたことはたぶんないです……」と答えたら、「僕はあるんですよ」と。あとは延々その顚末を語るんです。

いとう　『蜂アカデミーへの報告』という奇妙な小説がありますが……、奥泉さんがお会いしたときも、ハチのことで頭がいっぱいだったんでしょうね。

奥泉　でしょうね。でも、こちらは何のことだかわからず、ただ「そうですか。それは大変でしたね……」と相づちをうつのみで。

いとう　そんなおかしみのあるエピソードが似合う人だし、まさに作風もそのままで。

奥泉　そんな彼の代表作が『挾み撃ち』です。

◇

いとう　恒例の冒頭チェックといきましょう。

〈ある日のことである。わたしはとつぜん一羽の鳥を思い出した。しかし、鳥とはいっても早起き鳥のことだ。ジ・アーリィ・バード・キャッチズ・ア・ウォーム。早起き鳥は虫をつかまえる。早起きは三文の得。わたしは、お茶の水の橋の上に立っていた〉

奥泉　一人称の文体は比較的淡々としたものです。「わたし」という一人称の主人公が、お茶の水の橋の上にいるところから始まる作品で、全十二章で構成されています。じつはこの小説、最後のところに粗筋が書きこまれているんですよね。だからそこを紹介しましょう。

いとう　まとめが、作品内部に用意されているんですね。

奥泉　最終パラグラフの一つ前です。

〈（前略）左様、ある日のことわたしは、二十年前のわたしとも、とつぜんの早起きによってはじまったわたしの一日巡礼とも、まったく無関係な一人の男を、お茶の水の橋の上で待っていたのである。失われた外套の行方を求めて歩き廻ったのも、わたしだった。山川を待っているのも、わたしだった。そのような、ある日だったのである〉

いとう　つまり、「わたし」のある一日が書かれた小説である、と。

奥泉　そう。「わたし」は朝起きて、昔自分が着ていた旧陸軍の外套はどこに行ったのだろうと気にしはじめ、消息を尋ねて歩くことに決め、かつて自分が住んでいた場所などを経巡ります。

いとう　でも、冒頭の時刻は夕方六時ちょっと前だったということは……。

奥泉　午前中に家を出て、蕨や上野に行って外套の行方を追ってはみたものの、結局、わからずじまいで夕方になっちゃった。

いとう　では、なぜお茶の水の橋の上にいるかといえば……。

奥泉　外套とは何の関係もない、山川という人を待っているから。以上で粗筋は終わり。

いとう　では、どんな特徴があるのかというと、冒頭一行目に「とつぜん」と出てきますが、この小説では「とつぜん」という言葉が多用される。あと、冒頭から段落ごとに、話がどう推移していくのかを追ってみるのもおもしろい。まず、唐突な想起があって、場所が示される。第二段落では、場所の説明。第三段落は、場所の記憶が語られることで時間軸が後ろに飛び、第四は、また現在の橋の上です。第五にはまた「とつぜん」が出てきて、ゴーゴリと永井荷風の話になる。論理的な展開とはとうてい言えない、大胆なずれかたがある小説です。

奥泉　一番飛躍があるのは、しばらく進んだ十三パラグラフ目かな。急に痔の話になるところ。〈ところで、いささか唐突ではあるが、寒さというものと痔疾とはいかなる関係を有するのだろう？〉

いとう「いささか唐突」と書きさえすれば、なんでも許されるかのようでしょう（笑）。

奥泉　続けて、〈ある推理作家は、レインコート製造販売会社から口説き落とされて、テレビの画面に宣伝出演したほどの容姿の持ち主であるが、彼も痔疾だ〉とか〈ぱらりと額に落ちかかる髪を優雅な手つきでかきあげる仕草のよく似合うフランス文学者など、いうまでもないことだが、この病気と容貌とは何の関係もなさそうである〉と、あの人もこの人も痔だという話がある。

いとう　誰のことを告発しているんだろうと、気になりますよね。

奥泉　でも以降、痔の話はでてきません。寒さと痔とは関係があるのかという問いをたてたものの、答えは出さないままです。ゴーゴリの『外套』の主人公アカーキー・アカーキエヴィッチも痔だったことが、ちょっと書いてあるくらいですね。

いとう　奇跡的につながってますね。

奥泉　まあ、かすった程度とも。

いとう　それが奇跡的なんですよ。ひとつのパラグラフが終わり、次のパラグラフに移行するとき、毎回さやかな奇跡が起こっているんです。

奥泉　あ、いいこと言いましたね。

いとう　でしょ？（笑）もし「『挾み撃ち』は、どんなジャンルの小説？」と訊かれたら、僕は「何だかわからないけど読めてしまうというジャンルの小説」だと答えますね。それ以外、ジャンル分けできないから。

奥泉　たしかに何だかわからないけど、するすると読めてしまう。いま僕たちは、講談社文芸文庫版で読んでいますが、カバーの紹介文には「脱線をくり返しながら次々に展開する」とあります。「脱線」というからには、きちんとした本線があるということですよね。でも、この小説には本線はない。脱線あるのみ。でも、これはとてもセンスが必要とされる書き方ですよ。

いとう　この危うい書き方を素人がやったらどうなるか。まったく読めやしないでしょう。

奥泉　僕が教えている学生にも、影響を受けて真似する人はときどきいます。読んでみると、たしかに脱線はしている。でも、「で、だから？」となっちゃうわけ。

いとう　この作品は俳諧的な取り合わせで出来ていると思う。僕が最も尊敬する俳人の金子兜太さんが言ったことを考えてみるとわかりやすいかもしれない。例えば「抱く孫の　瞳のうるみ」という五・七のあとに「鯉のぼり」と下七をつけた素人の句に対して、「鯉のぼりではせいぜい五年の人だな。私なら〝山法師〟とします」と。つまり、「孫」と「鯉のぼり」では、関係が近すぎる。でも絶妙に離れた山野の木の「山法師」を持ってくるには、三十年かかると。

奥泉　なるほどね。

いとう　つかず離れずのものを、どうつけるかのセンスが俳諧のすべてであるなら、後藤明生の俳諧性はすばらしい。

奥泉　痔の話が出てくる必然性は何もないのに、読むと必然性というかリアリティを感じるのは、近すぎず、遠すぎないからなのか。

いとう　微妙な距離としかいえない。つまり、ささやかな奇跡ですね。

奥泉　それは何によるものなのかな？

いとう　「萌え」じゃないかな。僕はオタクのセンスがないから、萌えの感覚がいままで摑めなかったけど、今回『挾み撃ち』を読み直して、「好き」の前段階としての「気がかり」、これに近いと思いました。

奥泉　萌えの感覚が、小説を推進させている……。たしかにこの小説は優れたセンスによって書かれている。だけども……。

いとう　わかります。ロジックの問題でしょう。

奥泉　そう。やはりこの小説を推進させていくエンジンは、センスだけではないと思う。

いとう　センスだけで進むものは、随筆と呼ばれる方向に行くから。

奥泉　そうそう。では、この小説を随筆と分けるものはなにか。

いとう　いきなり核心部分、大きな問題です。

奥泉　まずはゴーゴリの『外套』を考えなければなりませんよね。つまり『挾み撃ち』という小説の基本的構造――主人公が、昔なくした外套の消息を追う――は、ゴーゴリの『外套』という小説を先行テクストとして前提にしています。それから、荷風の『濹東綺譚』も、同じく先行テクストとしている。

いとう　『濹東綺譚』のタイトルは二章以降は出てこないけれど、売春婦に会いに行くくだりなど、荷風の香りはぷんぷんと漂っています。

奥泉　つまり、先行するテクストを前提にして小説を書くというスタイルで書かれている。これは現代小説のきわめて、きわめて重要な手法です。その手法の魅力を最大限に生かして本作品は書かれていると言えると思う。

いとう　おーっ、力がこもってますね。

◇

奥泉　もう少し具体的に考えていきましょう。例えば、『挾み撃ち』と同じように『外套』を先行テクストとして小説を書こうとしたとき、二つの方法があります。ひとつは、物語を踏襲するやりかたですね。
いとう　ストーリー展開や設定を借りてくる書き方だ。
奥泉　『外套』は「文芸漫談　シーズン2」でも読み解いたように、抑圧された惨めな男、アカーキー・アカーキエヴィッチが主人公ですね。
いとう　最下層の官僚でした。
奥泉　アカーキーの外套はすり切れ、半纏とからかわれるほどだった。そこで彼は新しい外套を誂えることを決意します。
いとう　それからは爪に火をともす倹約生活。
奥泉　節約に耐え、ようやく新調したところ、同僚が外套新調記念のパーティーを開いてくれるという。しかしその席でも主役になれなかった彼は、もう帰ろうと表に出る。すると女とすれ違う。突然追いかけていきたいという気持ちになった。だけど追いかけずに歩いていたところ、二人組の強盗に外套を奪われてしまう。取り返すべく、有力者に訴えるものの、まったく相手にされず、失意のうちに死んでしまう。
いとう　最後は、幽霊になり、道行く人に外套をよこせという、外套お化けになって、おしまいです。
奥泉　以上が物語の骨組です。そしてこれを前提に小説を書くとすると、例えばこういうのはどうでしょう。ある男がいる。家族もいる。アパートに住んでいる。そして、とうとう念願だったマイホームの購入を決意します。
いとう　ひたすら節約の日々を送り、頭金を一所懸命つくり、長期のローンを組んで……。
奥泉　東京の郊外にようやく一戸建てを購入した。夢のマイホームをついに手に入れたんですから、会社の人を呼びます。

いとう　ホームパーティーでどんちゃん騒ぎ。でも、上司や同僚は勝手に盛り上がって、家なんか誰も見ていない。しかも皆が帰った後は、鍋はこぼれて染みはでき、たばこの焦げもついている。
奥泉　しかも、欠陥住宅だとわかります。
いとう　あー、早くも白アリか。あるいは柱も細いし、床も傾いているぞと。
奥泉　そう、三日で雨漏りする手抜き工事だった。そこに台風が来る。崖が崩れて、土地すらなくなってしまう。そのタイミングでリストラ。自棄になって風俗店に行ったのがばれて、奥さんにも逃げられてしまい、失意のまま死んじゃう。
いとう　で、お化けになって、夜な夜な新築の家に出てくるのか。
奥泉　これは、『外套』を、その物語性にそって利用したものです。
いとう　パロディと呼ばれる場合もあるでしょう。しかし『挾み撃ち』は違う方法で、先行テクストを前提とするもうひとつの方法で書かれている。
奥泉　後藤明生のやっていることは、『外套』で書かれた物語上の出来事を、構造から解放するというか、構造を解体してばらばらにしてしまう。そのうえで、外套をなくす、外套を捜し求める、女に出会うといった物語の諸要素＝出来事を、物語から切り離したところで再利用している。これは、現代小説の非常に有力な方法だと思います。
いとう　今の「外套――家バージョン」が音楽でいうカヴァー曲だとしたら、後藤明生はマッシュ・アップですかね。
奥泉　何、それ？
いとう　例えばある曲からボーカル部分だけとってくるとします。リミックスであれば、自分でリズムをドンツクドンツクなんて打ち込んで、そのリズムにボーカルを乗せる。一方マッシュ・アップは、また別の曲からこんどはオケ部分だけをとってきて、そこにさっきのボーカルトラックを乗せる。つまり、リズムとボーカルの両方が別々のところからの借りものなんです。

奥泉　なるほど。

いとう　俳諧と同様、リズムとボーカルの取り合わせの妙に、その人のセンスが出てくる。いま奥泉さんが言った、物語の諸要素をボーカルと考えるなら、地の文がリズムですね。もちろん、地の文はオリジナルで書いているんだからリミックスやマッシュ・アップと呼ぶべきではないかもしれない。でも『小説――いかに読み、いかに書くか』で繰り返し語っているように、後藤さんは「小説は読んだから書く」作家だった。つまり、文章はいつも過去の何かに対する応答としてしか書けないし、起源を求めようとするほうがおかしいという考え方だった。だからオリジナルの地の文であっても、どこかから借りてきたリズムのようで、マッシュ・アップ的なんだと思います。

奥泉　起源を求めないというのは、まさしく物語を求めないということですね。

いとう　そうです。

奥泉　パロディを書くという明確な意識なしに、つまりゴーゴリ『外套』を読まなくたって、さっき言ったような、マイホームを買った男の悲惨な物語は書けてしまう可能性はある。物語とは、それほどまでに普遍的だから、油断していると、あっという間に小説は物語の磁場に引き寄せられてしまう。

いとう　まったくですよ！

奥泉　いとうさんは、なによりそれが嫌なんですよね（笑）。世に作家はおおぜいいますが、日本で一番物語を憎んでいるのが、いとうさんです。

いとう　憎むというか……、物語が生じるたびに萎えてしまう。八〇年代は、皆が物語を否定していた。ところが急速に「物語だけは否定できない」と形勢が逆転してきて、今では「物語は必要悪である」と……、この意見に、奥泉さんも加担しているでしょう。
奥泉　うん、していますす（笑）。結構してますね。
いとう　もう後藤明生だけです、アンチ物語派は。僕はとりわけ後藤さんの『吉野大夫』が好きですが、この作品なんて、吉野大夫の墓を調べようとするけど、資料を集めるのが面倒くさいからやめたとか、だれかが送ってくれた資料を何年も読むのを忘れていたとか、それしかない。この抜け感は抜群なんですよね。
奥泉　粗筋を紹介することがこれほど無意味な小説は、そうありません。

◇

いとう　物語について奥泉さんときちんと話をしておくのにいい機会だから、ぜひお聞きしたい。どうして物語は必要悪なんですか？
奥泉　物語から極力逃れることを選択したとしても、それでも小説を推進させていく構造は必要だと思っています。
いとう　それは、「抱く孫の　瞳のうるみ」に「山法師」をくっつけるかのごとき俳諧性ではだめということ？
奥泉　だめではないんだけど、それだけで小説を書くのは大変でしょう？
いとう　たしかに。随筆や俳句なら成立可能かもしれないけど……。
奥泉　漱石の『夢十夜』は、いい線まで行っていますよね。「こんな夢を見た」という書き出しで始まる十の掌篇が集まった作品ですが、夢なんだから、続きはどうとでも展開可能です。
いとう　まさに、俳諧的散文。
奥泉　むしろ、「こんな夢を見た」で始まる小説がおもしろくなることのほうが、驚異ですよ。

いとう　普通なら、読むに堪えないはずだ。

奥泉　ちょっと話は変わるようなんですが、このところ僕は、アルノルト・シェーンベルクの十二音技法について勉強中で……。

いとう　僕も気になっています、十二音技法。何、あれ？

奥泉　十二音技法は、二十世紀前半、シェーンベルクが中心になって始めたといわれているわけですが、なにせこの作曲技法はやたら複雑なので、僕も完璧に理解はできていません。でも、その意味は少しだけわかってきた気がするんです。つまり、今まで話してきた「物語」を、音楽の用語にアナロジカルにあてはめると「調性」になります。ヨーロッパの音楽は、バッハが十二平均律を整備して以来、基本的に調性にしたがって展開してきた。調性があるということは、構造を持てるということ。ハ長調で始まれば、途中でいろいろ動いたり、不協和音が入ったりしても、最後はまたハ長調に戻ってくる、といったことをはじめ、とりあえず構造を持てるところに調性の本質があるといっていいと思う。

いとう　カタルシスをもてるということでもある。

奥泉　十九世紀なかばから世紀末、ワーグナーやマーラー、晩年のリストなど、調性から離れて曲を作る傾向が出てきていました。シェーンベルクも初期の「浄夜」などは調性のなかで作りますが、次第にいわゆる無調になります。

いとう　無調って……。

奥泉　いわば『夢十夜』のようなものです。十二個の音をどう組み合わせてもいい。そのときシェーンベルクは、構造のあまりのなさに苦悩する。センスだけで曲を作らなきゃならないし……。

いとう　曲と曲の違いが言えないだろうし。

奥泉　曲も終わらないし。

いとう　あ、終わりは構造が要求するものなんですね。
奥泉　そのことで限界を感じたシェーンベルクは、十二の音を反復なしに並べた一つの音列を作り、さらにその音列を基とした反行形、逆行形など、いくつかのパターンを作る。それらを組み合わせることで、音楽の可能性を切り開けると考えた――これが十二音技法の成り立ちです。つまり、いったん無調になって構造性を失った音楽の世界で、もう一回構造性を取り戻そうという動きだった。
いとう　なるほどね。
奥泉　シェーンベルクは調性自体は否定してはいません。無調的な世界で調性的な響きが出てくることはよしとしています。ただ、調性を基本的な磁場としては使わないだけで。
いとう　調性から無調の間にある例をもうひとつ出してもいいですか。スティーヴィー・ワンダーに「パワー・フラワー」という曲があります。僕は昔からこの曲が大好きだったので、會田茂一という男とやっているJUST A ROBBERというユニットでミニアルバムを出すことになったとき、訳詞して僕が歌おうと、つまりカヴァーしてみようという話になった。レコーディングはしたものの、結局、権利問題でその曲はアルバムに入れられなかったんだけれど、じゃあライヴでやろうとしたら、「実はコード進行がとれないんですよ」と會田くんが言いだした。つまり、聴いたり、歌ったりするには王道的な気持ちいいメロディなのに、凄腕のミュージシャンでもコードがとれない作曲をスティーヴィーはしていた。まさに調性と無調の間でポップスをやってた。
奥泉　なるほど、そうですね。
いとう　ジョン・アーヴィングが書く小説にも、まさに調性から無調の間を行くような、手だれの物語がある。そこまで幅のある物語なら、僕もＯＫなんですが……。
奥泉　僕のイメージはエリック・ドルフィー。彼は、完全なフリーではなく、ある程度、調性も構造もある音楽のなかで、激しく逸脱していくという方法をとっています。基本的なコード進行やリズム構造は崩さず、ものすごく大きな逸脱を実現している、というべきかな。

いとう　一応、確認しておきますが、奥泉さんは調性絶対派ですか？

奥泉　当然、物語がすべてだという調性絶対派ではないです。でも小説というものを支える構造として、物語は有力だし、使うことに躊躇はないですね。まあ、ごく当たり前の認識ですけど。調性のなかでどこまで逸脱していけるかという発想です。もちろん娯楽性に考慮したときには、調性は当然ながら無視できない。

いとう　『挾み撃ち』は、物語もたまには使う。構造も使う。そのかわり、いつも自由であって、逸脱もどんどんする。そういうふうにできていると考えればいい。

奥泉　くどいようですが、これはものすごくセンスが要求される書き方です。痔疾の話が出た瞬間に「えー、なんで？」と、言われてはいけないわけだから。

いとう　落語家も、まくら部分、つまり導入のセンスで、うまさの一端がうかがえる。まさに「芸」とはそうしたものですね。

奥泉　正直、僕はそこまでの自信はないですね。だから、調性やしっかりした構造を導入し、そのなかで勝負したいと考えてしまうんです。

◇

いとう　では、テクストそのものを見ていきましょうか。無調のなかの調性とは、どういうものを指すのか、現物をお目にかけましょう。

奥泉　第四章を、読んでみてください。主人公の赤木——アカーキーならぬ赤木は、昔着ていた外套をいつなくしたのかと考えながら、二十年ぶりに埼玉県の蕨という土地を訪れます。先に紹介したように、『外套』のアカーキーは外套を強盗によって強奪されていますが、それと同じことが自分には起きなかったか、思い出そうとしています。
いとう　ここで忘れてはならないのが、強盗に奪われる直前、アカーキーになにが起こったか。
奥泉　そう。見知らぬ女に出会い、浮かれ気分で、後をつけたくなったんでしたね。『外套』において、短いが非常に印象的なシーンです。
いとう　ゴーゴリの脱線であり、後藤さんもそこに注目している。
奥泉　それをふまえて、読んでみましょう。
〈二十年前のある晩、蕨駅前の飲み屋小路から出てきたわたしと、課長補佐宅の夜会からの帰り途であったアカーキーとに共通していたのは、両者ともアルコール分を摂取していたことくらいだろう。（中略）ところでわたしは二十年前のある晩、蕨駅前の飲み屋小路で何杯の焼酎を飲んだわけだろう？　いま仮に、適量のコップ三杯を一杯上廻る四杯を飲んだとしてみよう〉
いとう　適量のコップ三杯を上回る四杯を飲んだとする、というこの文章だけで、そうとうおかしい。「適量の」と細かく書くところなんか実におもしろいですよ。
奥泉　〈酩酊の度合いとしては、シャンパン二杯のアカーキーの場合と、これでほぼ同等と考えてよいだろう〉
いとう　同等にする必要はないし（笑）。
奥泉　〈そのときわたしの前を、一人の女性が通りかかったか、どうか？　しかし、もし通りかかったのだとすれば、おそらくわたしも、アカーキーと同じように、とつぜん彼女のあとを追って走り出そうとしたはずである〉
　つまりここでは、女がいたかどうかはわかりません。

いとう　だけど読んでいる僕らの脳の中には、確実に捕捉はできないけれど、まごうことなき女の影がすでにあらわれています。
奥泉　見えていますね。
〈蕨駅前の飲み屋小路でコップ四杯の焼酎を飲んで出てきた、二十年前のある晩のわたしが、アカーキーよりも幸福な人間であったとは考えられないからだ。断じて、断じて考えられない。／何故？　しかし理由などいまさら考える必要はないだろう。わたしは九州筑前の田舎町から出てきた人間だった。そして早起き鳥試験に失敗した人間だった。そのわたしが、コップ四杯の焼酎に酔ったのである〉
いとう　ほら、来た。「四杯を飲んだとしてみよう」という仮定だったのが、もうここでは確定的な事項になっている。逆に言うと、虚構の中でさらに虚構の世界に入っちゃう。
奥泉　〈カーキ色の旧陸軍歩兵の外套を着て、夜更けにとつぜん、通りかかった見知らぬ一人の女性のあとを追って行くのである。この上、更に何か、理由が必要だろうか？　無いはずである。わたしは女のあとをつけはじめた〉
いとう　焼酎四杯と同じで、仮定の、もし《IF》の話だったのに……。
奥泉　そう、女は本当にいたのかわからないまま、もしいたなら追っかけていたはずだという話だったのに、「わたしは女のあとをつけはじめた」と書いてしまう。
いとう　改行の入れ方も絶妙で、最後の事実確定的な一文はパラグラフの最後におかれています。事実として書かれる出来事と、妄想として書かれる出来事のあいだに境がないんですね。
奥泉　いつのまにか、たくさん折り重なったフィクションの層のどこかに読者は迷い込んでいるんです。
いとう　正確にいうと「女のあとをつけはじめた」までは、妄想＝多次元世界の出来事を書いている可能性はある。でも、続くセンテンスが、〈まったく長い長い駅前商店街通りの一本道だ〉である以上、カメラが、、この次元のものを写していることに疑いはない。

奥泉　〈道の両側の商店は、もちろんすでに戸を閉めていた。わたしと女との距離は三十メートルくらいだろうか？　たぶん最終電車から降りてきたのだろう。女は外套の襟を立てていた〉

もはや完全に別レベルで話が進んでいる。多層になったフィクションが、一瞬、露頭のように顔を出したすばらしいくだりですよね。

いとう　随筆でなく小説であることの一番の証拠が、ここだと言えるのではないでしょうか。虚構内の虚構がどんとせり上がってくるこの運動。

奥泉　その後、女を追いかけていった赤木は、

〈『ネフスキー大通り』で、ピスカリョーフがあとをつけて行ったような女だろうか？　まさか！〉

などと考える。『ネフスキー大通り』はゴーゴリの別の小説ですが、主人公ピスカリョーフもまた、通りで見かけただけの女を追います。ところが彼女は娼婦だった。ピスカリョーフは驚き、阿片中毒に陥りやがて死ぬ。この一連の流れは、『挾み撃ち』のテクスト内でも紹介され、引用までありますそして次のパラグラフで、〈わたしは、最早や蕨のピスカリョーフだった〉の一節が書かれる。

いとう　もはや、フィクションのどの層からどの層へ飛んだのか、全然わかりません。妄想の続きとして紹介された小説の引用によって、二十年前の「わたし」は「蕨のピスカリョーフ」とまで名指されるんだから。

奥泉　〈幾つ目かの街灯が彼女のベレー帽を照らし出したとき、そうなったのである。いや、そうではない。わたしが蕨のピスカリョーフではなくて、女が蕨のブリュネットだった。そうあって欲しかった〉

ブリュネットとは、『ネフスキー大通り』の女のことです。つまり、「わたし」は前を行く彼女が娼婦であって欲しい。なぜなら、いまから声をかけようと思っているからですね。

いとう　過去時における、現在進行形だね。カメラはもはや二十年前の「わたし」に焦点を合わせています。

〈是非ともそうであって欲しい。わたしにはその方が希望が持てた。いや、そうであってくれなければ、希望は持てない〉

奥泉　すごいと思うのは、ここでこの話は終わるかと思うと、次のパラグラフでまだ続きます。

いとう　〈そのとき、とつぜん女が立ち止った〉。ほら、また出ましたよ、「とつぜん」が。

奥泉　この小説の出来事は、すべて突然起きますが、突然立ち止まった女は、やがてまた、突然こちらを振り返ります。そこで「わたし」は近づこうとします。

〈しかしそのとき、かけ出そうとしたわたしの外套の肩口を、何者かが摑んでうしろへ引き戻した。同時に耳元で鋭く笛が鳴った。／「信号が見えないのかね⁉」（中略）わたしの外套の肩口を摑んで引き戻したのは、白いヘルメットをかぶった交通整理の警官である〉

いとう　ここで、後ろからぽんと出てきた手というのは……。

奥泉　時間を超えてあらわれた、「いま現在」の警官でしょうか。あるいは……。

いとう　この「信号が見えないのかね⁉」という一言が、二十年前と現在の両方に通じるかたちで、作品内に響いているとも言える。二重露光していますね。

奥泉　そう、ここで時間が一瞬、二重になった。このあと、「わたし」は警官に質問します。

〈「しかし、これが中仙道でしょうか？」（中略）「これは、バイパスですよ」／「そうですか。どうも、二十年ぶりに訪ねてきたものですから」〉

いとう　ここは、現在時に確定できる。

奥泉　明らかに二十年後に時間が戻ってきています。これは、単純に技術とは言えない、独特のセンスですよ。

いとう　たんなる夢から覚めたシーンというのでもない、ある種の異様さがありますね。

奥泉　普通なら、ここでひとつの読みどころは完結して、おしまいですよね。しかしまだ続きがある。むしろ複雑さは、ここからが本番だといってもいいでしょう。「わたし」はバイパスを横断します。するとその場所を、

〈二十年前のある晩、駅前の飲み屋小路から出てきたわたしがあとをつけて行った女が、とつぜん立ち止って振り返った場所だ〉

　と確信する。

◇

〈もちろん、外套の襟を立てたベレー帽の女の姿がそこにあるはずはなかった。女子大生だろうか？　女給だろうか？（中略）しかし結局、正体不明のままだった。街灯の下に立ち止ったばかりか、彼女がとつぜんわたしを振り返ったのは、事実だ〉

奥泉　話をまたもや戻している。しかも、わざわざ「振り返ったのは、事実だ」とか言うから、いかにも事実ではないのではないかと思わせる。「事実だ」が、いわば「虚構だよ」というサインの役目を果たすんです。

奥泉　そうそう。ここはとてもうまいし、スリリングな場面です。

〈わたしは思わず駈け出そうとしたが、辛うじてその足を押しとどめ、外套のポケットから煙草を取り出したのだった。そしてあたかも、煙草はくわえてみたがマッチが見当らない男の役を演じる三文役者のように、もぞもぞと外套の中で手を動かしながら女に近づいて行ったのである〉

　警官に止められなかったバージョンが、展開されます。

〈確かにそれは下手くそな演技だ。しかしわたしの知る限りにおいては、それは一つの合図であった〉

いとう　彼女が娼婦であれば、煙草の火を借りに行くことが、性交渉の合図になるわけで、だから下手な芝居でいいと。

奥泉　〈「ちょっと火を貸して下さらない？」／その反対というわけだった〉

いとう　ここはちょっとわかりにくいと思いますが、女から火を所望されるのとは、反対のことを「わたし」はやろうとしている、と説明しているんですよね？

奥泉　そう。わざわざカギ括弧でくくられているけど、女が発話したわけではありません。

〈「もう少しリアルに出来ないものか知ら？」／よもや、そのような返答をきくことはあるまい〉

　ここも同様で「もう少しリアルに……」は、だれも発話していないセリフ、架空のセリフです。

いとう　でも、混乱しますよね。カギ括弧がついたセリフは、ほぼ事実だという、小説文法上の決まりが、読むほうの体にしみ込んでいるから。

奥泉　カギ括弧というのは、誰かが発した厳然たる声を示すための記号として使われる。地の文の流れをせき止める岩のようなものですね。ところが、ここでは、全くその機能を反転させて使っています。一番の内部的な声に、カギ括弧を与えているんです。

いとう　奥泉さんは先ほど、あらゆる虚構の地層の中の露頭だとおっしゃいましたが、このあたりは、もう虚構か現実かという単純な二項対立ではなくなっていますよね。もっとも「リアルな虚構」という事態が展開されているのに対し、「もう少しリアルに出来ないものか知ら？」と女からのツッコミが入るわけでしょう。まさに、小説全体の白眉だ。

奥泉　僕もこの女をめぐるシーンが一番好きです。実にさまざまな水準の虚構が折り重なって、編まれていくというテクストのつくり方としては、もっとも技術が高いものでしょう。

いとう　ちょっと息つく暇もない。

奥泉　〈わたしが酩酊しているのは、ご覧の通りだ。したがってわたしはそれを隠そうとは思わない。そうです、わたしは飲んできました。ええ、ええ、情無いことに、たった一人でです〉という、誰に向けてかもわからない長い語りが、その後に入ります。

いとう　読者は、呼びかけられている声は聞こえるけど、それがどこから聞こえているのか、その声が発せられた位相を見極めることがむずかしいですね。

奥泉　ロシア文学的な、なつかしい香りもあって。

いとう　長い独白文ね。

奥泉　〈わたしは酔っています。しかしわたしがいま、とつぜん立ち止ってわたしの方を振り返った貴女に近づいて立ち止り、話しかけるのは、そのためではない〉

いとう　「貴女」に話しかけていたんですね。

奥泉　そう、例の女に。

いとう　虚構の中の女に、二人称で話しかけていた。

奥泉　そして、いったい何のやりとりなのか、わからない文章が続きます。

〈「ところで、いま何時か知ら?」／と、外套の襟を立てたベレー帽の女はいった。わたしは、煙草に火をつけ終ったところだった〉

いとう　「わたし」が、ドストエフスキー風の独白を延々としているところに、突然パッとライトが女にあたり、「ところで、いま何時か知ら?」と発話されているようで、つまり、とても演劇的なんですよ。

奥泉　演劇であれば、舞台の空間を二つに割って、こちらで起こっている虚構（「わたし」）と、あちらで起こっている虚構（女）を同時並行で見せることは簡単にできます。でも小説のなかでそれをやるのは、難しい。

いとう　その前の、警官が肩を摑むシーンも、映画のカットバックの手法であれば、ものすごく簡単ですよね。そうした映像メディアの手法が、いくつもこの小説では表現されていることがわかる。
奥泉　この複雑さ、そして、このおもしろさ……、すばらしいですよ。
いとう　重要なのは、いかに複雑であっても、こ難しくしたいと思ってやってるわけではなかろうという、自由闊達さがあること。自由な風が吹きぬけていることです。
奥泉　そして、やっぱり無調ですよね。無調のなかで、センスよく話をつなげていくという、高度な技だと思います。
いとう　ここに虚構の層があって、こう飛躍して、こう展開してと、計算ずくで綿密にプロットを書いているとは思えませんから。
奥泉　ええ、していないはず。
いとう　僕は「励起《れいき》」という言葉を、つい思い浮かべます。エネルギーが最も低い安定状態から、より高く移行するときのことで……。もしくは、尾籠な話で恐縮ですが、半勃起状態というか……（笑）。ちゃんと勃起してしまうと、ゴールに向けた物語を書かなければならないけど、その前の状態、つまり、かすかに励起する状態にあるから、いろんな虚構のレベルに自由に移っていける。
奥泉　その状態をずっと持続している、という感じはたしかにあります。
いとう　古代からずっと、あらゆる芸術にとって大事なことは、それを体験した人に、自分も同じことがやりたいと思わせる力があるかどうかで、後藤さんは「小説は読んだから書く」と言ったけれど、その教えは具体的なものとして『挾み撃ち』のなかに存在している。読んだ人をして、書きたいと思わせる小説なんて、そうそうあるものではないですよ……。ここまで尊敬できるんだから、いっそここで、二代目後藤明生を名乗りたいくらいです（笑）。「いとうせいこう」と「ごとうめいせい」で音も似ているし。

奥泉　二代目、襲名ですか！
いとう　ああ、先代は偉かったなあ。

◇

奥泉　しかし『挾み撃ち』の特徴を、半勃起という言葉であらわすいとうさんも、そうとうにすごい。でも、たしかに「物語」だと、最後は射精しちゃうんですよね。
いとう　そうでしょう。その単純さ！
奥泉　この作品が、目的に向かって一直線というタイプとは正反対であることを、別の例で紹介しますと、歴史と記憶の関係性が不思議なところだと思うんです。とても強烈な「とつぜん」が、最後のほうに待ち受けていますよ。
いとう　第十一章ですね。
奥泉　ここで「わたし」は、昔よく利用していた質屋に行きます。
いとう　何度も質入れしていた外套のことを、もしかしたら質屋のおばさんが覚えているかもしれないと期待している。その前にもその質屋を訪ねますが、おばさんは留守にしていた。
奥泉　再び蕨にやってきて、豆屋に寄り、炒ったそら豆を買ってから質屋へ行く。今度は無事におばさんと会え、昔話をするものの……。
いとう　おばさんも外套のことは思い出せない。まあ当然ですよね、二十年前の話なんだから。
奥泉　でも「わたし」は、今、着ている外套だったらいくら貸してもらえるかと、変な質問をするんです。おばさんはなれた手つきで裏返したりして検分し、思わぬ安い値をつけるのですが、
〈しかし、そのとき、とつぜん思いがけない事が起った〉

いとう　つまり物語とはちがう、偶然のリアルさを虚構であらわすということなんでしょうね。本来、現実は「とつぜん」の連続なんだということは、虚構でこそあらわに出来る。

奥泉　〈中村質店の女主人が、わたしの外套の裾を手前の膝の上へ折りたたんだときだ。外套のポケットから、炒ったそら豆が二、三粒、畳の上へ転がり落ちて来たのである。／「あら！」／と、おばさんは声をあげた。そして、畳の上に転がり落ちたそら豆の一粒を拾いあげた。しかし、とつぜん転がり出て来たのは二、三粒の炒ったそら豆だけではなかったようだ。／「おにいさん、思い出しましたよ！」／「え？」／「ほら、八百円！　八百円の外套ですよ」〉

いとう　二十年前の外套のポケットからも、豆が転がり出てきたことがあった。そのつながりで、おばさんは思い出した。

奥泉　二十年前の豆と現在の豆、ささやかな偶然の一致なんだけど、そのことで何かが想起されます。つまり『挾み撃ち』とは、いろんなことを思い出す小説ですが、それはいつも「とつぜん」であり「偶然」によってである。

いとう　時間というものは一方から一方へ流れ、ある秩序を持っているものだけど……。

奥泉　『挾み撃ち』には、線的な自分の歴史や、来し方行く末といった物語的な運動がない。すべての記憶は、豆が転がり出るようにしか出てきません。しかし、この記憶の描き方が特徴だといえると思います。

いとう　なぜこれほど「とつぜん」ばかりなのか、自己言及する個所もありますね。おそらくそれは、幼くして敗戦を経験し、価値観が一八〇度変わってしまった体験が根っこにあるから、と。でももっと単純に言って、鬱っぽいときの思考法とはそういうもので、この漫談でも、「コップが落ちたから割れた」という「から」の因果関係が受け入れられなかったと、僕の体験を話したことがありますが……。

奥泉　そう言っていましたね。

いとう　コップが落ちたことと割れたことは、別々に捉えたい。だけど、それが「偶然」によってつかず離れず並べて書かれれば、意味をなしてつながっても嫌悪感が起きないということが、『挾み撃ち』をあらためて読んでわかった。

奥泉　一種の物語的な継起性――この出来事がこうなって、つぎにああなってという連続性――を基本的に否定しつつ、べつの方法で長い叙述をしていく。これが後藤さんの強みでしょう。二代目を襲名した、いとうさんは、やっぱりこの方式で書くしかない。

いとう　あらゆる小説の中でこの人の書くものだけが救いですから。しかも、ピカーッと輝くのではなく、よわよわと光る救い（笑）。あれはおれに向けて光っているのかな、ぐらいの。

奥泉　だいたい、会ってもハチの話しかしないしね（笑）。

いとう　なにしろ半勃起ですから（笑）。今回、奥泉さんも僕も、思いのたけをすべて話せたわけではないけれど、魅力の一端は伝えられたのではないかと思います。後藤明生に関して語られる場も近頃では少なくなっていたので、これを機に『挾み撃ち』や『吉野大夫』をぜひ読んでみてほしいと思います。

奥泉　『しんとく問答』など、他にもおもしろいものがたくさんありますから。物語のなさに怒らないようにして、読んでください。

構成／江南亜美子

初出・出典❖雑誌「すばる」二〇〇九年五月号（集英社）

行き場のない土着

平岡篤頼

世の中にはストーリーの辿りやすさの有無を基準にして、単純にわかりやすい小説と難解な小説、面白い小説と退屈な小説といった二分法ですべての小説を分類してしまおうとする怠惰な習慣があって、さしずめ『挾み撃ち』などはそのうちのわかりやすくて面白い小説、と云っても正確には難解で退屈な小説のなかでは最もわかりやすく面白い小説ということになるのではないかと思うが、しかし不思議なことに、どんなに明解なストーリーの読みとれる小説であっても、傑作であればあるほどどこか一点、曖昧で納得のゆきにくい個所があって、その太陽の黒点のような無気味な穴ぼこのなかへ潜りこんで、作品の裏側の暗い領域からあらためて振り返ってみると、わかりやすいと見えていた小説の全体が異様に化物じみた相貌を現わしはじめ、そのためこの作品はわかりやすくて面白いけれどもそのなかでは難解で退屈な小説の部類に属するのではないかなどと、最初の判断に修正を加えることを余儀なくされたりすることがある。『挾み撃ち』に関して云っても、主人公であり話者でもある《わたし》が何故二十年も前の古外套の行方を探索に出かけねばならないのか、という動機の問題がそれにあたり、この場合その黒点がかなり大きくてしかも無格好であるために、よくよく考えてみると、これは難解で退屈であるばかりでなく、かなり欠陥も多い小説ではないのかとさえ疑わせたりもするというわけである。

だがもともと、わかりやすい小説があり得ると思うほうが間違いで、すぐれた作家ほど、先行する作家たちがついに捉えきれなかった渾沌とした複雑で奇怪な現実、ずぶずぶとどこまで降りて行っても底無しで不定形なわれわれの内面の、とりわけことばの投網の網の目からすり抜ける部分をこそ生捕りにしようとするはずであるから、理解しやすい言葉と辿りやすいストーリーを固執する限り、表現しきれない余剰部分が作品のどこかに今云った黒点となって凝縮し、最後まで作者に抵抗する結果、そこでだけは作者に匙を投げさせることになる。といって、いわゆる無理な設定とか、乱暴なこじつけとか呼ばれるものとは違う証拠に、その黒点の存在にもかかわらず他の部分のリアリティーがいささかも損われず、その黒点に凝集した曖昧さそのものすら、曖昧なままに最も頑丈な柱として作品全体を支えるような逆説的な骨太さを見せ、実際、『挾み撃ち』でも《わたし》が外套の行方を捜しに出掛けることが決まりさえすれば、その後の彼の言動も、そんな突拍子もない目的で訪ねて来た彼にたいする蕨の石田さんの小母さんや中村質店の女主人の応対振りも、極めて生き生きとしているし、そうした場面では《わたし》が古外套の探索に賭けているあるひたむきな思いが作りものでもこじつけでもないことが如実に感じとれる。

だが、それにしても小説の発端で、ある日ふと《わたし》が二十年前に着ていた旧陸軍歩兵外套のことを思い出し、「あの外套はいったいどこに消え失せたのだろう?」という疑問に捉えられて、その行方を突きとめに出かける決心をするくだりには、やはり否定できない曖昧さ、ほとんど不自然なこじつけとさえ見えかねない曖昧さが蟠《わだかま》っており、それは何故外套なのかという疑問よりは、その外套が《わたし》にとってどういう意味を持っているのかという疑問、ついでその意味を主人公がどれだけ自覚しているのかという疑問にかかわって来る曖昧さらしく、出来上った作品の全体から逆算して、この外套とは主人公にとっての《私》の象徴なのだと結論することは易しいとしても、そうしたところで一向に解消しない類いの曖昧さが依然として読む者の意識の底に停滞することに変りはない。

たしかに、冒頭のお茶の水駅脇の橋の上にたたずむ一節で、二十年前に同じ橋の上からバスに乗って《早起き鳥試験》を受けに行った経験を回想して、「次の和文を英訳せよ。《早起きは三文の得》」という問題に解答できなかったことを告白した後で、「まったく情ないくらい単純な話だ。しかし諸君、人生とはまさしくそのように単純で、ごまかしの利かないものなのである！」と書いてしまってから、慌てて次のように付記するところで、外套が話者の《私》の象徴であることを作者自身はっきりと認めている。

もっともわたしが、「諸君」などと呼びかけてみたところで、誰かが「ハイ！」などと返事をするわけではない。もちろんこの橋の上にただ立っているだけの男の人生など、現在の諸君の人生とは何のかかわり合いも持たぬはずだ。いったいわたしは何者であるのか、一向に諸君にはわかっていないからである。ただ、もしも、いったいこのわたしが何者であるのか、ほんの一瞬間だけ通りすがりの諸君に興味を抱かせるものがあったとすれば、それは外套のせいだ。（『挾み撃ち』）

一体ここで語っているのは誰なのか、橋の上に立って過ぎた一日のことをぼんやり思い返している主人公としての《わたし》なのか、それともその《わたし》の物思いについて語っている話者としての《わたし》なのか、それとも自分の書いてしまった《諸君》ということばによって触発されたもののなかに含まれる前進へのばねを観察している書き手としての《わたし》なのかという微妙な問題はあるにしても、というかそここそ後藤明生の文体の大きな秘密があるのであるから、いずれは最後にこの問題に立ち戻らねばならないことは判っているにしても、あたりを行きかう通行人と比べても《わたし》を他人と区別させるもの、《わたし》たらしめるものは平凡過ぎる、とはいえ「その平凡過ぎるところが、あるいは誰かの目を引くことになるのかも知れない」外套しかないというこの自覚は、しかしもちろん、《わたし》に二十年前の古外套探索の旅を思いつかせた動機ではなく、むしろ時間的にはその探索行の後に位置するのだから、その探索行の一日の果てに辿り着いた、というか少なくとも一層その度を深めた自覚に過ぎず、したがって実際に話者が蕨まで出かけ、上野や亀戸を再訪したことは疑えないから、この『挾み撃ち』もまた多くの小説と同じようにやはり結末から書き出しが生まれていることになる。

動機づけの曖昧さについては作者も当然意識していて、第二章のはじめで、例えば《わたし》が新しいゴーゴリ全集のために『外套』を訳している最中の翻訳者であるとか、満員電車に揺られて毎朝通勤している平凡なサラリーマンとかで、それが突然二十年前に着ていたあの旧陸軍歩兵外套を思い出したというのならもっともらしい理由、少なくとも「もっともらしい、辻褄の合った小説の主人公」にふさわしい理由にもなろうが、《わたし》には素姓とも職業とも呼べるものが何もない、強いて云えば、「あのカーキ色の旧陸軍歩兵の外套を着て、九州筑前の田舎町から東京へ出て来て以来ずっと二十年の間、外套、外套、外套、外套と考え続けてきた人間だった。たとえ真似であっても構わない。何としてでも、わたしの『外套』を書きたいものだと、考え続けて来た人間だった」ことはたしかとしても、それでも「外套、外套、外套と考えるだけでは、生きてゆくことができなかったから」外套の行方のことも忘れていた、つまりそれも理由にならないとして、結局《わたし》はこの探索行の動機づけを断念し、要するに「あの外套はいったいどこに消え失せたのだろう？　いったい、いつわたしの目の前から姿を消したのだろうか？　このとつぜんの疑問が、その日わたしを早起きさせたのだった」と云う。つまり、そこには動機らしい動機がなにもなかったということをあらためて確認せざるを得なくなっている。

動機づけの曖昧さと先程から呼び続けているものの中心は実はこの弁明のなかにあって、ここで動機と呼ばれているものが「もっともらしい、辻褄の合った小説の主人公」にふさわしい動機に他ならないこと、そしてそのような動機に必要なのは主人公がはっきり素姓なり職業なり、要するに彼を他の人間から区別する明確な属性を持っていることだという前提、さらに《わたし》がみずからを小説家と規定せず、というか「わたしは、毎朝早起きをしているサラリーマンではなかった。毎晩毎晩、あたかも団地の不寝番でてもあるかのように、五階建ての団地の3DKの片隅で、夜通し仕事机にへばりついている人間である。もちろん誰かに不寝番を頼まれたわけではない。自分で勝手にそうしているわけだ」とだけ書いて、小説家であることを職業とも素姓とも看做《みな》していないことに着目するならば、右に云った曖昧さも動機づけの拙劣さや不正確さから来るというよりは、むしろ作者みずから動機づけの可能性を次々に壊そうとしていること、それが作者の小説観そのものの要請から来ていることの表われではないかと考えさせられる。だからこそ、仮定的な動機のなかでも最も真実に近いと思われる「何としてでも、わたしの『外套』を書きたいものだと、考え続けて来た人間だった」という告白の後にも、直ちに「つまりわたしは、わたしである。言葉本来の意味における、わたしである」という、脈絡のさだかでない、一見訝しい言葉を記しているのであって、その云わんとするところは、自分は翻訳者でもサラリーマンでも小説家でもなく何の特性もない《わたし》なのだということだが、脈絡を不明瞭にするほどのこの断定的口調から窺われるのは、もはや自分はそのように特性のない《わたし》であることを恥じない、したがって自分のいちいちの行動の《もっともらしい》動機を提出することは拒否するという開き直りの姿勢である。

あらためてこの作家に教わるまでもなく、そもそも一人称小説のなかで話者《私》が自分の行為にたいして提出する動機の説明など、作家の自作解説と同様極めて眉唾ものだということぐらい常識で、だから、読者としても動機から行為を理解するのでなく行為から動機を推測する読み方をしなければならず、そうすればどっちみち動機の曖昧さに出会うのは当然で、畢竟《ひっきょう》小説のなかに厳密な因果関係など成立するはずはないのだが、批評する側としてはそうばかりも云っていられないので、今度は『挾み撃ち』の《わたし》の探索行の実際の模様のほうから、その動機なり目的なりを探る方向を採って見ると、ひとつの興味ある場面にぶつかる。すなわち、旧陸軍歩兵用外套の行方を捜すために常にない早い時刻に団地駅から東武電車に乗り、北千住から上野へ向かう銀色電車に乗り換えた《わたし》は、外套のポケットからメモ帳を取り出して、

「◉京浜東北線・蕨（S27・3〜S28・5）——◉赤羽線・板橋（S28・6〜約一か月。滝野川郵便局裏。二階）——◉西武新宿線・鷺の宮（S28・7〜約一か月。麦畑の中を歩く）」といった具合に、大学受験のために上京して以来現在住んでいる草加宿の団地に移るまで、彼が次々に移り住んだ十五の地名を電車路線図さえ添えて書き並べ、まるでこれからそのすべての土地を遍歴して廻るかのような期待を読者に抱かせるということであって、ところが実際には、この日《わたし》はその第一番札所の埼玉県蕨市しか訪れず、それというのも問題の外套が《わたし》の所有物だったのは、遅くとも昭和二十八年の一月か二月までと判っているからなのである。にもかかわらず、右の期待がながく尾を曳き、読み終ってしまってからも、作者はこの地獄廻りの続篇を第十五番札所に着くまで書き継ぐのではないかと錯覚させるくらいで、その角度から眺めると、外套は単なる出発の口実に過ぎなかったのではないかという印象すら与える。

　ひとつには後藤文学における《土地》の重要性ということも頭に浮かんで来るからで、『挾み撃ち』以前の数多くの中篇や『めぐり逢い』における草加宿近くのその大マンモス団地、随筆集『眠り男の目』や短篇集『笑い坂』における信濃追分宿、最近作『行き帰り』における千葉県習志野市といった具合に、後藤明生にとって今現在自分の住んでいる町や土地がつねに旺盛な好奇心と探究欲の対象となっていることは周知の通りであるが、それもビュトールの場合のように客観的にそれぞれの《土地の精霊》を捉えようとするというよりは、その土地を眺め、隅々まで歩き廻り、そこに住む人間たちを観察することで、同じくそこに住み、その土地から種々さまざまな規制と影響と、それからまた生存の支えを受けている自分の存在様態を見極めるためで、その点で黒井千次が『眼の中の町』で自分の住む小金井の町を多面的な角度から描き出そうとしたのと同じ志向を示していると云える。だが、『眼の中の町』の郊外住宅都市と後藤明生の作品における郊外住宅都市とを比べる時、主人公のその町にたいする帰属感、というか融和の度合がまったく違うことが目につき、前者の場合は、なんと云っても東京に生まれ、育ち、働いて来た作家であるだけに、たとえ現在住んでいる郊外の町が歴史も浅く、なんの特色もなく、機能的なだけの町だとしても、それにたいして《ふるさと》といったウェットな愛着を持つこともない代わりに《異郷》にいるという違和感も持たないのに対して、後者の場合は、その町との間になんら必然的絆を見出すことができず、ちょうど『ガリバー旅行記』の主人公のように、たまたま漂流して自分が選んだわけでもない土地に流れ着き、予想もしなかった他人たちの間に放り出されたという感覚、云い換えれば、自分が今いる場所は本来自分のいるべき場所ではない、といって本来自分のいるべき場所というのもどこにも存在しないのだから、自分は今いる場所にしっかりいるしかないという矛盾した思いに引き裂かれている点に差異を認めないわけにゆかない。

北朝鮮の永興で生まれ、中学一年で敗戦に会って北九州の田舎町に移り、大学受験のために上京してから二十年のあいだに、東京の周辺を十五回も転々として郊外のマンモス団地に《漂着》した作者が、今いる場所を本来自分のいるべき場所と考えることができないのは当然だとしても、特に注意を促したいのは矛盾のもう一方の項である《今いる場所にしっかりいるしかない》という思いが、彼の作品の根幹を成しているということであって、《土地》にたいする並大抵でないこだわり方もそれを抜きにしては説明できないばかりか、それもまた実は故郷喪失と漂流という作者自身の運命的な経験から生まれたものであることを見逃してはならず、父母や祖父母や使用人たちや遊び友達たちと罅《ひび》割れのない純一なコミュニオンのなかで暮した永興での少年時代が、今は朝鮮民主主義人民共和国の版図に繰り入れられたために容易に再訪できないとか、かりに再訪できてもそんな《黄金時代》を可能にした植民地日本人社会は永久に消滅してしまったとかいった理由によるばかりでなく、二度と回復できない自己のアイデンティティーが成立していた場所、云い換えればそれが《わたし》の本来いるべき場所でかりにあったとしても、二度とその場所へ帰ることはできないのだと確認した時から、そうした《今ここに》に居直ることを余儀なくされたのに違いないのである。《私》について書くことの一つの大きな目標は自己のアイデンティティーを回復することだとは、よく云われるカッコいい言葉であるが、もともとアイデンティティーとは自己同一性、つまりAがAであってAでないものではないこと、自分が完全に自分に重なることを意味し、だからそれは《ある》か《ない》かどちらかでしかなく、《ない》から《回復》しようとすれば《ある》状態に戻れるというものではなく、《回復》しようと図るその主体の態度がまさに自分が自分に重なることを妨げるという厄介な代物なのであって、ちょうど《私は私である》と書けばただちにそれを書くもう一人の《私》の存在が想定され、そのため主語の《私》も主格補語の《私》も正確には《私》でなくなるのと同じで、《自己のアイデンティティーを回復する》などという命題じたい自己撞着以外の何ものでもない。にもかかわらず繰返してそのようなことが云われるのは、それだけわれわれにとってアイデンティティーとやらが渇望すべき大事な宝であるからで、では翻ってそれが《ある》状態とはどういう状態なのかと考えてみると、自分が自分であることを知らずに存在している状態、つまり《私》という意識がなく、したがって他人との違いや距離を意識せず、彼らと同じ場所にいて同じ言語をしゃべっている状態であり、その結果その場所以外の場所、その言語以外の言語があり得るなどとは思えない状態なのだと云っていいかも知れない。

後藤明生にあって土地と言語の問題がつねに大きな関心の的となっているのも、そのように考えれば当然という以上に不可避の成行なのであって、永興を追われて九州の田舎町に移り住んだ時、先ず最初に彼が覚えようとしたのが将棋と筑前言葉であるというのも、《今いる場所にしっかりいるしかない》と覚悟したということ、別の云い方をすれば、今いる場所を《本来自分がいるべき場所》に変えねばならないと決意し、敗戦という理不尽なものによって奪われた自己のアイデンティティーを《回復》しようと目論んだことの証左にほかならず、ところが漸くのことで駒の動かし方は覚えたものの誰にも将棋で勝つには至らなかったのと同じように、筑前言葉はマスターできても《シェンシェイ》《ジェンジェン》といったチクジェン訛はついに習得することができず、「そもそも習得したり、マスターしたりすることの不可能なものが、土着というもの」だということを思い知らされ、さらに理不尽なことには、それでも多少は《本来自分のいるべき場所》となりつつあったその九州の田舎町をも、彼は大学受験のために去って上京し、折角覚えた《バッテン》《タイ》《ゲナ》も捨てて東京弁という新しい言葉をマスターせざるを得なかった。まさに「あいた、あいた、あいた！　挾むつもりが挾まれた！」であって、それ以後加速する土地から土地への移動に比べれば、言語のほうはそれほど顕著な転換を強いられることはないが、それでもロシア語という新しい外国語、それを通してロシア文学という新しい文学言語と接触するし、潜在的には、松原団地へ引越した時などにも多少の言語の変質を経験したのかも知れない。

『挾み撃ち』の作者と主人公＝話者《わたし》とを一応同一視して、以上のような観察をすすめて来たが、もう一度作品の内部に戻って《わたし》が銀色電車のなかで作成した地名リストについて考えても、あたかも彼がこれからその十五の土地を歴訪するかのような期待を抱かせ、そればかりかそそっかしい読者なら読み終った時にもその歴訪が実行されたかのような錯覚を抱かせかねないほどなのも、《わたし》の蕨再訪とこのリストの作成との間に地続きの等質性が存在しているに違いないからで、そのどちらをも支配しているのは近頃はやりの始源への遡及の意志などではなく、すなわち今自分のいる場所から目をそむけて、時間の彼方に《本来自分がいるべきだった場所》まで帰って行こうとする消極的姿勢ではなくて、地名リストが平面的な電車路線図の上に並列的に書きこまれ、二十年前の古外套の探索が蕨再訪という空間の軸上で展開されるのを見ても判るように、あくまで現在の《わたし》が今いる場所でそこに本質的に欠けているもの、その場所を《本来自分がいるべき場所》たらしめることを決定的に妨げるものを突きとめようとする意志なのである。それは自己のアイデンティティーを《回復》しようとする意志ではなく、《回復》できないことは判っているから、どこでそれが、いつ、どのようにして失われたかを明らかにしようとする意志であって、だからこそ、古外套について尋ねて歩いても、《わたし》はそれを再び手に入れたいなどと願うのではなく、ただ、それが自分の手を離れた時と場所と事情だけを知ろうとする。

何故外套なのかという疑問もそれでいくらか納得がゆくが、そこで調査の対象となるのが現在の《わたし》の唯一の弁別的特性となっているあの《平凡過ぎる》外套ではなくて、二十年前の旧陸軍歩兵用外套であること、《わたし》の亡父が着ていた将校用外套ではなくてまさに歩兵用の外套であること、しかも北朝鮮の永興で陸軍幼年学校を受験し、父よりも偉い軍人になりたいと願っていた《わたし》が着ることができなくて、これから大学の文学部へはいって文学を勉強したいと思った時の《わたし》が着ざるを得なかった軍用外套であったということに、この小説の湛えている悲愁のもう一つの源泉があって、とりわけ印象的な場面はいずれもその変奏に過ぎないくらい、願望と現実とのこの齟齬、もっと正確に云えば無知な願望とその時期外れの奇妙な形での実現という滑稽な喰い違いが、何度も何度も繰返され、というか繰返して《わたし》の記憶に甦り、それが現在の特性のない《わたし》の思考のパターンを形成してしまっているかのようにさえ見受けられる。

それというのも彼を永興という故郷から引き剝がして九州の田舎町へ放り出した敗戦という事件は、彼を違う土地の違う言語のただ中に投げこんだばかりでなく、違う価値体系に直面させ、今まで正しかった皇国思想や軍国主義をあれは間違いだったと否定し、それと正反対の教科書民主主義を正しとする時代のなかに彼を押し込んだからで、ところがそれまでの《わたし》にとっては、陸軍幼年学校に入学して父より偉い将校になる夢はもちろんのこと、軍人になること、軍帽を被り、軍服を着、軍歌を唄いながら出陣する未来図が、前反省的な彼の《ふるさと》、すなわち彼のアイデンティティーの不可欠の一部を成していた。

すでに幼年学校へ入学していたのであれば、話は少し変って来るでしょう。わたしはあの翌年には、是非とも入るつもりでした。入っていたか、入っていなかったか。僅かに一歩の距離です。そして、この一歩、この一歳の距離がまことに微妙なのです。もし入っていたならば、幻滅ということもなかったとは断言できないからです。また、夢と現実との矛盾とやらも、あるいは体験させられることになったかも知れません。あるいはさらに、大日本帝国陸軍の目的そのものに疑問を抱いたり、嫌悪したり、憎悪したり、批判することにならなかったとは断言できません。またその結果として、大日本帝国陸軍の組織から脱落したり、処罰されたり、あるいは永久に葬られることになったかも知れません。しかしわたしは、陸軍幼年学校の制服をついに着ることが出来ませんでした。制服も校門も、専ら『陸軍』〔雑誌名〕の表紙とグラビア写真で眺めただけでした。そして、来年こそは！　と憧れていたとき、ある日とつぜん、その校門はすうーっと、あたかも冗談か嘘ででもあったかのように、消えて無くなってしまったわけです。そして、あれは間違いでありました、というわけでした。つまり、きみは間違った憧れを抱いていたのだ、というわけです。（前同）

《わたし》が遂にたまりかねて不在の兄に切々と語りかける右の一節の前半にもあるとおり、この憧れもそのまま時間が経過すれば解体して行ったかも知れず、悲劇的なのはそれが無知な憧れのまま敗戦を迎えねばならなかったことにあるが、それにしてもこの憧れは物心ついてからに留まらず、「お前は、子供のときから兵隊になりたがりよったとやけん」と証言するその兄も覚えているとおり、一歳の誕生日の物取りの行事でも仏壇の前の畳の上に並べられたさまざまの品物の中から、絵本でも手掬でもラッパでもなく《剣》を取ったことに始まって、幼い《わたし》の存在そのものの一部と化していたのである。その《わたし》が、はじめて父の軍帽をかぶり、父の指揮刀の鞘を払うことが出来、また、教養といえば軍歌がすべてだったというその軍歌のありったけのレコードをかけて堪能することができたのは、敗戦の翌日か翌々日、家の裏庭に穴を掘って、兄と二人でそれを焼き捨てる時なのだ。流石に《わたし》は、その感動的な場面でも兄のように、気をつけの姿勢を取り、右脇に指揮刀を直立させて「捧げえ！　銃！」と叫ぶ勇気はなかったが、それにもかかわらず、その《わたし》が今度は本物の軍服を着て、「……星の降る夜に褌一つ／鳥毛逆立て捧げ銃！」という歌に合わせて捧げ銃する時が来る。といってもそれは本物の軍人としてではなく、戦後、伴淳とアチャコ主演の喜劇映画『二等兵物語』の上映館の前で、十二名の仮装した二等兵の一人として並ぶアルバイトのためで、その時彼の手が捧げ持つのは三八式歩兵銃ではなくて火たたきに過ぎず、しかもその時《わたし》は支給された軍服や軍靴がぴったりであることから、自分の体格が旧陸軍歩兵向きに出来ている（！）ことをはじめて発見する。

　あるいはまた、そのアルバイトの集合時間に遅れた《わたし》が、服部時計店の時計を見て銀座四丁目の交叉点から駈け出す時、不意に「いま鳴るラッパは八時半／あれに遅れりゃ重営倉／またの日曜がないじゃなし／放せ、軍刀に錆がつく」という軍歌を「耳にではなく、心臓のあたりから喉元のあたりで」聞き、伴奏は永興のオンドル間で撥《ばち》を当てている祖母の三味線だなと思っていると、突然それが『歩兵の本領』に、といっても「万朶の桜襟の色」ではなしに節は同じでも「聞け万国の労働者」ではじまる国際労働歌に変るといった具合で、こうした滑稽な《喰い違い》の場面がいずれも胸を打つある哀切な響を放つのも、滑稽は滑稽でも当人にとってはきわめて理不尽な《喰い違い》であり、しかもその理不尽さを誰に向かっても責めることができないからであって、その《喰い違い》の典型である旧陸軍歩兵用外套の行方を捜すことが主題である以上、『挾み撃ち』全体がその滑稽な悲痛さを湛《たた》えるにいたったのも偶然ではない。

　さらにまた、そうした《喰い違い》の場面がいずれも感動的なリアリティーを発揮しているのは、古外套をたずねて蕨を再訪する過程で、なんらかの蝶番《ちょうつがい》をきっかけとして話者《わたし》（というより書きつつある《わたし》）の記憶の深みから不意に浮上した新鮮なイメージでもあるからだが、ここで、冒頭に予告した文体の問題に戻ると、そんな浮上を可能にしたのも、繰返して云うように《同時に二つ以上のものを表わす》後藤明生の独特のことばの使い方のせいで、それだけなら必ずしも彼の専売特許とは云えないとしても、彼の場合はそれもまた、他の作家の誰彼や批評家の理論から学んだという以上に、みずからの故郷喪失と漂流の経験を通して、《今いる場所にしっかりいよう》とする努力によって身につけたものなのではないだろうか。いくつもの土地を転々とすることはやがて土地とわれわれとの繋がりを分断し、今いるこの土地にいないかのような錯覚を起させたり、かと思うと今いないどこかの土地にいるような幻覚を抱かせたりするうちに、肉体として今いる土地と実感として《今いる場所》を切り離し、その結果土地と地名をすら遊離させるもので、だからこそ『挾み撃ち』の冒頭で《わたし》は自分の立っている橋の名前を知らないばかりでなく、何歩か歩いてそれを覗きに行くことすらしないのだが、それと同じことで、先程述べた滑稽な《喰い違い》が誘発するのもまた、名辞と実体との《喰い違い》以外のなにものでもない。《軍服》を着ても着ている人間は軍人ではなく、《捧げ銃》をしても捧げ持たれるのは火たたきであり、《歩兵の本領》が聞えて来てもその歌詞は国際労働歌なのだ。

自我のアイデンティティーが《ある》場所とはまた、一つのことばが確実に一つのものを指し、逆もまた真であるような名辞と実体の原始的な符合が《ある》場所であるとすれば、故郷を失った後藤明生が何種類かの新しい言語と接触することで、一つのものを指すにも幾通りものことばがあることを知ると同時に、右のような理不尽な《喰い違い》を通して一つのものを指すべきことばが実際は指さない場合も多いことを知り、名辞と実体のつねに符合する言語空間の外に弾き出されたのも当然である。いずれの場合にも彼が出会ったのは、名辞と実体の遊離という現象であり、これもまた不幸であるには違いないが、その場合にも例によって《今自分のいる場所にしっかりいるしかない》という考えから、その不幸を嘆くよりは禍を福に変えようと努め、ほとんどロブ＝グリエやクロード・シモンと同質の新しい言語を創造することに成功したのであって、《わたし》は妻が《グアム島》と云ったのを《外套》と聞き違えてはっとし、また石田さんの小母さんが《外套》を《ガイトウさん》という友人と勘違いするのを見て狼狽するし、さらにはお茶の水駅脇の例の名無し橋を《早起き鳥橋》とか《お金の水橋》とか勝手に命名したりする。こうした例を見ても、名辞と実体の遊離という不幸が、その反面では、同じ一つの名辞に呼応する二つの実質、あるいは同じ一つの実質を指す二つの名辞同士の結びつきによって、詩の領域でいう《イメージ》に似た活力を生み出すことができるのが判るが、そればかりでなく、その活力をもっと解き放ってやると話の筋まで左右するほどのエネルギーを発揮しはじめ、あらかじめ脈絡の整えられた、云い換えればストーリーが一貫しすぎた小説ではお目にかかれないようなダイナミックな躍動を現出させるようになるのであって、その実例も枚挙に遑《いとま》がない。というより、『挾み撃ち』全篇が言語それ自体の持つそんな生産エネルギーによって生み出された作品なのである。

たしかに作者は、この小説を書く前に実際に蕨まで旧陸軍歩兵外套の行方を捜しに行ったに違いないが、それをいわゆる尤もらしい辻褄の合った小説の形に書かなかったのは、まさしくその探索行を企てさせた動機が《今自分のいる場所にしっかりいるしかない》という、その《自分のいる場所》を探るためであり、しかもその場所が草加なり蕨なりの特定の土地と符合しない、そして自分が自分にぴったり重なっていない、言語も名辞と実体が一対一で対応していない空間であることを熟知していたからで、久しく不幸と映っていたその場所が実は現代の誰でもがいる人間的な場所であることを悟ったその時から、彼はすでに方法を手中にしていたので、筋立を考慮する必要などなく、端緒さえ見つければ十分だったのである。その端緒が、今まで故意に触れずに来たゴーゴリの『外套』などの先行作品である。

初出❖雑誌「文藝」一九七八年四月号（河出書房新社刊）
出典❖単行本『文学の動機』河出書房新社（一九七九年八月刊）

『挾み撃ち』または模倣の創意——後藤明生論

蓮實重彦

I 放置された空白

ある日、とつぜん

すでに書かれてしまった言葉がまだ書かれてはいない言葉となおも曖昧に接しあっているかにみえる地点に、たとえば何やら橋のようなものでも架っていて、人がたぶん構想力と呼ぶのであろう作家的創意の暗部に揺れている前言語的地熱の程よい湿りけと、外気に晒されるはしからこわばって徐々に可塑性をおびてゆく言語的造形作用の乾いた感触とを、そこで同じ一つの仕草によってまさぐることが可能だとすると、読むことは、そして疑いもなく書くこともまた、不定形から定形を目ざすその言葉のまばゆい航跡に瞳をさしむけるという途方もなく刺激的な体験になるはずだと思えるのだが、まだ書かれてはいない言葉の輪郭をいかにそれらしくなぞってみせるかといった同語反復的な技術が「文学」で、すでに書かれてしまった言葉からその輪郭を察知するのが読むことだなどと信じられ、だから、一方で言葉の化石の美醜が問われ、また他方では前言葉的地熱の測定ばかりが問題とされてしまう現在、まさに言葉でなかったものが言葉たろうとして曖昧に不毛な生誕を模索する場としての橋に似た空間には、まず名前などありはしまいし、ましてやその中間でふと足を止めてみるものもあろうはずはなく、誰もがそんな橋とやらはとるにたらぬ錯覚だ、暇をもてあました抽象が他愛もなく戯れてみせるありもしない虚構だとでもいいたげに、せかせかと歩調を早めて通りすぎていってしまうばかりだ。

だがそれにしても、と、『挾み撃ち』の後藤明生は「ある日」のこと、そしておそらくは「とつぜん」に思ってみる。その橋に名前ぐらいはあるだろうし、その中途で足を止める人間がいても不思議はないではないか。曖昧だとはいえ、作家が言葉と向いあって逡巡し、その逡巡にいらだちながら、それが何と呼ばれ、なぜそうなるのかを確かめようとすること、それが虚構だとはとても思えない。げんに後藤は、まだ書かれてはいない言葉とすでに書かれてしまった言葉との接点に足をとめ、なぜそんなことになったのか、そしてその地点には何という名前が与えられているのか、いぶかしげに問うてみたわけだ。そしてそんな問いかけが言葉になろうとする瞬間、こんなふうに書き始めている自分を発見して、いささか途方にくれてしまう。

ある日のことである。わたしはとつぜん一羽の鳥を思い出した。しかし、鳥とはいっても早起き鳥のことだ。ジ・アーリィ・バード・キャッチズ・ア・ウォーム。早起き鳥は虫をつかまえる。早起きは三文の得。わたしは、お茶の水の橋の上に立っていた。夕方だった。たぶん六時ちょっと前だろう。(傍点引用者、以下同様)

誰もが『挾み撃ち』の冒頭に読みうるこの文章をめぐって、後藤明生は、はたしてこんな言葉のつらなりが「長篇小説」たりうるかどうか、また「文学」にじゅうぶん似たものになってくれるかどうか、息を殺して見まもるほかはない。いずれにせよ、その設問をめぐってあたりにたち騒ぐ肯定と否定の返答に挾み撃ちにあった作家は「文学」と「文学ならざるもの」の中間に足を止め、名前も明らかにはされないその架橋をごく当然といった顔で渡って行く連中を見やりながら、ことによったら、「ある日」、「とつぜん」、「夕方」

の「たぶん六時ちょっと前」に「お茶の水の橋の上に立っていた」という「わたし」になら、とりあえず「橋」と呼んだこの曖昧な地点で何が起るかを仔細に観察しうるかもしれないと思う。幾分か自分自身に似てしまいはしようがしかし自分とはなりがたい「人称代名詞」の「わたし」になら、「橋」をめぐる現実と虚構のせめぎあいを何とか処理しうるかもしれない。後藤明生の刺激的な長篇『挾み撃ち』は、そんな自問自答から始まる小説である。

立ち止ること、立ち止らぬこと

「まことに落ち着かない」国電お茶の水駅前の雑踏に瞳をはせている「わたし」は、別に息を殺した観察者の観点にこだわるわけではないが、そこが「じっと立ち止ることのできない場所」であることをすばやく察知する。「実さい、誰も立ち止らない」。スタンドの新聞、週刊誌を受け取るのも歩きながら、ヘルメットをつけた学生諸君からビラを受け取るのもまた、歩きながらである」。誰でも知っているこの界隈の客観描写としてならいささか誇張が感じられぬでもないこの文章は、しかし、すでに書かれてしまった言葉とまだ書かれてはいない言葉とに挾み撃ちにされた後藤明生にとっては、そう書かざるをえない必然性をはらんだ文脈をかたちづくり、橋の上に立っているわたしは、だからその文脈にあってしか「わたし」たりえない単なる「人称代名詞」であるにすぎない。そしてその「わたし」は「誰も立ち止らない」その界隈の一劃に「国電」の線路を跨いで架っている橋をめぐって、自分自身の徹底した無知を発見する。

この橋は何という名の橋だろう？　お茶の水橋？　たぶんそうだろう。しかしわたしは、立っている橋のほぼ中央の位置からわざわざそれを確かめに歩き出したいというほどの人間ではなかった。ただ、ある日のこと、その橋の上に立っていたにもかかわらず、橋の名前を知らなかったことに気づいただけである。

　ことによったら、作者後藤のそれとかなり大きく接しあってもいそうな「わたし」のものぐさな「性格」の指摘という観点からのみ読まれかねないこの文章にあって、重要なのは「誰も立ち止らない」界隈にいながら、「わたし」があくまで「橋のほぼ中央の位置」に立っていたが故に（「立っていたにもかかわらず」ではなく、あくまで立っていたが故に、と読まねばならぬ）不意に「橋の名前を知らなかったことに気づいた」という点である。つまり、他者の群による「橋」のあからさまな無視と、その中央に立っているという「わたし」の姿勢は相関的な関係にあり、かりに「それを確かめに歩き出して」しまったりしたら、『挟み撃ち』の構造は一挙に崩れ、「わたし」はたちどころに「わたし」たりえなくなって、橋の名前をめぐるその無知は書かれた言葉であることを止めなければならぬということなのだ。他者に対する語り手の空間的な位置は、ここでは性格描写以上のあるのっぴきならぬ関係をかたちづくり、その関係の錯綜した磁場がぴたりと定まる一定の線上でしか「わたし」はいまいる場所の名を問うことにはならぬだろうし、しかもそのとき「わたし」の口をついてでる疑問は、知識の欠落の充当へと人を導かず、かえって無知の確認によって、立ちどまる「わたし」の位置の積極的な曖昧さを正当化するといった類いのものなのだ。

　したがって、当然のことながら、「立ち止る」位置ばかりでなく、その理由も曖昧でなければならない。「わたし」は、もちろん何故と問うてはみるが、その疑問もまた、充たさるべき欠落とは無縁のものである。

　ある日のこと平凡な外套を着た四十歳の男が、橋の上を通りかかる。いうまでもなく、橋というものはこちら側から向こう側へ、あるいは向こう側からこちら側へ渡るものだ。しかしその男が、とつぜん橋の中央附近で立ち止らないとは断言できない。何故！ もちろん本人にもわからないが、とつぜん橋の真中あたりで彼は両脚の運動を中止してしまったわけだ、そういう人間が絶対にいないとは断言できまい。

すでに見た冒頭の文章のように、「ある日」「とつぜん」が強調されているこの文章にあっても、「渡ること」に対する「立ち止る」姿勢が「橋の中央附近」で演じられ、そのことで「わたし」がかろうじて「わたし」たりうる正当性がほの見えてくるほかは、何の理由も明らかにされていはしない。

では、橋の名前も知らず、またその中間で足を止めた理由も示しえない「わたし」は、この作品の始まりでかたちづくられる世界との曖昧な関係に捉えられたまま、何を語ることができるのか。多くの作家にとってその語る行為を支えることになる欠落の呈示とその充塡に背を向けた後藤明生は、何を契機として言葉を書きついで行くことになるのか。「わたしはとつぜん一羽の鳥を思い出した」と冒頭の一行で語られているのだから、ことによったら、無知と曖昧さに侵略された「わたし」の現在を支えるべく、過去へと視線を向けて、眠っている記憶に程よい刺激を与えながら、かつてあった確かな自分といまある頼りない自分との偏差を語るのかもしれない。思い出すこと。なるほどそれは、現在と過去との交錯というきわめて現代的な文学の課題を彩るに恰好な姿勢であるかにみえる。だが、「わたし」は、「告白しようにも忘れてしまっていることが多過ぎる」と口にすることで、通常の「話者」にはふさわしからぬ健忘症的な資質を強調しつつ、過去が、『挾み撃ち』の物語を豊饒ならしめる地層ではないと宣言する。「それに」と、過去には至って淡白な「話者」は語りつぐ。「それにいかなる手段方法を用いても、一切合財を思い出さなければならないのだ、という思想もわたしにはなかった」。

記憶と呼ばれる意識の厚い地層、その深みへと思い出の錘をたらすこと、といったプルースト文学の亜流であることをあらかじめ自分に禁じている後藤は、事実、作品の冒頭で「思い出した」の一句を書きながら、不意に記憶によみがえる「一羽の鳥」が、稀薄にして曖昧な「話者」の現在を背後から充実せしめるしたたかな過去ではなく、つかまえそこなった鳥の記憶、つまりは現在の欠落と地続きの稀薄な曖昧さにほかならぬ点をすかさず告白することになるだろう。それは二十年前、同じ橋の上からバスに乗って行った大学の入学試験の和文英訳の問題で、「早起き鳥は虫をつかまえる」といった単純な英語に移しかえればよかったのだが、「その解答欄にわたしは書きこむことができなかった」というからには、冒頭で思い出されたという「鳥」は、文字通り充塡しえなかった一つの欠落にほかならず、しかもその残された「空白」は橋をめぐる不意の無知の自覚とも通じあっているのだから、「話者」にとっての過去はその現在と絶望的に類似しているとしかいいようがない。

　かくして過去と現在の「空白」を語らねばならぬ「話者」は、あまたの小説がこともなげに捏造してみせる「物語」とは似ても似つかぬ何ものかを語ってみせねばならないのだが、しかしその困難な「語り」が、作者自身のいう「行方不明になっている兵隊外套をたずね、一日じゅうぐるぐる歩きまわる男の話」といった「物語」には還元しがたいより豊かな言葉を生み落すことになるのはいうまでもあるまい。

II　表層の戯れ

設問の捏造者としての語り手

『挾み撃ち』の「話者」はまず自分自身について語り（「わたしは、お茶の水の橋の上に立っていた」）、外界の表情について語りながら（「実さい、誰も立ち止らない」）、「立っていた」ことと「立ち止らない」こととの明白な対立の上に「語る」ことの基盤を据えようとする。「わたし」は従って語るべき異質の二領域を持ち、その二領域の対立＝矛盾の解消を目論む典型的な「話者」であるかにみえ、その矛盾解消の試みとして、まず外界と自分との対立が顕在化する場をめぐって一つの疑問（「この橋は何という名の橋だろう？」）を提示し、捏造された「空白」を充填する行為のうちに「物語」を進展せしめんとする限りにおいて、それは、あまたの小説的な「話者」に充分似ているといえる。すなわち、冒頭の数ページの『挾み撃ち』は典型的な「語り手」をその内部に装塡した小説たりうるものだったのである。

だが、捏造された「空白」が「わたし」によって「空白」のまま放置され（「橋の名前を知らなかったことに気づいただけである」）、しかも、自分自身にも外界にも所属しない第三の領域から、不意にその「空白」を充たすべき言葉が幾つもせりだして来た瞬間に『挾み撃ち』は典型的な小説であることをやめ、「話者」は「文学」に似なくなってしまうのだ。

とつぜん、白髭橋の名が口をついて出てきた。吾妻橋、駒形橋、それから……源森橋？　もちろんいずれも『濹東綺譚』である。イサーキエフスキー橋。これはゴーゴリの『鼻』である。

この「橋」をめぐる名前の途方もない噴出ぶり、それを「話者」の記憶の時ならぬ活性化とうけとるとしたらとんでもない思い違いであろう。何故なら、「わたし」がいまいる橋についての無知を救うべく湧きだしてくる幾つもの名前は、それが現実の「作品」に書きこまれた「言葉」であるという明白な理由で、「話者」自身には全的に所属しえないものだからである。だがその名前はそれ自体が「語られた」ものであるが故に、「わたし」にとっての外界そのものともなりきれず、したがって外界にも内面にも還元されえないものでありながら、しかも「話者」が捏造した「空白」と深くかかわりを持つ言葉である以上、異なる二領域が演ずる解消しがたい矛盾＝対立を一時的には緩和しうる一種の「橋」のようなものとなっている。すなわち「わたし」は、白髭橋によって不意の絶句を救われ、「語り」を完全に途切らせることにならずにすむわけだが、かくして円滑化される『挾み撃ち』の「語り」は、もはや「わたし」自身ともその周囲の外界とも異る第三の領域、つまりは書かれた言葉が充満している「文学」の領域へと逸脱してゆかざるをえない。そこで『挾み撃ち』の「話者」は外界と内面の二領域を語るべき対象として持つばかりでなく、その両者の接点に拡がる第三の中間層ともいうべき書かれた言葉の世界とも向きあわねばならないのだ。それは、いうまでもなく荷風、ゴーゴリに代表される「文学」の世界なのだが、その新たな領域に足をついて奪われかかった「話者」の機能をあやうく回復するとき、実は「わたし」がいわゆる「文学」的な「話者」の典型を途方もなく逸脱してしまうという点に、『挾み撃ち』の「語り」の独特な表情というか、いかにも刺激的な背理が含まれているのだ。

なんと羨ましい小説だろうか！　実はわたしも、ああいうふうに橋や横丁や路地の名前を書いてみたいものだ。

白髭橋の名に誘われて「わたし」が『濹東綺譚』や『鼻』の風土へと踏みこんでゆくとき口にされるこうした「文学」への羨望は、だから「語り」がもはや途方もない迂路へと迷いこみ、それにつれて内面と外界との矛盾が「話者」によって解決されぬままに放置されてしまっていることを如実に物語っている。読者は、かろうじて語りつがれる言葉を読むことによって、「話者」がなぜお茶の水の橋の上に立っているかについての情報をいささかも手にすることはないからである。われわれが知ることのできるものはといえば、「わたしが田舎者のせいだ」という「話者」の個人的事情によって、荷風が語ってみせた幾つかの橋を「渡ったことがないのではなく、たぶん渡っていながら、知らない」という反＝「文学」的事態の確認と、外界そのもののいまわしい変質によって「川ばかりではなく、名前もつけられない無数の橋が、東京じゅうに氾濫」してしまい、つまるところは客観情勢としても、「荷風の橋は、もう書けない」という非＝「文学」的風土の蔓延を嘆く声ばかりなのだ。それ故、内面をさぐろうと外界に視線をはせようと、「空白」として捏造された冒頭の設問は、「空白」のまま放置されざるをえず、だから設問それ自体が頼りなく宙を迷うしかない。しかし「問うこと」の不可解な宇宙遊泳にしばし同行する「話者」は、みずからの「語り」の逸脱が読者を「物語」から刻々遠ざけてしまうことを自覚しており、だからすでに触れた「早起き鳥」の試験失敗の挿話をかいつまんで語り、いずれも塡《は》めえない言葉の欠如として「鳥」と「橋」とが「空白」をめぐる「主題体系」のうちで親しく連繋するさまを強調しながら（「その橋の上でわたしは、たまたま橋の名前を忘れているに過ぎない。しかしわたしはその橋の上で、とつぜん早起き鳥を思い出した」）、遂には諧謔を装いつつも厳粛さが透けてみえる口調で、「いったいわたしは何者であるのか、一向に諸君にはわかっていない」と宣言しなければならない。

いうまでもなく戯れに身分を隠して読者を焦らせているのではない「わたし」は、この言葉によってより大がかりな錯綜した迂路に踏みまどい、「語り」の機能を失いかけている。外界と自分との矛盾解消に貢献するはずだった「空白」の捏造が、いまやおしとどめがたい反復性を獲得しつつ事態を悪化させてしまうからだ。そこで「わたし」は読者に向って、「その平凡すぎるところが、あるいは誰かの目を引く」かもしれぬ外套に着目せよと語りかける。「ただ、もしも、いったいこのわたしが何者であるのか、ほんの一瞬間だけ通りすがりの諸君に興味を抱かせるものがあったとすれば、それはわたしの外套のせいだ」。はたしてこの告白は、「立ち止らぬ」他者の群との遭遇を準備しうるものとなるであろうか。「空白」はかりに一瞬であっても充たされ、「物語」を進展せしめるであろうか。

だが、この「平凡すぎる」外套に関しても「話者」はそれを語り描写するにふさわしい知識や必然性を欠いているので、「空白」の捏造によって「語り」を引き伸ばそうとする試みはむなしくついえさり、その結果として、無数の疑問符があたりに林立することになるだろう。

最初の疑問は、人びとが平凡な外套を着用する習慣はいつ失なわれてしまったか、「いったいいつごろからそうなったのだろう？」という時期をめぐって提示されるものだが、「どうもわたしにははっきりしない」として「空白」はここでも充たされぬままに放置される。第二の疑問は、「立ち止らない」連中がまとっている平凡ならざる外套の名称をめぐって提示されるが、トレンチとかスリー・シーズンとかの呼び名にうとい「わたし」は、「わかっているのはただ、それが外套ではないことだけである」と断定することで、改めて捏造された「空白」を充たすことなく「空白」のままに放置してしまう。

こうした成り行きは、自分の立っている橋の名前が「白髭橋」でないことだけは知っていた「わたし」にいかにもふさわしい逸脱を重層化しながら、みずから語るべき異質の二領域を遂に融合しえないまま「空白」を語りつぐしかない「語り手」の表情を、ますます捉えがたいものにしてゆく。

そのとき、第三の、そして徹底して無償と思われる疑問符がかたちづくられ、『挾み撃ち』的迂回構造を揺るぎないものとすることになる。そしてその第三の疑問符によって、人は、作者が「物語」と信じているもののいまだ定かならぬ発端に触れようとするにすぎない。

空白から否定へ

なるほど「話者」は、ここで外套について語りはじめるかにみえるが、それはゴーゴリの『外套』の物語であり、「行方不明になっている兵隊外套」のそれでないことはいうに及ばず、自分がいま着ている「平凡すぎる」外套の物語ですらない。しかもゴーゴリが語られるにあたって、「話者」は第三の疑問符を「ところで、いささか唐突ではあるが、寒さというものと痔疾とはいかなる関係を有するのだろう？」といった途方もない逸脱として提示するのだ。

だが、いまや後藤的唐突に馴れ親しんでいる読者は、これが口実としての設問にすぎず、解答とは別の何かを「物語」の中心へと誘き寄せる言葉の装置だと気づいているし、しかもその何かが、それに似ることも無縁でいることも許されない「文学」にほかならぬ点も見落しはしまい。事実、痔疾と容貌や性別との類縁性をめぐって無償の推論をくりひろげる「話者」は、いつのまに痔持ちの筆耕アカーキー・アカーキエヴィチ・バシマチキンの物語を語りはじめている。そのとき読者は、アカーキーの滑稽にして不幸な、また不幸にして厳粛な反＝冒険譚たる『外套』に耳をかしながら、いまや後藤的迂回の一過程が完了されつつあるのを予感せざるをえない。なぜなら、「平凡な外套」をめぐって幾つもの疑問符があたりにたちさわぎ、しかもそこに捏造された「空白」が充塡されることもなく放置され、遂にゴーゴリの『外套』を「語り」の核心へと引き寄せるに至った瞬間、ちょうど「白髭橋」にはじまる一連の橋が「話者」にとっての矛盾＝対立を一時的に緩和しうる言葉の「橋」として機能しえたように、ここで「平凡な外套」と「平凡ならざる外套」とをめぐって顕在化する外界と内面との葛藤を過渡的に終息せしめる「橋」として『外套』が機能しはじめているのはあまりに明白だからだ。つまり「わたし」はとりあえずゴーゴリの「作品」を語ることによって、無知に由来する「話者」としては恥ずべき言葉の逡巡をまぬかれることになるのだが、実は「橋」というより、ゴーゴリをすっぽり「外套」のようにかぶってしまった「わたし」は、あたかもその途方もない逸脱をそれ以上はおし進めえない事実に目覚めたかのごとく、程なくその気持ちよい衣裳をぬぎ捨てねばならないだろう。「わたし」は、もはや厳粛さを隠蔽する諧謔ぶりを装ったりはせず、ごくぶっきら棒にこう事実を告白する。

しかしわたしがこの早起き鳥橋の上に立っているのは、通行人の誰かに『外套』の物語を語りかけるためではない。わたしは山川という男を、この橋の上で待っているのである。

山川！　では、『挾み撃ち』は山川とやらの物語であったのか。いうまでもなく、これまで「橋」や「外套」が語られてきたのは、その未知の人物の登場を準備するためではない。山川は離婚経験者だが、「わたし」は自分が外套にこだわる理由を「包み隠さず打明け」ることもしなかった妻から離婚を迫られもせず、しかもその事実すら忘れたままこれまで暮して来た。「あるいはそのようなわたしの生き方自体に、何か重大な問題があるのかも知れない」と、「話者」はいったん謙虚に反省してみる。

しかしわたしがこの橋に来たのは、それが重大な問題であるか否かを考えるためではなかった。何が何でもその点に関して、この橋の上で決着をつけるためではない。もちろん早起き鳥を思い出すためにわざわざやって来たわけでもない。わたしがこの橋の上に立っているのは、山川と待ち合わせるためだった。ところがとつぜん、わたしが思い出したものは早起き鳥だったわけだ。それぱかりではない。わたしはついに、この橋が「お茶の水橋」であったことまで思い出したのである。

いまや「わたし」は、その大がかりな迂回によって、「カーキ色の旧陸軍歩兵用の外套」のすぐ近辺にまでその言葉を招き寄せることに成功しているのだが、ここで重要なのは、「お茶の水橋」から獅子文六、そして『自由学校』から「二十七年前」へと達する「物語」の時間の手ぎわのよい遡行ぶりではない。そうではなく山川を待つという正当な理由をめぐって口にされる一連の否定命題の性急なまでのたたみかけである。

ゴーゴリの『外套』が山川の前で否定される。「重要な問題」の結着も山川の前で否定される。そして、作品の冒頭で思い出された「早起き鳥」さえが、山川の前で否定されつくすのだ。そして、あくまでも山川との待ち合わせが問題なのだと、「わたし」はややむきになって主張してさえいる。それでいながら『挾み撃ち』の「話者」が難儀しながら言葉をからげてゆくのは、作中人物としての山川ではなく、その正当な理由の前に逐一否定されていった命題の不確かな表面の方なのであり、そこにこの「作品」の特殊な構造が顔をのぞかせていると見なければならない。話者は、程なく「九州筑前の田舎町から上京した」二十年前のわたしが、早起き鳥の試験に行く道すがらこの橋の上で立ち止ったとき、まぎれもなく「カーキ色の旧陸軍歩兵用の外套」を着ていたと告げることで遂に「物語」を語る端緒を手にするだろうが、その「語り」を支えることになるのは、放置された「空白」であり、「否定」された命題であって、その充塡でも肯定でもないのだ。『挾み撃ち』における後藤的迂回が、多くの日常生活の描写家にとってそうであるように徒労には終らず、かえって積極的な意味を帯びるに至るのは、その「語り」が、通常は言葉を逡巡せしめ、やがては抹殺することになるとみられる曖昧な二概念、つまりは「空白」と、「否定」によって促される消極的な身振りとの上に築かれているからにほかならぬ。

物語と主題体系

『挾み撃ち』が刺激的な言葉として多少とも触知しうる点にまで読むものを導きえた以上の観察は、全篇が12の断章からなる「作品」の冒頭の一章と親しく接することで得られたものであるにすぎず、いうまでもなく、その時点において「物語」はまだ始動していない。「空白」と「否定」をめぐってなだらかには滑走しない言葉がようやく「カーキ色の旧陸軍歩兵用の外套」に言及することになるのは、二章の冒頭であって、しかもそれは一つの疑問文の形式をとってなのである。

あの外套はいったいどこに消え失せたのだろう。いったい、いつわたしの目の前から姿を消したのだろうか？　このとつぜんの疑問が、その日わたしを早起きさせたのだった。

だが、どうして「とつぜんの早起き」なのか。話の「辻褄」をあわせるために「まことにもっともらしい」理由を即座に、語りつごうとする「わたし」は、しかしそんな説明が「話者」たる自分の現在と徹頭徹尾無縁のいとなみであることを知っているので、「もっともらしい、辻褄の合った小説の主人公には、どちらかといえば不向きな人間かも知れない」とおのれの身の曖昧を述懐しながら、理由の究明をあっさり放棄してしまう。そしてこの放棄は、「話者」にとって充分に意味のあることである。なぜなら、「物語」が防寒具を身につけねばならぬ季節に設定されねばならぬ理由は何ひとつなく、したがって寒さへの気象学的な言及がまったく見られぬにもかかわらず「わたし」が外套をまとっていなければならぬ理由が「物語」の中には存在しないように、「とつぜんの早起き」の必然性も「物語」によっては説明しがたいものだからだ。そして、「話者」がなお「とつぜんの早起き」にこだわらざるをえない必然性が残るとしたら、それは、「作品」の「物語」とは別の領域、すなわちすでに書かれてしまった言葉の中に求められねばならない。二章の冒頭の文章にみられる「とつぜん」、「疑問」、「早起き」といった言葉が、「物語」という前後の脈絡の秩序をあっさり逸脱し、厚みであり拡がりである書かれた言葉の海へと新たに漂いだし、そこに境を接して浮遊しているあまたの「とつぜん」や「疑問」や「早起き（鳥）」と不意の、そして緊密な連繫を生きはじめるからにほかならない。この三つの言葉が二章の冒頭に書きつけられるとき、「物語」とは異質の圏域が、それまでは潜在的であった主題を顕在化せしめ、「作品」の構造にふさわしい意味作用の磁場をかたちづくり、「物語」の時間軸にあっては絶望的に引き離されて生きる細部に、不意に無媒介的な融合を許すことになる。日常的な時空にあってはたがいに排斥しあう対象が、いきなり親しく微笑みあうそんな場をここでは「主題体系」と呼びたいと思うが、では、『挾み撃ち』を「物語」ではなく「主題」の水準で読んでみたらどうなるか。いかなる言葉やイメージが、「主題」として深い連繋を生きることになるか。

橋と外套、または贋の表層

人はまず、「橋」と「外套」とが未知の磁力で引き合うのを目にするだろう。いずれも『挾み撃ち』にあっては、他者のあからさまな無視を耐える「贋の表層」としてあるが故に、「橋」と「外套」とは充実した遭遇を演じながら、同じ一つの「主題」の異った相貌である相手を間違いなく認めあうだろう。

思い出すまでもなく、立ち止まる「わたし」のかたわらをまるで橋などありもしない虚構だとでもいいたげに他者の群が通りすぎていったとき、窪み陥ちた地形を跨ぐ鉄とアスファルトの架橋は、「贋」の地表にまでおとしめられてしまっていた。誰もが立ち止まらずにすたすたと歩み去って行ったのだから、こちら側とあちら側とはまるで地続きの土地であるかと錯覚され、その「表層」の仮装性を深刻にうけとめていたのは、「物語」への契機を奪われた「話者」ばかりだったのだ。そして、思わず絶句する語る意識の乱れた表層に浮上する荷風やゴーゴリの橋が、語りえない「わたし」にとって不意に陥没する「物語」の「贋の表層」として役立つ言葉の「橋」にほかならなかった点もみたとおりだし、語るべき対象の消滅にうろたえる「物語」が、「平凡な外套」、ゴーゴリの『外套』、「旧陸軍歩兵用の外套」を一つに結ぶイメージの連鎖を頼りにかろうじて語りつがれる契機を見出すとき、厚地のコート着用を正当化する季節感の強調を意図的におこたる「話者」が、衣裳が必然的に演ずる「贋の表層」性と、停滞する「語り」を円滑化せしめる「言葉」としてのそれとを意味作用の磁場に共鳴させながら、「話者」たる自分を見失うまいとした点もすでに指摘したとおりである。

いずれにせよ、二重の意味で「贋の表層」たらざるをえない「橋」と「外套」とは、語り続ける自分に確信を失い、羞恥や困惑で言葉が滞りがちになるとき、「話者」と「物語」の軋轢を隠蔽する機能を帯びているのであり、その機能が演じられるたびごとに、類似の「主題」群を招きよせながら、いよいよ「話者」であるとともに「主人公」にもなり始めた「わたし」の「巡礼」の大がかりな迂回ぶりを裏側から支えることになる。だが、「行方不明になった兵隊外套をたずねて、一日じゅうぐるぐる歩きまわる男の話」と作者自身が要約する「物語」は、それが橋の上で繰りひろげられるのでもないし、また外套はどこまでも失なわれたままなのだから、「物語」の現在が必要とするのは「橋」や「外套」そのものではなかろう。では、何か。ともども「贋の表層」として連繋しうる「模倣」と「仮装」とが一つの主題的力学圏をかたちづくるとき、「物語」は円滑に進展するかと見えるであろう。

模倣と仮装

『濹東綺譚』と『鼻』をめぐってすでに「なんという羨ましい小説だろうか」という言葉を洩らしている「わたし」は、「たとえ真似であってもかまわない。何としてでも、わたしの『外套』を書きたいものだと、考え続けて来た人間」なのだから、「模倣」と「外套」の関係はすぐさま理解できるが、しかしその関係は、「模倣」への意志がかえって「わたし」を『外套』から途方もなく遠ざけずにはおかないという不幸な風土をかたちづくってしまう。「いったい、いつどこで消えうせてしまったのか？」と不可解な表情で口にするとき、「わたし」が問うているのは「旧陸軍歩兵外套」であると同時に、実にゴーゴリの『外套』の行方でもあるのだ。「わたし」は二十年前に『外套』を読んでいるという。「たぶん春陽堂文庫だろう。ざらざら紙の文庫本だった」。にもかかわらず、いま「わたし」は『外套』を所有してはおらず、またそうであればこそ「模倣」の意志が今日まで失なわれずにいるのだろう。『外套』は、いま不可視の圏域に身をひそめ、徹底した不在性によって語る意識を無媒介的に操作しながら、しかもその遍在性によって「模倣」への意志を減磨させてゆく。そんな「作品」を、どうやって確かな感触でまさぐることができるか。「話者」に可能な唯一の仕草は、仮装することでしかないだろう。「旧陸軍歩兵外套」の行方を追うふりを装って時間をやり過し、そこに描かれる大がかりな時間＝空間的な迂回の航跡をなぞりなおすことが、『外套』を探しえない無力感を人目に晒すまいとする「仮装」であったように二章から十一章にかけて、行方不明の歩兵外套を探しもとめて彷徨する男の一日を演じつつ語る「わたし」もまた、「話者」に「仮装」しながら「贋の表層」としての「物語」を身にまとおうとする「文学」の「模倣」者ということになるのではないか。

III　なぜ挾み撃ちなのか

模倣の中断

ところで、なぜ挾み撃ちなのか。いまやこの疑問を「模倣」と「仮装」の主題との深いかかわりにおいて解明しうるように思う。

入試に失敗した「わたし」が一年あまり厄介になる「蕨の由緒正しい家柄」の石田家には、同郷の古賀兄弟が間借りしているが、毎朝「早起きの空手練習」を庭先きで繰り拡げる「拓大空手部員」の弟は、「まことにあいまいな一人のおにいさん」にすぎない「わたし」にとっては、いかにも奇妙な存在である。「古賀弟の空手の目的は何だろう?」。この設問はいうまでもなく「空白」のまま放置されるが、重要なのは、「わたし」が理由ものみこめぬまま、「見よう見真似でおぼえてしまった拳突きの恰好をして」いたという点であろう。石田家の長男に問われてつい洩らしているように、「突く真似はやったんですが板の手前で、拳を止めたわけですよ」といった秘かな模倣体験が「わたし」にはあったのだ。ではなぜ、この「模倣」は模倣として完成されず、運動が中断してしまったのか。理解しがたいある「不思議さ」が、「わたしの拳を、荒縄を巻きつけた板の手前で止めさせせ」てしまったのだ。そしてその「不思議さ」は、言葉と言葉に挟まれた「話者」が、模倣から発した身振りを不意に宙吊りにするという『挾み撃ち』的仕草の基本構造を如実に示すことになるだろう。

二十年前の「わたし」の骨骼にふさわしく改造されて原型を失なってゆく軍隊外套を見ながら「外套のお化けだな」とつぶやいた兄は、駐留軍基地に夜勤労働者として働きながら一方で「アカハタ」を読んだりしているが、その兄は、「お前は、子供のときから兵隊になりたがりよったとやけん、よかやないか」といいはなって、「外套のお化け」による「仮装」を「わたし」に強要する。この兄による「仮装」宣告は、満一歳の誕生日に行なわれた「物取り行事」のさい、家族注視のうちに「おもちゃの剣」を摑みとったという、記憶を超えた過去の光景へと「わたし」を閉じこめ、北朝鮮の地で曖昧に崩壊したその家系について物語る契機となるものだが、ここで重要なのは、兄の「言葉」が模倣の中断と関係しているという点だ。北朝鮮の地にまで伸びてゆくその「言葉」の余韻は、「標準語への翻訳」は「ほとんど不可能に近い」という古賀兄の九州弁「バカらしか、ち！」と共鳴しつつ「わたし」の「模倣」の完成をさまたげるのだ。「バカらしか、ち！」は、「先輩もやってみんですか？」という古賀弟の誘いを前に絶句する「わたし」を救う言葉として古賀兄によって発されたものだが、兄から「仮装」を宣告され、古賀兄によって漠とした「わたしの空手論を代弁」してもらったとき、「話者」は自分の位置を見失ってしまうのだ。「アカハタを読んでいる駐留軍キャンプのウォッチマンである兄と、同じ年である拓大空手部員の古賀弟との間に挟まれている自分が、何とも不思議なものに見えた」と述懐する「話者」は、さらにこう続ける。

　その不思議さが、見よう見真似でおぼえてしまった拳突きの恰好から繰りだされたわたしの拳を、その板の五寸手前で停止させたのである。

「お前は、子供のときから兵隊になりたがりよったとやけん、よかやないか」

　それと、もうひとつ。

「バカらしか、ち！」

　の挾み撃ちだった。何という滑稽な拳突きだろうか！

「戦後民主主義と生きのびた日本精神による挾撃」といった標準語への翻訳不可能なこの「模倣」の中断（「何という滑稽な拳突き」）が、「仮装」の主題のあからさまな顕在化とともに改めて重層化されている点を見落さないでおこう。他愛もない映画宣伝のために「日当三百五十円也の仮装行列」さながらに歩兵二等兵の服装をまとわねばならぬ「わたし」は、自分のゲートルを難なく巻いてしまってから、かたわらで難儀している「いかにも丙種合格」がたの学生を手伝ってやる。すると「丙種合格」は何度も讃嘆の声をあげた上で、「本物そっくりだよ」とつぶやく。本ものそっくりの一語がよびさます「模倣」と「仮装」の完璧な結合ぶりに途方もなく腹をたてる「わたし」は、「インテリ丙種合格を、いったいどのように扱うべき」か途方に暮れ、「古賀弟の早起き練習を見物しながらおぼえてしまった、右手の拳突き一発」を炸裂させるべきではないかと思う。「しかし実さいには、何事も起らなかった」。ここでも「模倣」は完成されないまま仕草は宙を迷う。なぜか。理由はいろいろあろうが、「しかし、やはりあの声のせいだ」と「わたし」は断言する。そして、「あの声」の実態として、すでに見た兄と古賀兄の「言葉」がその後に改めて引用されていることはいうまでもない。「仮装」を強いられた「わたし」から「模倣」の完成を奪っているのは、「声」と

「言葉」の挾み撃ちなのである。早起きに始った一日の大がかりな迂回の過程で「わたし」がかりに何らかの思い出をさぐりあてえたとしたなら、それは、いまげんに語りつつある現在にまで地続きで伸びていることの挾み撃ちの記憶をおいてはありえないだろう。

贋の表層から真の表層へ

かくして、「話者」に「仮装」して「物語」を「模倣」せんとした「わたし」は、「贋の表層」の上で動きを奪われた自分自身を再び発見する。そのとき、「あの外套はどこへ消え失せたのだろう?」という疑問が「空白」のまま放置され、いささかも充塡されていないことはいうまでもない。だが、外套探しに費された一日が曖昧についえさってしまったとき、そこに徒労の意識がいささかも語られていない点は注目に値いする。それは、九章の冒頭で「それにしてもわたしは、また何と脇道にそれてしまったことか!」と述懐する「話者」の中に、語るべくしてある自分への焦燥も羞恥も認められなかった事実と、正確に対応しているが、また、迂回し脇道にそれることがことによったら避けえた錯誤ではなく、かえって「作品」の構造そのものを支える存在の条件だという意識が「わたし」を導いている事実を示してもいるだろう。それが言葉の「橋」を介してであれその「外套」に触発されるものであれ、『挾み撃ち』にあっての「迂回」は、「物語」とは異質の「主題」の領域に展開されるとき、「贋の表層」の変奏として徐々に増幅的に反復しつつ「作品」の細部へと波及する、持続的な旋律にほかならない。その鳴りやまぬ調べは「模倣」や「仮装」の主題と手を携えて、「肝腎な筑前訛りが欠けて」しまう博多方言習得をめぐる挿話や、「とつぜん」と「当然」との不可避的な行き違いを兄に向って語りかけるときに引用されるソール・ベロー『ハーツォグ』や、「文学娼婦」との最初の交渉を報告するにあたって言及される鷗外の『ヰタ・セクスアリス』の《衣帯を解かず》、《貞女の看病》といった表現などと響応しながら、過去と現在との交錯というかにも今日風な小説技法の華麗な展開ぶりとは無縁のせっぱつまった言葉として、「物語」の生真面目な逸脱ぶりを正当化する。それを欠いたら全篇の挿話が無意味な断片の集積と化し、言葉も「作品」から離脱して一貫した連らなりたりえなくなるような磁力とでもしようか、とにかく後藤的迂回とは、意味作用の磁場に方向を創造する不可視の運動なのだ。方向といっても、距離の彼方に想定された目標を志向することで触知可能となるのではなく、あたりに氾濫しながらもその実態を捉ええない何ものかとの均衡を一瞬ごとに恢復せんとする生の試みが盲目のうちに感じとる方向が問題であり、それは、「朝鮮北境警備の歌」や「歩兵の本領」といった、かつて歌いもし聞きなれてもいた旋律のように「とつぜん」、「唐突」にどこからともなく響いて来て、「わたし」の身振りを操作することになるだろう。

「ある日とつぜんわたしの脳髄にへばりついて離れなくなってしまった」という「とつぜん」が、『挾み撃ち』における「贋の表層」の特権的な一形態にほかならぬ点がここで理解される。「たぶんわたしの「とつぜん」論は、わたしが死ぬまで続くでしょう」と兄に洩らしている点から推察しうるように、戦後の二十年という歳月は、距離や深さによって「現在」から遠くあるのではなく、「とつぜん」を介して同じ水準の表層に「現在」と境を接して並びたつのだ。そしてそのとき、その表層は贋なのか真実なのか、誰にも識別しえなくなっている。

『挾み撃ち』とは、「贋の表層」と思われた自分には異質な何ものかを、緩慢に、だが着実に進行する大がかりな迂回の過程で、「模倣」と「仮装」の主題を重層化させながら、まさに自分自身にほかならない「真の表層」へと変質せしめんとする困難な生の試みにほかならない。「物語」の上で重要な役割を演じているかにみえる行方不明の外套は「主題」体系にあっては決して遥かな記憶の彼方に埋没してはおらず、つねに、いたるところで「贋の表層」として「語り」の現在を刺激しつづけていたではないか。だから「旧陸軍歩兵の外套」は失綜したのでも消滅したのでもなく、一つの「仮装」として「わたし」の皮膚や骨骼を蔽い続けたあげく、「とつぜんであることが最早当然のことになっている」その存在に深く滲み透って、いつのまにか真実の皮膚へと化してしまっているのだ。そのとき「模倣」の対象としてあったゴーゴリの『外套』が「仮装」による「模倣」の中断を介して『挾み撃ち』へと変容しつくしている。「文学」が警戒すべきは「贋の表層」ではなく、いかにもこれみよがしにおのれを顕示する「真の表層」への確信であって、「余りに目立ち過ぎ」てしまったが故に「わたし」を山川と行き違わせた終章の喫茶店の看板のように、それは人を惑わせることにしか貢献しはしまい。それにひきかえ後藤明生は、「贋の表層」と積極的に戯れながら、あからさまに「文学」に似ようとしない言葉への焦燥そのものを、『挾み撃ち』と呼ばれる現代小説のうちに、その試みの至難さに見あった美しさで、みごとに「作品」化しえたのではないか。

初出❖雑誌「三田文学」第六二巻第二号（一九七五年二月刊）
出典❖河出文庫『文学批判序説――小説論＝批評論』河出書房新社（一九九五年八月刊）

❖著者

後藤明生｜ごとう・めいせい（一九三二年四月四日〜一九九九年八月二日）

一九三二年四月四日、朝鮮咸鏡南道永興郡永興邑（現在の北朝鮮）に生まれる。旧制中学一年（十三歳）で敗戦を迎え、「三十八度線」を超えて福岡県朝倉郡甘木町（現在の朝倉市）に引揚げるが、その間に父と祖母を亡くす。引揚げ後は旧制福岡県立朝倉中学校（四八年に学制改革で朝倉高等学校に）に転入。当初は硬式野球に熱中するが、その後、「文学」に目覚め、海外文学から戦後日本文学までを濫読。高校卒業後、東京外国語大学ロシア語科を受験するも不合格。浪人時代は『外套』『鼻』などを耽読し、本人いわく「ゴーゴリ病」に罹ったという。五三年、早稲田大学第二文学部ロシア文学科に入学。在学中の五五年、「赤と黒の記憶」が第四回・全国学生小説コンクールに入選し、「文藝」に掲載。卒業後、一年間の就職浪人（福岡の兄の家に居候しながら『ドストエフスキー全集』などを読み漁る）を経て、学生時代の先輩の紹介で博報堂に入社。翌年、平凡出版（現在のマガジンハウス）に転職。六二年、小説「関係」が第一回・文藝賞・中短篇部門佳作として「文藝」復刊号に掲載。六七年、小説「人間の病気」が芥川賞候補となり、その後も「S温泉からの報告」「私的生活」「笑い地獄」が同賞の候補となるが、いずれも受賞を逃す。六八年三月、平凡出版を退社し執筆活動に専念。七三年に書き下ろした長編小説『挾み撃ち』が柄谷行人や蓮實重彥らに高く評価され注目を集める。また、古井由吉、坂上弘、黒井千次、阿部昭らとともに「内向の世代」の作家と称されるようになる。七七年に『夢かたり』で平林たい子文学賞、八一年に『吉野大夫』で谷崎潤一郎賞、九〇年に『首塚の上のアドバルーン』で芸術選奨文部大臣賞を受賞。そのほかに『笑い地獄』『関係』『円と楕円の世界』『四十歳のオブローモフ』『小説――いかに読み、いかに書くか』『蜂アカデミーへの報告』『カフカの迷宮――悪夢の方法』『しんとく問答』『小説の快楽』『この人を見よ』など著書多数。八九年、近畿大学文芸学部の設立にあたり教授に就任。九三年より同学部長を務め後進の育成に尽力。小説の実作者でありながら理論家でもあり、「なぜ小説を書くのか？　それは小説を読んだからだ」という理念に基づく、「読むこと」と「書くこと」は千円札の裏表のように表裏一体であるという「千円札文学論」などを提唱。九九年八月二日、逝去。享年六十七。二〇一三年より後藤の長女で著作権継承者が主宰する電子書籍レーベル「アーリーバード・ブックス」が設立され、これまでに三〇作品を超える長篇小説・短篇小説・評論の電子版がリリースされている。

後藤明生「アーリーバード・ブックス」公式ホームページ：http://www.gotoumeisei.jp

検印廃止

挾み撃ち【デラックス解説版】

2019年6月25日　初版印刷
2019年7月10日　第1版第1刷発行

著者❖後藤明生
解説❖多岐祐介、奥泉光、いとうせいこう、平岡篤頼、蓮實重彦

発行者❖塚田眞周博
発行所❖つかだま書房
〒176-0012　東京都練馬区豊玉北1-9-2-605（東京編集室）
TEL　090-9134-2145／FAX　03-3992-3892
E-MAIL　tsukadama.shobo@gmail.com
HP　http://www.tsukadama.net

印刷製本❖中央精版印刷株式会社

ISBN978-4-908624-07-0 C0093

❖絶賛発売中❖

アミダクジ式ゴトウメイセイ 対談篇

後藤明生

アーリーバード・ブックス❖編

「名著」かつ「迷著」として知られる『挟み撃ち』の著者であり、稀代の理論家でもあった後藤明生が、「敗戦」「引揚体験」「笑い」「文体」「小説の方法」「日本近代文学の起源」などについて、アミダクジ式に話題を脱線させながら饒舌に語り尽くす初の対談集。

ISBN978-4-908624-00-1 C0093
定価：本体3,800円＋税

- ❖ 文学における原体験と方法｜1996年｜×五木寛之
- ❖ 追分書下ろし暮し｜1974年｜×三浦哲郎
- ❖ 父たる術とは｜1974年｜×黒井千次
- ❖ 新聞小説『めぐり逢い』と連作小説をめぐって｜1976年｜×三浦哲郎
- ❖「厄介」な世代——昭和一ケタ作家の問題点｜1976年｜×岡松和夫
- ❖ 失われた喜劇を求めて｜1977年｜×山口昌男
- ❖ 文芸同人誌「文体」をめぐって｜1977年｜×秋山駿
- ❖ ロシア文明の再点検｜1980年｜×江川卓
- ❖〝女〟をめぐって｜1981年｜×三枝和子
- ❖「十二月八日」に映る内向と自閉の状況｜1982年｜×三浦雅士
- ❖ 何がおかしいの？——方法としての「笑い」｜1984年｜×別役実
- ❖ 文学は「隠し味」ですか？｜1984年｜×小島信夫
- ❖ チェーホフは「青春文学」ではない｜1987年｜×松下裕
- ❖ 後藤明生と『首塚の上のアドバルーン』｜1989年｜×富岡幸一郎
- ❖ 小説のディスクール｜1990年｜×蓮實重彥
- ❖ 疾走するモダン——横光利一往還｜1990年｜×菅野昭正
- ❖ 谷崎潤一郎を解錠する｜1991年｜×渡部直己
- ❖ 文学教育の現場から｜1992年｜×三浦清宏
- ❖ 文学の志｜1993年｜×柄谷行人
- ❖ 親としての「内向の世代」｜1993年｜×島田雅彦
- ❖ 小説のトポロジー｜1995年｜×菅野昭正
- ❖ 現代日本文学の可能性——小説の方法意識について｜1997年｜×佐伯彰一

❖絶賛発売中❖

アミダクジ式ゴトウメイセイ 座談篇

後藤明生

アーリーバード・ブックス❖編

「内向の世代」の作家たちが集結した「伝説の連続座談会」をはじめ、日本近代文学の「過去・現在・未来」について激論を闘わせたシンポジウムなど、文学史的に貴重な証言が詰まった、一九七〇年代から一九九〇年代に行われた「すべて単行本未収録」の座談集。

ISBN978-4-908624-01-8 C0093
定価：本体3,800円＋税

❖ **現代作家の条件** ｜1970年3月｜
×阿部昭×黒井千次×坂上弘×古井由吉

❖ **現代作家の課題** ｜1970年9月｜
×阿部昭×黒井千次×坂上弘×古井由吉×秋山駿

❖ **現代文学の可能性――志賀直哉をめぐって** ｜1972年1月｜
×阿部昭×黒井千次×坂上弘×古井由吉

❖ **小説の現在と未来** ｜1972年9月｜
×阿部昭×小島信夫

❖ **飢えの時代の生存感覚** ｜1973年3月｜
×秋山駿×加賀乙彦

❖ **創作と批評** ｜1974年7月｜
×阿部昭×黒井千次×坂上弘×古井由吉

❖ **外国文学と私の言葉――自前の思想と手製の言葉** ｜1978年4月｜
×飯島耕一×中野孝次

❖ **「方法」としてのゴーゴリ** ｜1982年2月｜
×小島信夫×キム・レーホ

❖ **小説の方法――現代文学の行方をめぐって** ｜1989年8月｜
×小島信夫×田久保英夫

❖ **日本文学の伝統性と国際性** ｜1990年5月｜
×大庭みな子×中村真一郎×鈴木貞美

❖ **日本近代文学は文学のバブルだった** ｜1996年1月｜
×蓮實重彥×久間十義

❖ **文学の責任――「内向の世代」の現在** ｜1996年3月｜
×黒井千次×坂上弘×高井有一×田久保英夫×古井由吉×三浦雅士

❖ **われらの世紀の〈文学〉は** ｜1996年8月｜
×小島信夫×古井由吉×平岡篤頼

『壁の中』

後藤明生

作者解読❖多和田葉子／作品解読❖坪内祐三

日本戦後文学史の中に埋没してしまった「ポストモダン小説」の怪作が
読みやすくなった新たな組版による新装幀、
かつ【普及版】と【愛蔵版】の2バージョンで甦る！

新装愛蔵版

【新装普及版】
造本／A5判・並製・PUR製本・本文680頁
ISBN978-4-908624-02-5 C0093
定価：本体3700円＋税

【新装愛蔵版】
造本／A5判・上製・角背・PUR製本・本文680頁・貼函入り
ISBN978-4-908624-03-2 C0093
定価：本体12000円＋税
愛蔵版特典① 奥付に著者が生前に愛用した落款による検印入り
愛蔵版特典② 代表作の生原稿のレプリカなどによる写真集を同梱

「お母さん、いまわたしはどこにいるのでしょう?
わたしが帰る場所はあるのでしょうか?」

こんな時代だから知ってほしい――。
植民地の朝鮮半島で軍国少年として育ち、敗戦のため生まれ故郷を追われ、
その途上で祖母と父を喪い、命がけで「38度線」を超えて内地に引揚げ、
戦後も絶えず心の奥底に「日本」に対する違和感を抱え、
自分は「日本人」でありながら「異邦人(エトランゼ)」のように感じていた、
そんな引揚者たちの、美しき想い出、栄華からの転落、国家に対する幻想と崩壊、
そして、不条理に奪われたアイデンティティを取り戻すための葛藤を……。
作者自身の引揚体験を描いた
『夢かたり』『行き帰り』『嘘のような日常』の
三部作を完全版で所収。

造本/A5判・上製・函入・本文544頁
ISBN978-4-908624-04-9 C0093
定価:本体5555円+税

『引揚小説三部作――「夢かたり」「行き帰り」「嘘のような日常」』

後藤明生

巻末解説❖山本貴光(文筆家・ゲーム作家)

『笑いの方法――あるいはニコライ・ゴーゴリ【増補新装版】』

後藤明生

造本／A5判・上製・函入・本文336頁
ISBN978-4-908624-06-3 C0098
定価：本体3700円＋税

後藤明生「没後」20年／ゴーゴリ「生誕」210年
他者を笑う者は他者から笑われる！

ゴーゴリ作品の真髄である「笑い」に迫った名著が、大幅な増補&新装版で蘇る。

新版特典として、後藤が翻訳したゴーゴリの『鼻』と『外套』（共訳）を初再録。

伝説の名訳が完全版で掲載されるのは実に40年ぶり。

「われわれは皆ゴーゴリの『外套』から出て来た」という
ドストエフスキーの名文句の真意とは？

他者を笑う者は他者から笑われる⁉――。

これまで誤解され続けたゴーゴリの「笑い」を刷新する後藤の孤軍奮闘ぶりをご覧あれ！


【増補新版特典】

後藤明生が自ら翻訳したゴーゴリの『鼻』と恩師・横田瑞穂氏と共訳した『外套』を初再録！